Am Ende von Tag und Nacht

Henning Hesse

Am Ende von Tag und Nacht

Bibliografische Information der Deutschen Nationalbibliothek
Die Deutsche Nationalbibliothek verzeichnet diese Publikation
in der Deutschen Nationalbibliografie; detaillierte bibliografische
Daten sind im Internet über http://dnb.d-nb.de abrufbar.

© 2015 Henning Hesse

Umschlagdesign, Satz, Herstellung und Verlag:
BoD – Books on Demand
ISBN 978-3-7357-3366-5

Inhalt

Mai, 2109	9
Nikolas	20
Mathew	30
Außerplanmäßige Gesamtkonferenz	33
Grauzone	43
Zuflucht	61
307,57 Bar	69
Flo und Bea 1/2	79
Besuch	86
Flo und Bea 2/2	88
Blancs mit s	96
Wortlos	100
Auf und davon	109
Elternbesuch	113
Brennstrecke	125
Die Frau im roten Kleid	134
Gelbe Zargonien	139
WANTED!	149
Wer war Mathew?	153

Phantomschmerz	159
Blick über die eigene Schulter	162
Zwischenstück	164
Tina	166
Dover	170
Junge, Junge!	174
Enzo	177
La Plage des Blancs Sablons	181
29. Juni	191
Dirty Road	194
Die Macht der Verdrängung	199
Tunnelblick	207
Formlos	210
Der Himmel über dem Ozean	216
Mathews Geheimnis	225
Ein Wal	232
Am Ende von Tag und Nacht	239
Niederkunft	247
Das letzte Blatt	257

Der Blick über den Horizont über all die Tiefen,
ungetrübt seit lang her,
als einst erschien ein Wesen,
das die Sterne entfachte wie Feuer über dem Meer.
Und der, der gemacht, diesen Anblick zu ertragen,
ein Bild, das selten ganz,
sieht nahen nun die letzten Stunden,
doch nichts trübt der Sterne hellen Glanz.

Mai, 2109

Bea verließ mit Mathew und seinem Sohn Nikolas das Café, als sie in einen überwältigenden Menschenstrom gerieten. Demonstranten schoben sich die *Neue Strandpromenade* entlang, tausende. Die Masse riss sie mit wie ein wilder Fluss ein paar Schwimmer, die sich selbst überschätzt hatten. Beas Auto stand in derselben Richtung, etwas weiter die Straße hinunter. Wie würden sie von da wegfahren können? Ein Cowboy, der inmitten einer rennenden Stierherde versuchte, auf sein Pferd aufzusteigen und davonzureiten, hätte bessere Chancen gehabt. Bea ärgerte sich, dass sie sich nicht vorher über die angekündigten Demonstrationen informiert hatte. Ein Schild wurde vorbeigetragen. »*Mutanten-Katastrophe! SCHLUSS MIT LUSTIG!*« Hinter ihnen kamen vier Leute ins Stolpern, die ein großes Bettlaken aufgespannt hielten, das einen bedrohlichen Schatten auf Bea warf. Es trug die Aufschrift: »*TECHNOLOGIE UND FORSCHUNG SIND NICHT WERTFREI!*« Weitere parolenartige Sätze fielen ihr ins Auge: »*WAS SIND DAS FÜR BRÄUCHE? WIR HOFIEREN HIER DIE SEUCHE!*« – »*SEUCHENSCHUTZ GEHT VOR! – GENDRECK WEG!*« Neben ihr brüllten einige Männer: »Die Welt ist uns nicht einerlei, wir leben lieber kiemenfrei!« Hinter ihr hielt eine Frau ein Plakat in die Höhe, auf dem ein rot durchgestrichener Kiemenmensch abgebildet war. Bea begann nervös mit der Hand an ihrem Hals zu tasten. Mathew griff Nikolas jetzt etwas fester. Am Rand der Demonstration gingen Polizisten, die die Protestierenden abschirmten. Jemand rempelte Bea von hinten an. Sie spürte die Hand von Mathew, der sie und seinen Sohn Nikolas näher an sich zog. Hier waren sie falsch. Hier waren sie ganz falsch …

Ein Monat zuvor …
　Bea stand in ihrem Badezimmer vor dem Spiegel und wusch sich den Hals. Vor ihr lag eine Tube mit Fibringel, einem hautaufbauenden Eiweißstoff. Daneben eine Packung mit Fibroblastenverbindungen, die ebenfalls der Bildung von neuem Gewebe dienten. Bea zog sich antibakterielle Handschuhe an und trug das weiße Gel auf die Kiemenschlitze auf, die unter ihrem Kiefer entlang bis zum Ohr verliefen. Während es nasskalt auf ihrem Hals brannte wie Alkohol auf wunder Haut, öffnete sie die Schutzhülle und zog vorsichtig einen hautfarbenen, ovalen Lappen hervor. Blinzelnd schaute sie in den Spiegel, legte die Fibroblastenschicht sorgfältig auf die rechte Seite ihres Halses und presste ihre warme Handfläche drauf. Sie machte das jeden Morgen: Fibringel, dann den Hautersatz, die Hand auflegen und zehn Minuten warten. Das gleiche Spiel auf der anderen Seite. Zum Schluss eine Stunde wie ein Schwan mit geradem Hals dasitzen und stumm rumgucken oder durchs World Wide Web surfen, bis das Kollagen freigesetzt war und sich ein fester Hautfilm auf den Kiemenbögen entwickelt hat.

Den Körper *bis zur Normalität* zurechtgemacht und in Schale geworfen – mit abgewetzter Jeans, Wollpulli und darüber ein schwarzer Anorak –, verließ sie den nachgebauten Altbaublock, in dem sich ihre Wohnung befand. Vorm Eingang fuhren einige Jungen auf BMX-Rädern sie fast um, sodass sie hinter einer elektronischen Litfaßsäule in Deckung gehen musste. Dann machte sie sich auf den Weg zu ihrem Elektroauto. Es stand ein paar Straßen weiter, in eine zu kleine Parklücke gequetscht. Mühsam zwängte sie sich durch die Fahrertür und ließ den Wagen langsam aus der Parklücke rollen. Mit dem Fahrtbeginn entspannte sie sich. Die Strecke zur Schule war schön. Bea mochte es, die Bilder der Stadt an sich vorbeiziehen zu lassen.
　Erste Sonnenstrahlen trafen auf die Solardächer Neukiels. Das Thermometer zeigte 5°C. Gleichmäßig rauschte der Mittelstreifen der *Neuen Strandpromenade* unter dem Wagen hinweg. Zu Beas Linken befand sich das Meer. Unruhig und dreckig schäumend, erstreckte es sich bis zum

Horizont. Vor und hinter Bea fuhren andere Autos, Robotertaxis und zwei runde Glasgondeln, die auf Magnetbahnen schwebten. Auf der einladenden, aber unbelebten Terrasse der Café-Bäckerei *Da Neu* spannten einige Leute ein Absperrband auf. Rote Wangen im kalten Januargrau. Neben ihnen lehnten ein paar selbstgemachte Pappschilder an der Wand: »GERECHT GEHT ANDERS!« – »ES REICHT!« – »AUCH WIR MÜSSEN LEBEN!« Gegenüber stand eine obdachlose Frau vor der Flachküste und rieb sich mit ihren kaputten Wollhandschuhen die Ohren. Die Konturen ihres Oberkörpers verschwammen vor der rauen See. Träge, aber unnachgiebig schwappten kleine, trübe Wellen über den grauen Boden bis an ihre Füße und versickerten wie zu gut gemeinte Versprechen.

Neukiel war aus drei an Kiel angrenzenden Gemeinden entstanden. Viele Leute hatten sich hier ein neues Leben aufgebaut, nachdem Kiel, Hamburg, Lübeck und Rostock von Klimaflüchtlingen überschwemmt worden waren. Die neuen Bewohner hatten den Handel belebt und der küstennahe Teil war zu einem begehrten Touristengebiet geworden, mit glitzernden Solarstraßen, bunten Läden und urigen Kneipen. Bald wurden einige schöne Naturgebiete unter den Fundamenten gewaltiger Hotels begraben. Der Aufschwung war leider überraschend schnell wieder abgeebbt, denn auch Neukiel wurde von Klimaflüchtlingen überflutet, die Kriminalitätsrate schoss in die Höhe und der Tourismus schrumpfte unter das Ausgangsniveau. Firmen und Geschäfte meldeten reihenweise Insolvenz an, viele Hotels standen inzwischen leer oder waren besetzt von Wohnungslosen oder Autonomen.

Bea erreichte ihre Schule und ließ den Wagen vom Autopiloten in eine kleine Parklücke manövrieren. Die Schule, fensterübersät und noch mit Klinkersteinen gebaut, bestand aus mehreren großen Gebäudeblöcken. Sie betrat einen davon durch ein barock geformtes Eingangsportal. Eilig bahnte sie sich ihren Weg durch den Schülertumult in den schmalen Korridoren. Ihre achte Klasse wartete bereits vor der Tür. Bea schloss auf und sofort tobten die Kids hinein. Angeregt beobachtete Bea das wilde Treiben und setzte sich an ihr Pult.

Während die Schüler langsam zur Ruhe kamen, machte sie noch einige

Eintragungen in den Lehrercomputer. Nebenbei lauschte sie dem Gespräch einiger Achtklässler, die sich direkt vor ihr niedergelassen hatten und über die Berufe ihrer Eltern sprachen.

Sie kamen auf den Beruf der Mutter von Matej, einem Schüler, der gern den Klassenclown spielte, zu sprechen. Seine Mutter war Staplerfahrerin in einem Lager für Computer- und Unterhaltungselektronik.

»Wie viel verdient die?«, fragte jemand.

»Hängt davon ab«, antwortete Matej, »sie macht Zeitarbeit. Da gibts manchmal nichts zu tun.«

»Zeitarbeit! Das ist was für Arbeitslose!«, tönte eine Schülerin, die Gefallen an kleinen Sticheleien fand.

Bea schaute vom Schreibtisch hoch.

»Das ist nichts für Arbeitslose!«, verteidigte sich Matej. »Sie muss teure Computer aus 'ner ganz schönen Höhe runterholen.«

»Wem muss die einen runterholen?«, gluckste jemand.

»Ha, ha!«

Einige Schüler begannen darüber zu spötteln, dass Matejs Mutter in Dänemark arbeitete und jeden Tag eineinhalb Stunden zur Arbeit fuhr.

»Welcher Dummkopf fährt denn jeden Morgen nach Dänemark?«, tönte jemand.

»Halt den Mund!«, zischte Matej.

»Deine Mutter war zu lange arbeitslos«, kam zurück. »Assifamilie!«

Bea wies den Schüler zurecht, der das gesagt hatte. Abfällige Bemerkungen hatte sie in letzter Zeit leider allzu oft unter den Schülern gehört. Viele schlugen sich mit Statuskomplexen herum und werteten andere ab, als ob sie sich auf diesem Wege beweisen könnten, dass sie zu was nütze sind. Bea war darüber alles andere als erfreut. Die Klasse war bereits in drei Grüppchen gespalten. Eigentlich gab es eine feste Sitzordnung, aber außerhalb der Unterrichtszeiten setzten sich die Schüler wieder um. Die Gruppe, die sich eben unterhalten hatte, sammelte sich immer direkt vorm Pult. Weiter hinten saßen auf der einen Seite einige Kinder wohlhabender Leute, die es an diese Schule verschlagen hatte, wie Deli, Tochter einer Rechtsanwältin, Vanessa, Tochter eines Managers, oder Ben, ein Lehrerkind. Sie schotteten sich ab und hielten sich aus den Gesprächen der anderen raus. Auf der Gegenseite saßen mit eingezogenen Köpfen die frischen Migranten, die der Landessprache noch nicht mächtig waren, wie Selma und Ron aus New York oder Avid aus Bangladesch. Beas Blick fiel wieder auf die Gruppe vor ihr. Marie, eine kleine süße Schülerin, war aufgestanden und ging zu Matej. Sie setzte sich neben ihn und flüsterte:»Sag deiner Ma doch mal, dass sie sich hier einen Job suchen soll. Das ist dumm, in Dänemark zu arbeiten.«

Bea mischte sich in das Gespräch ein:»Als Zeitarbeiter in Dänemark gibts bessere Chancen«, sagte sie gereizt.»Es ist nicht ungewöhnlich, so lange Strecken zur Arbeit zu fahren.« Die Schüler standen auf und liefen zu ihren Plätzen.

»In Deutschland haben wir solche Lagerfirmen, die normale Arbeiter einstellen, kaum noch«, setzte Bea fort und erhob sich ebenfalls.»Hier läuft alles vollautomatisch, mit Maschinen.«

Es gongte zum Unterrichtsbeginn, Erdkunde.

»Guten Morgen, Frau Schelling!«, schallte es durch die Klasse.

»Guten Morgen, liebe 8c!«, erwiderte Bea respektvoll.

Die Schüler setzten sich.

»Okay!«, sagte sie.»Let's start! Holt eure Materialien raus! The things we've done yesterday.«

… Statusgehabe, dachte sie im Stillen, Leistungsfähigkeit, Effizienz, Funktionalität – sie waren schon wichtig, diese Eigenschaften … in der Wirtschaft. Aber im alltäglichen Denken der Leute?

Die ersten beiden Stunden vergingen wie im Flug. Beas *kleine Monster* waren heute schön wach und bei der Sache. Zufrieden entließ sie sie zur ersten großen Pause aus der Klasse.

Fünf Minuten später ging sie alleine durch die Korridore zum Lehrerzimmer. Fenster, Sonnenlicht, der dumpfe Klang ihrer Schritte auf dem alten Linoleumboden, *wump, wump, wump*. Eine Wand mit Schülerkunst, bunt zusammengewürfelte Kollagen. Bea musste an ihren Freund Flo denken, ebenfalls ein Lehrer. Sie hatten sich eine Weile nicht mehr gesehen, obwohl sie Lehrer an der gleichen Schule waren. Ihre Beziehung war zurzeit eher eine Fernbeziehung. Er hatte sich lange nicht mehr gemeldet.

Lachende Mädchen gingen vorbei. »Hallo, Frau Schelling!«
Bea lächelte. Wieder Stille. *Wump, wump, wump.* Sonnenstrahlen auf ihrer Haut. Dann der Korridor zum Lehrerzimmer. Lehrerstimmen. Einige Schüler mit Frau Bolbotur – einer kleinen, pummeligen Psychologie-Lehrerin – vorm Kopierraum. »Ja, machen wir, Frau Bolbotur! Danke!« Eilige Menschen. Der störrisch-ruhige Blick von Herrn Kürvers, dem stellvertretenden Rektor, der vor einem kleinen Bildschirm neben der Tür stand und einen Kollegen auf eine Veränderung im Vertretungsplan hinwies. Aus dem Lehrerzimmer kam ihr ein Schwall scharfen Kaffeedufts entgegen, dann die sanfte Stimme von Frau Schwarz: »Hallo, Bea!«

»Hi!« Sie setzte sich auf ihren Stuhl an eine der vielen kleinen Tischrunden. Der Raum war groß und bot Platz für über hundert Kollegen. Am hinteren Ende befand sich eine riesige Fernsehwand, auf der lautlos die Nachrichten liefen.

Mit Bea am Rundtisch saßen ihre üblichen Tischnachbarn, unter anderen die hübsche Frau Schwarz, die natürliche Autorität Herr Hellforth und der nervöse Herr Melchers, der unübersehbar ein Auge auf Frau Schwarz geworfen hatte.

»Ich habe im Fernsehen eine Sendung gesehen über diese Kiemensache«, sagte Frau Schwarz süffisant. »Aus der Reihe *Sybille Krüger deckt auf.* Da behaupten doch tatsächlich immer mehr Leute, dass diese Kiemenmenschen existieren. Das ist schon unheimlich.« Sie streifte eine Strähne ihres langen, schwarzen Haars aus dem Gesicht und machte ironisch große Augen.

Bea sperrte die Ohren auf. Das Thema war interessant. Sie hatte sich immer für die Einzige ihrer Art gehalten. Nun deutete vieles darauf hin, dass sie falschgelegen hatte.

Frau Schwarz warf ihr ein Lächeln zu, warm und freundlich. Bea mochte Frau Schwarz. Wenn sie den Charakter ihrer verehrten Kollegin mit zwei Worten beschreiben müsste, würde sie sagen: taff und intelligent.

Herr Melchers fuhr sich durch sein kurzes Stoppelhaar. »Das Thema wird in den Vorabendsendungen breitgetreten«, sagte er. »Wisst ihr den Grund, warum sie geschaffen worden sein sollen? Auslöser soll vor vierzig

Jahren die Ankündigung von einem Asteroideneinschlag gewesen sein, die dann aber revidiert worden ist. Das muss man sich mal auf der Zunge zergehen lassen: Die Nachricht von einem Asteroiden auf Kollisionskurs geht durch die Medien ... – eine Fehlmeldung, wie sich dann rausstellt, aber um einem möglichen Ernstfall vorzubeugen, formt die Genindustrie den Menschen zum Tiefseewesen um. So kann er im Notfall wenigstens noch auf dem Ozeangrund rumkrauchen! Was für eine haarsträubende Geschichte! Unheimlich, dass sich so was vermarkten lässt.« Er warf Frau Schwarz einen nervösen Blick zu und lehnte sich mit einem für ihn typischen Verschränken der Arme zurück. Die anderen warteten, ob er noch etwas sagen würde, denn Herr Melchers konnte manchmal nicht aufhören zu reden. Gerne biss er sich an Kleinigkeiten fest und kam dann vom Hölzchen aufs Stöckchen.

Herr Hellforth kräuselte die Stirn. »Tja«, sagte er mit ironischem Unterton, »irgendwelche Abnehmer finden solche Sendungen immer.« Bärbeißig den Kopf schüttelnd, holte er ein Mathematikbuch aus seiner Lehrertasche und steckte seine Nase hinein. Sein brummiger, herzlicher Ausdruck amüsierte Bea. Der gute Herr Hellforth war Co-Klassenlehrer in ihrer Acht. Er war einer dieser Kollegen mit rauer Schale, dessen laut tönende, strikte Art den Schülern – und auch Bea – Respekt abnötigte. Lernte man ihn näher kennen, merkte man, dass er eigentlich ziemlich feinfühlig war, auch wenn seine Äußerungen manchmal schroff oder sogar derbe rüberkamen.

»Es ist wirklich ein bisschen unheimlich«, sagte Frau Schwarz eindringlich sanft zu Herrn Hellforth.

Herr Hellforth blickte sie spröde an. »Ja!«, entgegnete er ironisch. »Genauso unheimlich wie die Brüste von Anna Burkowa heut in der Morgenpost!«

Frau Schwarz' Augenbrauen zogen sich zur Mitte hin. »Oder der animierte Hintern von James Bond gestern in den *Neukieler Nachrichten*«, ergänzte sie. »Aber im Ernst: Ich glaube nicht, dass es bei der Sache nur um hohe Absatzzahlen geht.«

»Kiemenmenschen ... unglaublich ...«, brummte Herr Hellforth knitterig und steckte die Nase tiefer in sein Mathematikbuch. Bea betrachtete ihn versonnen. Sie überlegte, wie ihr geschätzter Co-Klassenlehrer wohl zu den Kiemenmenschen stehen würde, wenn er wüsste, dass die Medien in diesem Punkt die Wahrheit sprachen. Den Kopf hinter dem Buch vergraben, entfuhr Herrn Hellforth noch ein letzter Kommentar: »Was ich mir in letzter Zeit alles anhören muss. Gestern die Geschichte von Frau Schmidtke und jetzt das.«

Die umsitzenden Lehrer wandten sich ihm neugierig zu.

»… von der alten Schmidtke?«, fragte Frau Schwarz. »Unserer pensionierten Kollegin?«

»Ja«, erwiderte Herr Hellforth.

»Was hat sie denn erzählt?«, fragte Frau Schwarz neugierig.

Herr Hellforth schaute aus dem Buch auf.

Die Blicke von Bea, Herrn Melchers, Frau Schwarz und weiterer Tischnachbarn waren auf ihn gerichtet.

»Na gut …«, sagte er und legte das Buch beiseite. »Es ist aber eine etwas längere Geschichte.«

Die Umsitzenden nickten ihm auffordernd zu.

Er räusperte sich. »Okay, hm, Frau Schmidtke hat mir erzählt, dass sie unten am Strand so eine Frau gesehen hat«, begann er. »Es war abends, das Wetter stürmisch und grau. Frau Schmidtke hatte einen Streit mit jemandem gehabt, deshalb war ihr das ungemütliche Wetter egal und sie machte noch einen einsamen Spaziergang am Strand entlang. Da sah sie diese fremde Frau, völlig nackt. Die Frau ging ins Wasser, immer weiter, bis irgendwann ihr Kopf unter der Wasseroberfläche verschwand. Frau Schmidtke vermutete einen Selbstmord. Da die Frau nicht wieder auftauchte, alarmierte sie die Polizei. Professionelle Taucher waren im Einsatz, einige Tage lang, aber ohne Erfolg. Frau Schmidtke glaubte dann, dass die Frau mit der Strömung irgendwie raus aufs Meer gezogen worden sei oder irgendwo wieder angespült wurde, entstellt und nicht mehr zu identifizieren.«

»Vielleicht hat sie einen Hundert-Kilo-Betonblock mit ins Wasser geschleppt, an den sie sich angekettet hatte?«, stichelte Herr Melchers. »Was hier unten am Strand ins Wasser gelangt, wird früher oder später auch wieder angespült. Und natürlich ist so ein toter Körper aus dem Wasser identifizierbar, auch nach zig Jahren noch. Wir leben schließlich nicht mehr im 21. Jahrhundert.«

»Wer meinen Worten nicht folgen kann, sollte sich nicht zu Wort melden«, erwiderte Herr Hellforth bestimmt. »Ich will nicht auf die eingeschränkte Aussagekraft dieser Vermutungen von Frau Schmidtke hinaus, das waren nur ein paar unwichtige Ausschmückungen. Hören Sie sich die Geschichte einfach zu Ende an.«

Herr Melchers wurde rot.

»Einige Wochen später machte Frau Schmidtke erneut einen abendlichen Spaziergang am Strand«, erzählte Herr Hellforth weiter, »und wieder sah sie diese mysteriöse Frau ins Wasser gehen. Sie lag daraufhin die ganze Nacht am Strand auf der Lauer, aber die Frau kam nicht wieder raus.« Ein leises Lachen wallte unter den Kollegen auf. Grinsend hob Herr Hellforth den Zeigefinger in die Höhe. »Frau Schmidtke sah die Frau nicht wieder, bis sie eines frühen Morgens mit dem Auto auf dem Weg zur Schule war. Sie fuhr die Neue Strandpromenade entlang. Da kam die Frau unten beim Strand aus dem Wasser. Das hat Frau Schmidtke so stark irritiert, dass sie versehentlich ihrem Vordermann draufgefahren ist.«

Herr Hellforth musste seine Erzählung unterbrechen, weil Herr Melchers einen Lachanfall bekam, sich gestisch entschuldigte, schnell aufstand und sich mit der Hand am Mund fünf Minuten vor Unterrichtsbeginn schon mal auf den Weg zu seiner Klasse machte.

»Na ja …«, sagte Herr Hellforth, während er Herrn Melchers nachdenklich hinterherschaute, »so verlor Frau Schmidtke die Frau aus den Augen, sonst wäre sie wohl zu ihr gegangen und das Rätsel hätte sich vielleicht aufgelöst …« Er ließ seinen Blick über die Gesichter gleiten und schloss dann ab mit: »… sagt Frau Schmidtke.« Ein Lächeln huschte über sein Gesicht, von dem man nicht sagen konnte, ob es nun Ironie, Freude oder Verlegenheit ausdrücken sollte.

Lebhaft nickend oder schmunzelnd, erhoben sich die Kollegen von den Stühlen, um sich auf den Weg zu ihren Klassen zu machen. Bea blieb noch eine Weile in Gedanken sitzen. Die Sache mit den Kiemenmenschen macht langsam die Runde, dachte sie. Wenn es tatsächlich noch andere von ihrer Art geben sollte, das wäre toll. Verträumt hängte sie sich ihre grüngraue Riementasche über die Schulter und machte sich auf den Weg zu ihrer Klasse.

… *Wump, wump, wump* … Wo Flo wohl war? Vielleicht war er zuhause, krank … *wump, wump, wump* … Der alte Linoleumboden vor Beas Füßen wölbte sich etwas nach oben. *Whhumph, whhumph, whhumph.* Schüler rannten an ihr vorbei. »Hallo, Frau Schelling!«
»Hallo!«, antwortete sie. Dann der Gong. Sie öffnete die Tür zu ihrer Klasse. Die Schüler waren schon drin und saßen artig auf ihren Plätzen. Bea begann mit der Stunde.

Bereits eine Viertelstunde später musste sie den Unterricht unterbrechen, weil jemand an der Tür klopfte.
»Herein!«, rief sie.
Herr Hellforth betrat mit einem kleinen Jungen die Klasse. Er sah niedlich aus. Bea stach sofort sein Rollkragenpullover ins Auge. Der Junge warf ihr einen blitzenden braunäugigen Blick zu, dann senkte er seinen Kopf und schaute auf den Boden.
Bea musterte ihn neugierig.
Herr Hellforth legte dem Kleinen fürsorglich die Hand auf die Schulter. »Das ist Nikolas«, sagte er. »Er ist neu.«
Bea war überrascht. Sie wusste nichts von einem neuen Schüler.
Herr Hellforth schaute sie auffordernd an.
Bea ging zu Nikolas und reichte ihm die Hand. »Herzlich willkommen, Nikolas! Ich bin Frau Schelling, deine neue Klassenlehrerin, gemeinsam mit Herrn Hellforth.« Sie wandte sich zur Klasse. »Begrüßt unseren neuen Mitschüler!«
»Hallo!«, »Herzlich willkommen!«, »Hi!«, »Grrrüeeßli!«, »Guten Morgen, Blödkopf!«, riefen die Schüler durcheinander.
Nikolas schaute nicht zu ihnen hinüber, sondern richtete seinen Blick weiter auf den Boden.

Mütterlich wies Bea ihn der Schülergruppe vor dem Lehrerpult zu. »Neben Matej ist noch ein Platz frei. Hast du was zu schreiben dabei?«

Nikolas nickte.

»Matej weist dich ein. Okay, Matej?«

»Jawoll, Frau Schelling!«

Bea beobachtete neugierig, wie Nikolas sich auf den Stuhl neben Matej schob. Obwohl er klein war und körperlich noch nicht so weit wie die anderen, erschien er ihr innerlich ziemlich reif, wenngleich seltsam schüchtern. Der Junge war anders als die anderen. Von Anfang an fühlte sie sich ihm besonders verbunden.

Nikolas

Nikolas hatte in Folge einer Mobbing-Angelegenheit die Schule gewechselt. Aufgrund seiner überdurchschnittlichen Schulleistungen war zudem kurzfristig entschieden worden, dass er eine Klasse überspringen sollte. Sein Kommen hatte deshalb nicht angekündigt werden können. Nun musste er an der Schule Fuß fassen, was gar nicht so einfach war. Er war zwar lieb und aufgeweckt, aber ein totaler Einzelgänger, der, ohne es zu wollen, die Aggressionen vieler Mitschüler auf sich zog. In Gruppenarbeiten wurde nicht auf seine Worte eingegangen. Es redete ihm jemand rein, wenn er während des Frontalunterrichts einen mündlichen Beitrag machte. Wenn er in der Pause mit jemandem ein paar Worte wechseln wollte, der in einer Gruppe stand, schob sich ein Rücken vor ihn. Ab und zu wurden ihm die Hausaufgaben zerstört: Jemand fegte *aus Versehen* ein Blatt vom Tisch, ein anderer trat *aus Versehen* drauf, jemand kippte einen Kakao oder einen Saft um, ein anderer wischte das Heft in die Pfütze. Nikolas machte eigentlich den Eindruck eines guten Jungen, aber er trug die Nase oft ein bisschen zu hoch, als ob er sich für etwas Besseres halten würde, was die Angelegenheit nicht erleichterte.

Herr Hellforth und Bea überlegten, wie sie mit der Sache umgehen sollten. Was hatte es nur auf sich mit diesem Nikolas? Wieso wurde er von seinen Mitschülern so aggressiv angegangen? … Weiteres kam hinzu. Der Ruf seines Vaters wurde von den Mitschülern durch den Dreck gezogen. *Taugenichts! Versager! Falscher Fünfziger!* Bea und Herr Hellforth kamen nicht an den Vater heran. Er war alleinerziehend und hielt sich völlig aus der Sache raus. Dazu kam, dass er kaum ans Telefon ging, und wenn, dann würgte er das Gespräch ab. Eine Adresse gab er nicht an und hatte es auch noch nie getan. Sie wussten tatsächlich nicht, wo er wohnte. Bea überlegte bereits, Nikolas auf seinem Heimweg heimlich zu folgen. Warum verhielt sich dieser Vater so?

Bald kam sie der Antwort auf die Spur. An einem schönen, frühlingshaften Morgen hatte sie draußen Aufsicht und wurde auf das merkwürdige Verhalten einiger Schüler am anderen Ende des Schulhofs aufmerksam. Drei größere bewarfen einen kleineren vierten mit irgendwas. Die undefinierbaren Wurfobjekte blieben kurz an ihm haften und plumpsten dann zur Erde. Bea wollte nachsehen, was da los war, doch ein rennendes Mädchen, das vor ihr ins Straucheln kam, lenkte ihre Aufmerksamkeit ab. Es verlor das Gleichgewicht und schlitterte zu Beas Füßen über den rauen Schotterboden. Bea wollte sich zu ihr herabbeugen, da war es schon wieder aufgesprungen und rannte weiter. Ganz schön tapfer, dachte Bea noch. Als sie sich wieder dem anderen Ende des Schulhofs zuwandte, waren die vier Jungen verschwunden. Es gongte zur Verkündung des Pausenendes. Die Schüler liefen ins Schulgebäude. Bea wartete, bis es um sie herum leer war, dann machte auch sie sich auf den Weg. Sie hatte die Tür zum Gebäude schon fast wieder hinter sich geschlossen, als sie einen quiekenden Kinderlaut vernahm. Sie schaute sich noch einmal um, konnte jedoch nirgendwo noch einen Schüler erspähen. Die Sache kam ihr merkwürdig vor und sie ging zurück. Hinter einer Ecke des Schulgebäudes entdeckte sie einige Schüler. Einer kauerte zusammengesunken an der Wand und vergrub seinen Kopf unter den Ellbogen. Ein anderer hieb mit einem Stock auf ihn ein. Die letzten beiden standen drohend an der Seite des Schlägers, ebenfalls mit Stöcken bewaffnet. Die drei hatten Bea noch nicht gesehen. Sie lief zu ihnen und riss dem immer wieder zuschlagenden Jungen den Stock aus der Hand. Er warf ihr einen erschrockenen Blick zu. Dann rannte er davon. Seine beiden Mitstreiter hinterher. Bea ließ sie laufen. Sie kannte den Stockschläger. Er war aus der 9b von Frau Schwarz. Schnell beugte sie sich zu dem kleinen Jungen hinab, der unter ihr an der Wand kauerte. Jetzt erst erkannte sie Nikolas. Merkwürdigerweise sprang er plötzlich auf und wollte sich ebenfalls aus dem Staub machen, doch Bea hielt ihn an seinem Rollkragenpulli fest. »Moment!«, sagte sie besorgt. »Bist du verletzt?« Er schüttelte den Kopf. Ihr fiel seine blutende

Wange auf. Sie prüfte die Wunde: ein kleiner Schnitt. Beruhigend legte sie ihm die Hand auf die Schulter und ging mit ihm ins Schulgebäude. Vom Sekretariat aus bestellte sie zwei Sanitätsschüler. Dann führte sie ihn zum Behandlungsraum. Die Sanitätsschülerinnen kamen – zwei Mädchen, denen Nikolas ängstliche Blicke zuwarf. Bea gab ihn in ihre Obhut und ging zum Zimmer des stellvertretenden Schulleiters, Herrn Kürvers, denn der Sache mit dem Stockschläger musste gleich nachgegangen werden. Herr Kürvers war ein Mann, den fast nichts aus der Ruhe bringen konnte, und so sah er auch aus mit seinem breiten Bart, dem dicken Bauch, dem Knautschgesicht und der weit vorgeschobenen Brille. Mit genüsslichem Blick saß er jeden Morgen in seinem Zimmer vorm Computer, den Bauch gegen den Tisch gepresst, und erledigte mit gesunden roten Wangen, was an organisatorischen Arbeiten anfiel. Die alltäglichen Unvorgesehenheiten des Schullebens wärmten ihm die Seele wie ein auf volle Power gestelltes, elektrisches Massagesprudelbad die Füße. Wie immer empfing er Bea mit offenem Ohr. Sie erläuterte ihm die Angelegenheit und bat darum, eine Vertretung für ihren 11er-Kurs zu organisieren. Herr Kürvers nickte, wuchtete seinen dicken Bauch in die Höhe und ging zügig zum Lehrerzimmer. Bea machte am Computer den Raum ausfindig, in dem sich die 9b von Frau Schwarz gerade befand, und holte den Jungen, der mit dem Stock geschlagen hatte, aus der Klasse. Schnell hatte sie ihm aus der Nase gekitzelt, wer seine beiden Mitstreiter waren. Es handelte sich ebenfalls um Schüler des neunten Jahrgangs. Nach Telefonaten mit den Eltern der drei Neuntklässler und etlichen erfolglosen Anrufen bei Nikolas' Vater saß sie in der Mittagspause gemeinsam mit den Rüpeln, Nikolas und der schuleigenen Sozialpädagogin im Streitschlichtungsraum. Die Sozialpädagogin war vor ein paar Jahren aus New Orleans zu ihnen gestoßen, eine athletische Afroamerikanerin mit kurzen krausen Haaren und feurigen Augen. Sie besaß viel gesunden Menschenverstand, hatte ein großes Herz und einen stark ausgeprägten Gerechtigkeitssinn. Die meisten Schüler hatten großen Respekt vor ihr. Diese drei Neuntklässler kannten sie allerdings noch nicht.

»Wir haben Nikolas mit Pausenbroten beworfen«, gaben sie unverfroren zu. »Dann haben wir ihn in die Ecke getrieben und mit Stöcken geschlagen.«

Nikolas nickte schamvoll.

Die Augen der Sozialpädagogin glühten auf. Normalerweise richtete sie sich bei den Streitschlichtungsfällen nach einer bestimmten pädagogischen Vorgehensweise, aber diesmal nicht. »Wie seid ihr darauf gekommen, so was anzustellen?«, fragte sie angespannt.

Die drei zuckten mit den Schultern.

Eine Zornesfalte bildete sich auf ihrer Stirn. Scharf schaute sie dem Jungen aus Frau Schwarz' Klasse in die Augen. »Denkst du, dass wir dir das durchgehen lassen? Wir sind keine Schule von Gewalttätern und Schlägern. Deine Eltern sind schon bestellt, sie kommen am Nachmittag. Unter diesen Umständen müssen wir ernsthaft über einen Schulverweis nachdenken!«

Jetzt bekam es der Neuntklässler doch mit der Angst zu tun. Seine Stirn kräuselte sich, ein Schluchzen ertönte und Tränen begannen ihm die Wangen herabzulaufen. Zornig deutete er auf Nikolas und schrie: »Aber der hat die Krankheit! Die Krankheit!«

Bea starrte auf Nikolas' Rollkragenpulli. Ängstlich sprang der Junge auf und rannte aus dem Zimmer. Die Sozialpädagogin gab Bea ein Zeichen, dass sie sich um den Neuntklässler kümmern werde, woraufhin Bea Nikolas gleich hinterhereilte. Das ganze Schulgebäude und den Schulhof suchte sie nach ihm ab, sie konnte ihn aber nirgendwo finden. Fragen rauschten durch ihren Kopf: Was hatte der Rüpel mit Krankheit gemeint? Meinte er vielleicht etwas anderes? Wieso trug Nikolas einen Rollkragenpulli? Sie versuchte seinen Vater zu erreichen, zunächst von der Schule, dann von zuhause aus, aber ohne Erfolg. Der Tag verstrich, dann der Abend, doch Beas Gedanken bewegten sich nicht von Nikolas und seinem Vater weg. Sogar in ihren Träumen kamen die beiden vor ... Sollten sie womöglich Kiemenmenschen sein? Bea hatte noch nie Artgenossen zu Gesicht bekommen.

~

Während sich noch in den frühen Morgenstunden in Beas Träumen die Ereignisse überschlugen, lag ihr Freund Flo traumlos in seinem Bett. Die Bettdecke war halb von seinem Körper gerutscht und hatte seine schmale Brust freigelegt. Sein Kopf war zur Seite geneigt, das schwarze kurze Haar verklebt und durcheinander. Eine Schweißperle rann über seine zierlichen Gesichtszüge. Flo war etwa so alt wie Bea. Vom Charakter her waren sie ähnlich, wenngleich er etwas abenteuerlustiger war, dafür weniger durchsetzungsfähig, aber dennoch auf seine eigene Weise in sich ruhend – Flo war Flo, und niemand anderes.

In diesem Moment öffneten sich seine Augenlider einen Spalt weit und zwei blasse Pupillen spähten zwischen ihnen hervor. Sein Blick fiel durch das Fenster. Die ersten Sonnenstrahlen glänzten auf den Solardächern und Häusergiebeln, die sich scheinbar endlos vor dem Häuserblock erstreckten. Flos Wohnung befand sich im achtzehnten Stock, höher als die umliegenden Blocks. Deshalb gab es keine Vorhänge. Er zwinkerte und rieb sich die Augen. Dann überlegte er, sich aufzurichten, blieb jedoch müde liegen. Eigentlich waren seine ersten Gedanken nach dem Aufwachen in der letzten Zeit immer schön gewesen, etwa: »Bea ... toll ... Schule ... aufstehen«. Heute fand sich in seinem Kopf stattdessen: »Kassierer ... Gärtner ... Müllmann ... Produktionshelfer ... Hilfsarbeiter ...«, denn in der Schule lief es zurzeit nicht gut. Zu viel Stress. Der Wecker erklang. Biiiiiiiiep! Biiiiiiiiep! Flo stellte ihn aus und atmete einmal tief durch. Scheiße, dachte er. Mühsam raffte er sich auf, wälzte seine müden Knochen aus dem Bett und überlegte, sich fertig zu machen. Dann entschied er sich doch fürs Bett und ließ sich wieder hineinsinken.

Wenig später fielen ihm die Augen zu und er schlief und schlief, als hätte er dies die ganze Nacht nicht getan.

~

Bea hatte die ersten beiden Stunden frei. Sie nutzte die Zeit und versuchte es wieder bei Nikolas' Vater. Diesmal ging er ran.

»Ist Nikolas bei Ihnen?«, fiel sie gleich mit der Tür ins Haus.

»Ja.«
Schweigen.
»Wissen Sie schon von dem Zwischenfall?«, fragte sie.
»Ja!«
»Es sind Gespräche mit den Eltern der Stockschläger geführt worden«, fuhr sie fort. »Die Sache geht ihren Weg und wird ein Nachspiel haben. Eine Ordnungskonferenz ist bereits angesetzt. Ich würde gerne einen Sprechstundentermin mit Ihnen vereinbaren.«
Wieder Schweigen.
»Hallo?«, fragte sie.
»Diese Woche ist es schlecht«, erwiderte er.
»Aber es drängt.«
»Frau Schelling! Ich habe gerade Unannehmlichkeiten an meinem Arbeitsplatz und genug Probleme. Wir können uns nächste Woche treffen!«
»Na gut«, erwiderte Bea geladen. »Aber wenn das nächste Woche nicht klappt – das sage ich Ihnen –, dann stehe ich persönlich mit Nikolas bei Ihnen vor der Tür!!!«
Er legte auf.
Bea ging ungehalten ins Wohnzimmer und schmiss den Computer an. Der Apparat projizierte ein etwa ein Quadratmeter großes, dreidimensionales Hologrammbild ihrer Startseite auf *Expression* in den Raum, einer Webseite zum Betreiben sozialer Netzwerke. Dann erschien ein kleines Fenster, auf dem der Nachrichtenkanal lief. »Soeben ist uns offiziell bestätigt worden, dass Kiemenmenschen unter der Bevölkerung der ganzen Welt leben«, ertönte die Stimme des Sprechers. Bea dachte zunächst, sie hätte sich verhört, und stellte den Computer etwas lauter. »Sie sehen aus wie wir, haben aber ein verändertes Genmaterial. Ihre Erschaffung war ein Regierungsprojekt, das bis jetzt der Geheimhaltung unterlag. Nähere Informationen liegen uns noch nicht vor. Wir halten Sie selbstverständlich auf dem Laufenden und melden uns zurück, sobald wir Näheres wissen.«
Bea stand mit offener Kinnlade da. Sie setzte sich auf den Schreibtischstuhl. Es dauerte eine Weile, bis ihr Herzschlag sich wieder beruhigt hatte.

Dann überkam sie Neugier, denn sie wusste bisher sehr wenig über ihre eigene Gattung. Gespannt begann sie im Netz zu recherchieren. Alles, was sie jedoch fand, war eine Flut von Klatsch und Tratsch in der Art unzuverlässiger Informationen, die sich auch um die Frage der Existenz des Yetis rankten. Die seriösen Nachrichtenagenturen hatten noch keine weiteren Infos parat.

Die Angelegenheit verfolgte sie über den ganzen Tag. Wo sie auch war, sprachen die Leute über die Kiemenmenschen. Ihr missfiel das. Überall wurde sie dadurch daran erinnert, dass sie anders war. Nichtsdestotrotz interessierten sie die aktuellen Entwicklungen sehr. Sie hätte die Sache gerne mit Flo besprochen, denn er war der Einzige, der von ihren Kiemen wusste. – Aber wo war er? Wieso war er nicht in der Schule gewesen? Sie würde ihn später anrufen.

Als sie aus der Schule zurückkam, stellte sie gleich wieder die Nachrichten an. »Die Kiemenmenschen wohnen größtenteils in abgeschotteten Wohnsiedlungen«, sagte eine stilvoll gekleidete Sprecherin. »Ein Teil lebt allerdings mitten unter der Bevölkerung, versteckt. Nun stellt sich die Frage, ob der Ausbruch der neuen Viruserkrankung etwas mit ihnen zu tun haben könnte.« Bea fragte sich, was für eine Viruserkrankung gemeint war. Sie hatte noch nichts davon gehört. Ihr wurde mulmig. Sie klickte die Nachrichten weg, schwankte zittrig in ihr Schlafzimmer und plumpste bäuchlings auf das Bett. Wie ein außer Kontrolle geratener Flohzirkus begannen die Gedanken in ihrem Kopf herumzuspringen. Rastlos raffte sie sich wieder auf. Sie stand völlig neben sich, brauchte ein warmes Herz, dem sie sich anvertrauen konnte. Kribbelig tastete sie nach ihrem Handy und wählte Flos Nummer … er ging nicht ran. Mist. Na gut, dann eben nicht, Flo. Sie wählte die Nummer ihrer guten Bekannten Nicki. »Hallo!«, erklang eine Frauenstimme. Sie war zuhause, ein Glück. Nicki hatte zwar kaum Zeit zu reden, aber Bea gelang es, sich mit ihr zu verabreden. Sie wollten sich später in einer Kneipe treffen. Wie das Treffen wohl werden würde?, überlegte Bea. Nicki wusste nichts von ihren Kiemen. Wie sollte

Bea sich etwas von der Seele reden, ohne ihr Geheimnis preiszugeben? Das hatte sie sich nicht gut überlegt.

~

Flo saß zuhause in seinem Bett. Er hatte das Telefon klingeln gehört und gewusst, dass es Bea war, aber ihm war nicht nach Reden. Er hatte sich von seinem befreundeten Hausarzt eine dreitägige Krankmeldung ausstellen lassen. Er brauchte Zeit für sich. Er konnte nicht genau sagen, warum. Irgendetwas lag in der Luft und zersetzte seine gute Laune. Es nahm ihm den Wind aus den Segeln, machte ihn müde und lahm – wie einen dreibeinigen Hund, der kraftlos die Straße runtertrottete. Wenn er an seine Zukunft dachte, hatte er das Gefühl, als blickte er in eine Sackgasse. In seinem Leben hatten sich immer Hochs und Tiefs abgewechselt. Die Tiefs waren oft lang gewesen, viele, viele Jahre. So, als ob das irgendwann dann folgende Hoch einen gut bereiteten Grund aus Niederlagen und endlosen neuen Anläufen bräuchte. Und nun kündigte sich wieder eins dieser Tiefs an. Noch war es nicht da, aber Flo war sich sicher, es würde kommen, und das bereitete ihm Kopfschmerzen.

~

Zur gleichen Zeit traf Bea sich mit Nicki und einer weiteren Bekannten, Gesa, in der Kneipe *Nostradamus*. Dort kamen sie oft zusammen. Die beiden anderen waren keine Lehrerinnen. Nicki war ein temperamentvoller Blondschopf, frech und manchmal leider etwas sadistisch. Gesa war zurückhaltender. Ihre äußerlich disziplinierte Erscheinung erinnerte Bea oft an einen meditierenden Buddhisten. Innerlich jedoch war sie locker und wenig diszipliniert.

Das Treffen verlief nicht so, wie von Bea erwünscht. Bea hatte sich Ablenkung erhofft, aber es kam keine lockere Stimmung auf. Die drei saßen sprachlos vor ihren Cocktails am Tisch. Nicki und Gesa hatten gemerkt, dass Bea ein Problem hatte, und waren ungehalten, weil sie bisher nicht damit rausgerückt war. Missgelaunt warfen sie sich Blicke zu. Bea konnte das verstehen. Warum hatte sie sich auch mit ihnen treffen wollen, wenn sie ja doch nichts erzählte? Das war unüberlegt gewesen. Was konnte sie also tun, um die Situation zum Guten zu verändern? Ihr fiel nur eine Lösung ein. Sie musste ihr Geheimnis preisgeben. Die beiden waren ja nicht irgendwer, sondern so gut wie ihre Freundinnen. Ja, sie hatten damit sogar ein Recht, von ihren Kiemen zu erfahren. In diesem Moment zerrten neben ihnen drei Männer einen anderen von einer Tischrunde weg. Als der sich wehrte, schlug einer der Männer ihm mit der Faust ins Gesicht. Bea zuckte zusammen und stand auf einmal aufrecht vor ihrem Stuhl. Konnte sie etwas tun? Ihr Atem ging schnell. Vorsichtig griff Nicki sie am Pullover und zog sie behutsam auf den Stuhl zurück. Beas Körper zitterte. Sie hatte noch nie gesehen, wie ein Mann mit voller Kraft einem anderen ins Gesicht geschlagen hatte. Es hatte richtig gekracht. Sie spürte Nickis Atem an ihrem Ohr, die sich zu ihr beugte. »Das ist einer von denen«, flüsterte sie.

Bea schaute sie fragend an. »Wie meinst du das?«

»Einer von den verseuchten Typen, die uns die Arbeitsplätze wegschnappen, ein Kiemenmensch.«

Bea wandte sich von ihr ab und verbarg ihr Gesicht hinter ihrer Hand. Unauffällig schielte sie durch ihre Finger zu Gesa. Deren Blick ruhte kalt auf dem Mann, der in diesem Moment nach draußen gezerrt wurde. Abfällig rümpfte sie die Nase. Bea fühlte, wie sich zwischen sie und die beiden eine Mauer schob, undurchdringlich wie eine Bunkerwand. Mit zitternder Hand bat sie den Kellner zu sich und zahlte. Dann stand sie auf und verließ die Kneipe. Draußen schlugen die drei Männer den anderen im Dunkeln an einer Wand zusammen. Still ging sie an ihnen vorbei und stieg in ihren Wagen. Während der Fahrt nach Hause rief sie die Polizei. Oh je – sie hatte eben nicht gerade Zivilcourage gezeigt. Sie fühlte sich klein wie eine Maus – aber sich an die Wand stellen und zusammenschlagen lassen, das wollte sie auch nicht. Zudem hatte keiner aus der Kneipe auch nur Anzeichen gemacht, helfen zu wollen. Autos rauschten an ihr vorbei. Bea fuhr langsam, ihre Hände zitterten immer noch. Am

Straßenrand hing eine Reihe Wahlplakate. »*DIE NEUE PROGRESSIVE. ZEIT FÜR TATEN*«. Eine neue Partei … hmm, hmmm … vorgezogene Bundestagswahlen … schon in ein paar Tagen. Und das gerade jetzt.

Sie musste an Flo denken und wünschte sich, dass er da wäre. Anrufen würde sie ihn nicht, sie wollte ihn nicht nerven. Außerdem war er dran mit Melden.

Auch in den nächsten Tagen kontaktierte Bea Flo nicht. Stattdessen konzentrierte sie sich auf das Berufliche. Nikolas erschien nicht mehr in der Schule. Täglich versuchte Bea seinen Vater zu erreichen, doch ohne Erfolg. Der Sache mit dem Stockschläger nahm sie sich in ihren Pausen und Freistunden verstärkt an. Der Rüpelschüler war kein unbeschriebenes Blatt. In seiner Schülerakte waren Gewaltdelikte, ein Diebstahl und Erpressungen verzeichnet. Ein Schulverweis lag nun sehr nah. Als sie schon fast nicht mehr damit rechnete, ging Nikolas' Vater dann tatsächlich mal ans Telefon.

»Hallo?«, sagte er.

»Ach … hallo! Hier ist Bea Schelling.«

»Hallo.«

»Schön, dass ich Sie erreiche! Es geht um unser persönliches Gespräch. Könnten Sie sich nicht vorstellen, sich doch noch mit mir zu treffen? Ich würde das alles gerne mit Ihnen besprechen. Vielleicht finden wir einen Weg, wie wir mit der Sache umgehen können.«

Er räusperte sich ungehalten, erwiderte aber nichts.

»Ich garantiere, mich diskret zu verhalten. Und bitte entschuldigen Sie meine aufbrausende Art. Ich habe Nikolas kennenlernen können und er liegt mir am Herzen.«

Einen Moment herrschte Stille. Sie vernahm ein Flüstern am anderen Ende der Leitung. Schließlich willigte der Vater ein. Sie vereinbarten einen Termin.

Mathew

Tag der Bundestagswahlen

Um 19:00 Uhr traf sich Bea vorm Sprechzimmer mit Nikolas und dessen Vater. Sie schüttelte zuerst dem Jungen die Hand, dann stellte sie sich seinem Vater vor: »Frau Schelling.«

»Mathew«, ertönte eine tiefe Männerstimme.

Sie bat die beiden ins Sprechzimmer. Die äußere Erscheinung von Nikolas' Vater entsprach nicht ihren Erwartungen. Sie hatte sich zwar keinen Angsthasen vorgestellt, aber mit einer so selbstbewussten Ausstrahlung hatte sie nicht gerechnet. Mathew war um die vierzig, ein ruhiger, freundlicher Typ. Die tiefen Falten in seinem Gesicht gaben ihm die Ausstrahlung eines alternden Marinekommandanten. Er trug eine Boss-Jeans, Arbeiterschuhe und einen schönen, schwarzen, feinmaschigen Rollkragenpullover. Mit großen Schritten ging er zu einem der Stühle und setzte sich. Nikolas ließ sich neben ihm auf einen freien Platz plumpsen. Sie waren unter sich, also redete sie gleich offen heraus. »Ich weiß, was Ihnen auf dem Herzen liegt«, sagte sie.

Mathew schaute sie an mit dem desillusionierten Blick eines gebrochenen Mannes, der sich sicher war, dass kein Mensch auf der Welt wissen könne, was ihn bedrückte.

»Doch, doch«, redete sie weiter. Sie deutete auf Mathews und Nikolas' Pullover, zeigte dann auf ihren eigenen, zog den Kragen ein bisschen herunter und tippte sich auf die Kunsthaut.

Mathew zuckte zusammen. Dann lehnte er sich zurück und zog eine Packung Zigaretten aus der kleinen Brusttasche seines Pullovers.

»Hier ist Nichtraucher«, sagte Bea trocken.

Er kräuselte die Stirn, schob die Zigaretten wieder in seine Brusttasche, krempelte sich die Ärmel hoch und stützte seine kräftigen Unterarme vor ihr auf den Tisch. »Wir sind gleich, was?«

Sie nickte.

Eine Weile herrschte Stille. Dann schlug Bea das eigentliche Thema an. »Wieso kommt Nikolas nicht mehr zur Schule?«

»Ich will ihn wieder auf eine andere Schule schicken.«

»Ihre Entscheidung steht fest?«

»Nein, noch nicht ganz.«

Sie schaute zum kleinen Nikolas, der traurig auf seinem Stuhl saß, und legte ihre Ellbogen breit auf den Tisch. »Meinen Sie denn, dass es an anderen Schulen besser ist?«

Er zuckte mit den Schultern. »Die Schulleiterin hat was von Spezialschulen gesagt.«

Bea starrte ihn fragend an. Ein unsicheres Lächeln bildete sich auf ihren Lippen. »Ich würde mich sehr freuen, wenn Nikolas hierbleibt. Es ist gerade viel im Umschwung, vieles könnte in Zukunft besser werden.«

Mathew wandte sich missmutig ab.

»Was ist?«

Er antwortete nicht.

»Was?«

Keine Antwort.

»Was ist denn?«

»Die Stimmen sind fast ausgezählt …«, sagte er.

Ach ja, fiel Bea ein, die Bundestagswahlen.

»… die Neogrünen und die Sozialdemokraten sind weg vom Fenster«, setzte Mathew fort. »So viel steht schon fest: Die Neue Progressive ist so gut wie an der Macht.«

Bea schwieg.

»Sie haben es gar nicht mitbekommen, oder?«

Sie schwieg.

»Die Neue Progressive ist gegen Kiemenmenschen!«, sagte er und stand auf. »Komm, Nikolas!«

»Wollen Sie schon gehen?«

»Es macht keinen Sinn weiterzureden, bevor Sie nicht die Nachrichten gesehen haben.« Er ging zur Tür.

»Warten Sie!« Sie riss eine Seite aus ihrem Lehrerkalender, kritzelte etwas drauf, strich einige Worte und schrieb erneut. Dann ging sie zu ihm und drückte Mathew den Zettel in die Hand. Er nahm ihn wortlos und ging mit Nikolas den Gang entlang davon. Bea begab sich zum Kopierraum, um noch einige Arbeitsblätter für den nächsten Tag zu vervielfältigen. Durch das Fenster konnte sie Mathew auf dem Lehrerparkplatz beobachten. Er blickte auf den Zettel, auf den sie geschrieben hatte: »Samstag, 15:00 Uhr, ~~Akazienallee. Nostradamus~~ Neue Strandpromenade, Café-Bäckerei ›Da Neu‹«.

~

Flo versuchte gestresst, einige Eltern seiner Schüler zu erreichen. Heute hatte er seine Unterrichtspflicht wieder erfüllt, aber gut gelaufen war es nicht. Er hatte notgedrungen drei Schüler in den *Trainingsraum* schicken müssen – einen Raum zur Förderung des Sozialverhaltens. Das bedeutete gleichzeitig, dass die Eltern zu einem Gespräch eingeladen werden mussten. Kurzatmig drehte er das Telefon in seiner Hand. *Wie man in den Wald hineinruft, so schallt es heraus.* Er legte das Telefon beiseite und blickte auf die vier Stapel Klassenarbeiten auf seinem Schreibtisch. Welcher Teufel hatte ihn bloß geritten bei dem Entschluss, zwei Korrekturfächer zu unterrichten? Die Arbeit türmte sich vor ihm auf wie ein unüberwindlicher Berg. »Guten Tag, meine Damen und Herren! Ich begrüße Sie zur Tagesschau!«, hallte es aus dem Nebenzimmer zu ihm hinüber. Er hatte das Holo-TV nicht abgestellt. »Die Koalitionsverhandlungen sind abgeschlossen. Die *Neue Progressive*, die mit großem Abstand stärkste Partei, wird ein Bündnis schließen mit …« Steif wie eine Schildkröte richtete Flo sich auf, ging zur Tür und drückte sie zu. Dann setzte er sich wieder an den Schreibtisch, griff eines der Hefte und zückte den Rotstift. Mühselig krochen die Botenstoffe in seinem Gehirn und von Zelle zu Zelle. Er fühlte sich so langsam, dass er im Garten seiner Eltern hätte zuwuchern können. So würde der Stapel nie kleiner werden.

Außerplanmäßige Gesamtkonferenz

Ein paar Tage später …
Die Tür zum Lehrerzimmer war bereits geschlossen. Bea hielt kurz inne und zog ihren Rollkragen etwas weiter nach oben, denn es war 20:00 Uhr und die Kunsthaut an ihrem Hals begann sich bereits aufzulösen. Die Haltbarkeit des Kollagens betrug nur 13 Stunden. Leise öffnete sie die Tür. Das Zimmer war so voll, dass ihr einige Lehrer fast entgegenfielen. Das Kollegium war nahezu vollständig anwesend, und das waren immerhin 153 Kollegen. Neben ihr an die Wand gelehnt standen Herr Kürvers und Herr Hellforth. Die Schulleiterin ging am anderen Ende des Lehrerzimmers auf und ab, eine stattliche Frau um die fünfzig mit breiten Schultern, einem markanten, wie gemeißelten Gesicht und einer auffällig tiefen, senkrechten Stirnfalte über der Nase. Hinter ihr stand mit großen Buchstaben auf der Bildschirmwand: »Außerplanmäßige Gesamtkonferenz«. In diesem Moment erschien dort die Gliederung ihres Vortrages.

1. Begrüßung
2. Klärung des Anliegens
3. Infos über die neue Lebensform
4. Eingliederung der neuen Lebensform
5. Sonstiges

Bea machte einen freien Platz in der hinteren Ecke des Lehrerzimmers aus, neben Frau Schwarz. Sie zupfte sich noch mal ihren Rollkragen zurecht, dann zwängte sie sich zwischen den Tischen, Stuhlreihen und Beinen der Kollegen hindurch und setzte sich auf den freien Stuhl. Ihr Blick suchte Flo. Er war nicht da. Hm, vielleicht war er krank … Die Schulleiterin suchte sich einen guten Standplatz am Rand der Bildwand, wo sie die Infos hinter sich nicht verdeckte. Sie richtete sich freundlich ans Kollegium und begann mit ihrer Rede. »Sehr geehrte Kollegen …« Noch immer war der Geräuschpegel hoch. Sie hob die Hände und bat gestisch um etwas mehr Ruhe. »Pssst!«, zischten einige Stimmen durch das Lehrerzimmer. Die Schulleiterin fuhr fort: »Schön, dass Sie alle gekommen sind. Ein Lob für die funktionierende Mundpropaganda. Ich entschuldige mich, dass ich die Gesamtkonferenz so kurzfristig einberufen habe. Ich selbst habe die Nachricht des Ministeriums, die der Grund für das Treffen ist, erst gestern bekommen. Sie alle haben bereits gehört, dass seit gut vierzig Jahren menschenähnliche Kiemenwesen unter uns leben. Ich habe Sie heute zusammengerufen, weil wir die Entscheidung treffen müssen, ob wir junge Kiemenmenschen an dieser Schule integrieren wollen oder nicht.« Hinter ihr erschien das Foto eines Kiemenmenschen an der Bildwand. »Die Zahl der Kiemenmenschen beläuft sich in Deutschland auf circa siebenhundert. Sie leben größtenteils in abgegrenzten Siedlungen. Es handelt sich bei ihnen um eine künstlich von Menschenhand erzeugte Lebensform. Die Älteren von uns erinnern sich vielleicht noch an den großen Aufruhr, der ausbrach, als Wissenschaftler ausgerechnet hatten, dass ein Asteroid mit unserer Erde kollidieren würde. Wir waren damals alle sehr beunruhigt. Später wurde dann Entwarnung gegeben. Wie wir nun erfahren haben, wurde diese neue Lebensform erschaffen, damit …« Sie machte mit den Händen eine Geste, die wohl ausdrücken sollte, dass sie nicht richtig wusste, wie sie diesen Zusammenhang in Worte fassen konnte, ohne dass es lächerlich klang. »… damit die menschlichen Gene im Falle eines Asteroideneinschlags nicht gänzlich verloren gehen. Die Kiemenmenschen sollten den Einschlag am Ozeangrund im Schutze von einigen tausend Kubikmeter Wasser überdauern. Wir haben übrigens ein solches Wunderwerk menschlicher Schöpfung hier bei uns an der Schule – einen Schüler mit Kiemen. Sein Vater plant, ihn auf eine andere Schule zu schicken. Vermutlich wird er uns in den nächsten Tagen verlassen.«

Eine Welle aus Flüsterstimmen schob sich durch den Raum.

Die Chefin ging zu einem Stuhl, der neben ihr stand, setzte sich und wartete.

Als wieder Ruhe eingekehrt war, begab sie sich zurück an ihren Platz. »Die Physiologie der Kiemenmenschen ist ein abendfüllendes Thema. Ich möchte deshalb jetzt hier nur einen Punkt ansprechen: Der Bestandteil an Gliazellen in ihrem Gehirn ist wesentlich höher als bei normalen Menschen. Gliazellen versorgen die Nervenzellen des Gehirns mit Nährstoffen und spielen bei der Verschaltung von Neuronen eine wichtige Rolle. Diese Verschaltung ist Grundlage für Lernen und Erkenntnis. Zahlenmäßig bewegen sich die Gliazellen bei den Kiemenmenschen in einer ähnlichen Größenordnung, wie man sie beispielsweise im Gehirn von Josh Barnett festgestellt hat.«

Bea kräuselte die Stirn. Barnett war ein englischer Junge mit einem IQ von etwa 180. Sie selbst schätzte sich bei Weitem nicht so schlau ein. Ihr nachdenklicher Blick fiel auf Frau Schwarz, die aufmerksam auf ihrem Stuhl saß, das linke Bein über das rechte geschlungen, und angeregt mit ihrem Fuß auf und ab wippte.

»Man könnte, wie gesagt, sicherlich ganze Abende mit der Besprechung der wissenschaftlichen Aspekte verbringen, aber hier muss zunächst diese kurze Erläuterung genügen. Es werden Spezialschulen für die Kiemenmenschen eingerichtet.«

Ein energisches »Pssst!« verschiedener Kollegen zischte durch das Lehrerzimmer.

»Viele der älteren Kollegen unter uns haben Erfahrungen mit Hochbegabten«, fuhr die Schulleiterin fort. »Ich erinnere mich an ein Gespräch mit Herrn Kürvers, in dem wir uns eine entsprechend geeignete Schule in der Umgebung herbeiwünschten.«

Herr Kürvers nickte ihr lächelnd zu.

Auf der Bildwand erschien die Überschrift: »EINGLIEDERUNG DER NEUEN LEBENSFORM«. Es wurde stiller im Raum.

»Wir müssen nun hier an der Schule entscheiden, ob wir eine Schule für beziehungsweise mit hochbegabten Kiemenmenschen sein wollen oder ob wir uns auf die normalen Schüler beschränken. Das Ministerium hat uns mit Nachdruck ans Herz gelegt, eine angemessene Förderung nicht unnötig zu blockieren. Da ein gesetzlicher Beschluss noch nicht durchgesetzt ist, wurde die Zuständigkeit dafür den einzelnen Schulen zugesprochen. Allerdings gibt es eine Komplikation. Aufgrund aktueller Entwicklungen disponiert unser Schulförderverein um. Es werden Mittel benötigt für eine breit angelegte Informationskampagne und die Erforschung der neuen Lebensform, nicht zuletzt um einen Zusammenhang zu HHV-10 auszuschließen, der neuen Herpesviruserkrankung, über die gerade auf allen Kanälen berichtet wird. Entscheiden wir uns für die Aufnahme der Kiemenmenschen, fallen wir nicht mehr in den Adressatenkreis des Fördervereins. Das bedeutet, dass große Teile des Etats ausbleiben würden, de facto über vierzig Prozent.«

Der Geräuschpegel im Lehrerzimmer stieg schlagartig an. Einige Kollegen hoben die Hände für Wortmeldungen.

Die Chefin bat gestisch um Ruhe und erteilte Herrn Melchers das Wort.

Der räusperte sich hektisch. »Das ist nicht rechtens, das ist meines Erachtens völlig inakzeptabel! Moralisch ist dieser Schritt nicht tolerierbar! Ich drohe meinem Sohn doch auch nicht damit, dass er kein Essen mehr kriegt, wenn er sich mit einer Freundin einlässt, die ich nicht mag. Wenn wir dem Folge leisten, geben wir die Zügel aus der Hand, und das sogar, bevor das Gesetz überhaupt durchgebracht ist!«

Die Miene der Schulleiterin verhärtete sich.

Herr Melchers stotterte etwas Unverständliches vor sich hin.

Sie schaute ihn fragend an.

Er versuchte, sich zusammenzureißen: »Wir können doch nicht … ehm … äh …«

»Ich denke, jeder sollte jetzt einen kühlen Kopf bewahren«, unterbrach sie ihn. »Die Entscheidung dafür oder dagegen hat jeder Einzelne für sich zu treffen. Ich bitte Sie jedoch zu bedenken: Wir leben in schwierigen Zeiten und Sie kennen ja das Sprichwort: Beiß nicht in die Hand, die dich füttert. Eine Kürzung des Etats um vierzig Prozent würde zu massiven Einschnitten führen. Zudem möchte ich erwähnen, dass inzwischen auch die Personalkosten zum Teil vom Förderverein getragen werden. Es würde also zu Entlassungen kommen.«

Die Hände der Kollegen, die um Wortmeldungen gebeten hatten, bewegten sich nach unten.

»Und ich bitte Sie, auch Folgendes zu bedenken. Wir haben hier an unserer Schule nur einen einzigen betroffenen Schüler und der wird uns aufgrund des Willens seines Vaters in den nächsten Tagen verlassen. Wir haben in unserem Verwaltungssystem keinen weiteren Schüler mit Kiemen verzeichnet. Zum jetzigen Zeitpunkt lässt sich diese Entscheidung dementsprechend relativ schmerzlos treffen. Das könnte sich bald ändern! Darüber hinaus bitte ich Sie zu bedenken, dass unsere Schule bei einer ungeschickten Entscheidung ins Zentrum des öffentlichen Interesses rücken würde. Und Sie kennen ja die derzeitig prekäre politische Lage. Wenn man sich schon in der Höhle des Löwen befindet, dann sollte man ihm nicht auch noch den Arm hinhalten.« Sie schaute ernst in die Runde.

Das gesamte Kollegium saß schweigend vor ihr.

»Gut«, sagte sie. »Dann kommen wir jetzt zur Abstimmung.«

Bea wurde unwohl zumute.

Die Chefin warf einen letzten Blick in die Runde, um sich zu vergewissern, dass es nirgendwo mehr eine Wortmeldung gab. Bea überlegte, sich zu äußern, aber ihre Gliedmaßen waren wie gelähmt. In diesem Moment zog Frau Schwarz ihren Stuhl zurück, streifte einige lange schwarze Haare, die ihr ins Gesicht gefallen waren, nach hinten und richtete sich auf. Ihre feinen Augenbrauen zogen sich zur Nase hin nach unten. Mit herausgestreckter Brust wendete sie sich der Schulleiterin zu. »Den Schulvorschriften zufolge sind wir dazu verpflichtet, allen Schülern, die eine Aufnahme an unserer Schule wünschen und über die intellektuellen Fähigkeiten dazu verfügen, die gleichen Chancen einzuräumen. Wenn wir ...«

»Frau Schwarz!«, unterbrach sie die Schulleiterin. »Es handelt sich hier unübersehbar um eine Ausnahmesituation. Die Kiemenmenschen gehören einer Spezies an, die gerade erst einer größeren Öffentlichkeit bekannt geworden ist. Vor diesem Hintergrund ist ein anfänglich etwas vorsichtigeres Vorgehen eine vernünftige Handlungsalternative.«

»In den seriösen Medien habe ich bis jetzt kein Wort über eine Gefährdung durch die Kiemenmenschen gehört«, erwiderte Frau Schwarz. »Weder gesundheitlich noch sozial.«

Einige Kollegen wurden auf ihren Plätzen unruhig. Es ging bereits auf 21:00 Uhr zu und zuhause wartete noch jede Menge Arbeit auf ihren Schreibtischen.

»Die seriösen Medien sind geprägt von den Werthaltungen der Sozialdemokraten und der NGP«, wandte die Chefin ein. »Und wie es um deren Ehrlichkeit bestellt ist, haben wir ja in den letzten Monaten gesehen.«

Frau Schwarz' Miene verfinsterte sich. »Die Verbreitung politischer Gesinnungen hat an einer Schule nichts zu suchen!«, zischte sie.

»Frau Schwarz, vielleicht sind Ihnen meine Andeutungen entgangen, aber diese Entscheidung ist für unsere Schule von existenzieller Bedeutung.«

Eine andere Kollegin schaltete sich in die Diskussion ein: »Eins steht jedenfalls fest: Während einer Virusepidemie würde ich mein Kind nicht auf eine Schule mit Kiemenmenschen schicken.«

Bea schluckte.

Ein weiterer Kollege rief in den Raum: »Würde so ein *Josh-Barnett-Kopf* sich denn überhaupt an unserer Schule wohl fühlen? Wenn es Schulen für sie gibt, ist das doch ganz großartig.«

Im Hintergrund begannen bereits einige Kollegen ihre Sachen zu packen. Ausschweifende Diskussionen waren bei einer Lehrerkonferenz störend und unbeliebt.

Die Schulleiterin presste sorgenvoll ihre Lippen aneinander. Sie blickte hinüber zum stellvertretenden Schulleiter.

Herr Kürvers nickte ihr zu und gab mit den Händen Zeichen, dass die Diskussion möglichst schnell beendet werden müsse.

Auch Herr Hellforth neben ihm beobachtete das Geschehen mit zunehmender Ungehaltenheit.

Bea saß zusammengesunken auf ihrem Stuhl.

Der Zwischenruf eines weiteren Kollegen hallte durch den Raum: »Wir kennen diese Kiemenmenschen doch gar nicht!« Er richtete sich auf und schaute provozierend Frau Schwarz an. »Frau Schwarz, wie können wir wissen, ob sie nicht vielleicht doch eine Gefahr für uns darstellen?«

»Nicht die Weltgesundheitsorganisation droht damit, dass uns Gelder gestrichen werden!«, antwortete ihm diese scharf.

»Meine Güte, wer spricht denn hier von einer Drohung?«, erwiderte der Zwischenrufer.

Sie starrte ihn an. Zorn flackerte in ihren Augen auf. Gerade wollte sie zum Gegenschlag ausholen, da legte Bea ihr beruhigend die Hand an den Arm und erhob sich. Frau Schwarz wandte sich empört von dem Kollegen ab. Es wurde still im Raum. Das hatte noch nie einer erlebt, dass Frau Schwarz es sich nehmen ließ, einen vorlauten Kollegen in die Schranken zu weisen. Die Blicke lagen nun auf Bea.

Sie schluckte. »Was wäre, wenn …«, sagte sie zögerlich, »… die Kiemenmenschen sich an dieser Schule doch ganz wohl fühlen würden?«

Der Geräuschpegel im Kollegium schwoll kurz an und mündete dann in ein gespanntes Raunen, das langsam verstummte.

Bea schaute in die Runde. Dann führte sie die Hand an die Oberkante ihres Rollkragens, zog ihn ein Stückchen nach unten und zeigte die rechte Seite ihres Halses. Die künstliche Haut hatte sich bereits zu einem Großteil aufgelöst. Deutlich konnte man die drei Kiemenschlitze erkennen, die parallel zueinander unter dem Kieferknochen bis zum Ohr verliefen. Noch während sie den Kragen hinunterzog, fragte sie sich, was für eine Dummheit sie da machte. Aber nun war es zu spät. Frau Schwarz fiel, perplex, wie sie war, neben ihr auf ihren Stuhl zurück. Die Augen jedes Einzelnen der noch gut über hundertdreißig Kollegen im Raum waren gebannt auf Bea gerichtet. Wie zur Salzsäure erstarrt, stand die Schulleiterin da. Dann riss sie sich zusammen. Sie straffte ihre Schultern und sagte laut und deutlich: »Wir vertagen die Abstimmung auf morgen in der sechsten Stunde! Die Schüler bekommen nach der fünften frei!« Sie wischte sich den Schweiß von der Stirn, atmete einmal tief durch und ließ sich ebenfalls auf ihren Stuhl fallen.

Herr Kürvers eilte zu ihr.

Bea schaute zu Herrn Melchers.

Der warf ihr einen Blick zu, der sie beruhigen sollte, was er aber ganz und gar nicht tat.

Sie spürte die Hand von Frau Schwarz, die sanft ihre Hüfte berührte – Mitgefühl und Solidarität ausdrückend. Bea musterte sie dankbar. Dann schob sie ihren Rollkragen sorgfältig wieder nach oben.

Die Kollegen begannen ihre Sachen zu packen, dabei sagte keiner auch nur ein Wort. Zitternd verstaute Bea ihren Kuli in ihrem kleinen weinroten Federetui, nahm ihren Lehrerkalender vom Tisch und ließ ihn in ihre grüngraue Riementasche gleiten. Dann klemmte sie sich ihre Jacke unter den Arm, hängte sich die Tasche über die Schulter und verließ den Raum. Verdammt, wo war Flo? Sie brauchte ihn jetzt.

~

Flo lag wach im Bett. Das Licht war aus. Er blickte durch das Fenster über die Stadt. Es war bereits dunkel, aber der Mond war voll und tauchte die Solardächer und Häusergiebel in ein mattdüsteres Licht. Etwa zwei Kilometer entfernt befand sich Beas Wohnblock, zwischen ihrer Schule und dem sogenannten *Affenfelsen*, einem riesigen, hässlichen Betonklotz, in dem fast nur Klimaflüchtlinge wohnten. Flo war froh über die Distanz. Er wollte allein sein. Den ganzen Nachmittag hatte er an diesem stillen Ort verbracht, zwischen vier kahlen weißen Zimmerwänden. Am Morgen war er aufgestanden, mittags hatte er sich wieder hingelegt. Jetzt stand er erneut auf. Seine Füße tasteten über ungewaschene Klamotten und knisternde Schokoriegelverpackungen. Er verließ den Raum. Wie ein düsterer, kalter Tunnel lag sein Wohnungsflur vor ihm. Der Bewegungsmelder schaltete das Licht an. Jetzt wirkte der Flur etwas wärmer. Einige Bilder von bizarren Landschaften hingen an den Wänden, Erinnerungen an einen Urlaub auf Hawaii: ein einsamer grüner Baum, schräg gewachsen an einem schwarzen Sandstrand; ein Wald aus brüchigem, verfallenem Lavagestein, das sich zum Teil scharfkantig in die Höhe reckte; zwei große Banyan Trees vor dem Hintergrund zweier grün bewachsener Felsformationen, im Vordergrund Flo und seine Schwester. Flo schlurfte vorbei an einigen Kisten, Kartons mit Altglas und einem Stapel ungeöffneter Briefe auf der Ablage neben der Eingangstür. Seufzend stoppte er in der Küche vor einem Berg schmutzigen Geschirrs. Er nahm den Wasserkocher, schob einige dreckige Töpfe in der Spüle zur Seite und hielt ihn unter den Wasserhahn. Sein Blick fiel auf ein Familienfoto an der Kühlschranktür. Unter anderem war er selbst darauf, neben seinen Eltern und seiner Schwester, die zwischen den beiden stand und die Arme um deren Schultern geschlungen hatte. Sogar der *Journalisten-Worcaholic*, ihr Freund, war mit auf dem Foto und ihre beiden Jungs, die Zwillinge. Neben ihnen stand Flos Opa mit seiner neuen Lebensgefährtin. Im Hintergrund befand sich der kleine Garten seiner Eltern, baumreich und blumig. Aus irgendeinem Grund fiel Flo jetzt die Festigkeit im Ausdruck seines Opas Christoph auf. Er strahlte Ruhe und Kraft aus. Eine alte Geschichte kam ihm in den Sinn, wie sein Opa einmal einen Rottweiler am Schwanz gepackt und weggeschleudert hatte, weil dieser über die Nachbarkatze hergefallen war. Die Nachbarin hatte geschrien und geweint und der Besitzer des Hundes hilflos zugesehen. – Danach hatte Christoph bei dem Rottweiler ganz hoch im Kurs gestanden. Der Hund hatte seinen Führer gefunden. Immer wenn er Flos Opa sah, tapste er Pfote für Pfote mit gesenktem Kopf zu ihm und warf ihm anerkennende Blicke zu.

Das Wasser begann zu kochen. Flo griff in einen Wandschrank, spürte eine kalte Tasse in seiner Hand und zog sie heraus. Er warf einen Teebeutel hinein – schwarzen Tee – und goss heißes Wasser darauf. Gedankenversunken ging er zum Arbeitszimmer, stieß die Tür auf und stellte sich auf die Zimmerschwelle, in seiner Hand der dampfende Tee. Flo wärmte seine Finger über der Tasse. Sein Blick wanderte über Stapel aus Klassenarbeiten, Notizzetteln und Hausaufgabenheften von Schülern, die durcheinander auf dem Schreibtisch lagen. Neben dem Schreibtisch auf dem Boden türmten sich Bücher zur Unterrichtsvorbereitung, ein kleineres für Notennotizen und eine Bauanleitung für Schülerkarteikästen. Auch ein angebissener Apfel war da zu sehen sowie ein Sammelsurium dreckiger Kaffeetassen, ein paar Bierflaschen und Weingläser mit rotem, klebrigem Grund. Und natürlich das Telefon, mit schwarzem Display, weil er den Akku rausgenommen hatte. Flo stand stumm auf der Türschwelle und ließ das Bild auf sich wirken. Er hatte fast den ganzen Tag im Bett verbracht, ohne Krankmeldung. Die Wohnung stand Kopf. Seine Post hatte er seit Wochen nicht angerührt. Ihm wurde klar, dass sich etwas ändern musste. Wie ein zähnefletschender Rottweiler kam sein Leben auf ihn zugerannt – und da war niemand, der es am Schwanz packen und wegschleudern würde.

Grauzone

Als Bea am nächsten Morgen müde das Lehrerzimmer betrat, waren zehn bis fünfzehn Kollegen an einem Tisch um Frau Schwarz versammelt. Frau Schwarz redete aufgebracht darüber, dass die Schulen für die Kiemenmenschen sich ausschließlich in abgegrenzten Lagern befänden, Mittel und Ausstattung gingen gegen null. Da gehe es bestimmt nicht um Förderung. Außerdem sei die Androhung der Kürzung der Gelder reine Erpressung. Da stehe kein guter Zweck dahinter. Bea hielt sich aus der Diskussion heraus, ging an der Gruppe vorbei und setzte sich einige Tische weiter an ihren Platz. Um sie herum war es leer. Die meisten der anwesenden Kollegen waren um Frau Schwarz versammelt, von den vereinzelt hier Sitzenden warf niemand Bea einen Blick zu. Sie holte einen Stapel korrigierter 12er-Klausuren aus ihrer Tasche, wählte drei aus und legte sie der Oberstufenleiterin zur stichprobenhaften Korrekturkontrolle auf den Platz. Dann schnappte sie sich ihre Tasche und machte sich auf den Weg zum Fachunterricht in der 7c.

Als sie den Klassenraum betrat, saßen die Schüler bereits brav auf ihren Plätzen. Bea legte ihre Tasche auf den Tisch. Die Schüler erhoben sich.
»Guten Mooorgen, Frau Schelling!«, hallte es durch den Raum.
»Guten Morgen!«, erwiderte sie.
Die Schüler setzten sich.
»Ein einfaches ›Guten Morgen!‹ reicht mir«, seufzte Bea. »Das leiert sich immer so hin mit diesem dö-dö-döö-döö, dö-döö-dö.«
Die Schüler schauten sie still an.
»Wir machen heute Spiele«, sagte sie.
Die Klasse jubelte.
Eigentlich unterbrach Bea eine Unterrichtsreihe nur ungern durch eine

Spielstunde, aber sie hatte die ganze Nacht über den Klausuren gebrütet und sich nicht auf den Unterricht vorbereitet.

Die 7c entschied sich für *Zungenmörder*. Eigentlich war das Spiel eher etwas für die Grundschule, aber die Klasse wünschte es sich. Die Spielregeln waren bekannt: Alle Schüler legten ihre Köpfe auf den Tisch und hielten sich die Augen zu. Dann ging der Lehrer leise herum und wählte einen Mörder und einen Kommissar aus. Einmal auf die Schulter ticken hieß »Mörder«, zweimal »Kommissar«. Der Kommissar gab sich zu erkennen und stand auf, der Mörder blieb sitzen und streckte heimlich Mitschülern die Zunge raus. Wer die Zunge rausgestreckt bekam, war *tot* und musste sich mit dem Oberkörper auf den Tisch legen. Wenn der Kommissar herausfand, wer der Mörder war, hatte er gewonnen. Waren alle tot, hatte der Mörder gewonnen. Meistens, so Beas Erfahrung, lief das Spiel nicht lange, weil einzelne Schüler schnell zu mosern begannen, dass sie auch mal Mörder sein wollten, aber mit dieser Klasse funktionierte es ganz gut. Bea schlich an den Tischreihen entlang und tickte Gianluca und Melvin an. Die beiden saßen ganz links hinten in der Ecke des Klassenraumes nebeneinander. Gianluca war ein kleiner, fröhlicher, neunmalkluger Schüler, Melvin ein großer, ruhiger und in der Klasse sehr angesehener Typ. Die beiden quatschten gerne im Unterricht, ihre Hausaufgaben waren meist identisch und in den Pausen sah man sie kaum mal getrennt. Nahm man es nicht so genau, hätten sie fast als eine Person durchgehen können, weswegen sie einige Lehrer im Unterricht fast nur noch gemeinsam ansprachen. Gianluca war nun also der Kommissar. Sein Auftreten entsprach dieser Rolle gut. Motiviert sprang er von seinem Platz auf und hüpfte mit suchendem Blick vor seinem Tisch mal nach links, mal nach rechts, damit ihm ja nichts entging. Währenddessen fielen vor ihm die Köpfe reihenweise auf die Tische, weil Melvin mit hängenden Schultern hinter ihm saß und einem nach dem anderen die Zunge rausstreckte. Eine Weile hüpfte Gianluca noch motiviert hin und her, dann schien er unsicherer zu werden. Blass lehnte er sich nach hinten zu Melvin. »Melvin«, flüsterte er möglichst unauffällig. »Wer ist das?«

Schmunzelnd zuckte Melvin mit den Schultern.

Ein leises Kichern ging durch die Klasse.
Melvin grinste.
Gianluca wandte sich erneut zu den anderen.
Wieder fielen die Schülerköpfe wie die Fliegen auf die Tische hinab.
»Komm«, flüsterte Gianluca energisch zu Melvin, »hilf mir mal!«
Melvin zuckte nur wieder mit den Schultern.

Gianluca fand bis zum Schluss nicht heraus, wer der Mörder war. Die Mitschüler lagen lachend mit ihren Köpfen auf den Tischen.
Als die Stunde zu Ende war, blieb Bea eine Weile verloren am Lehrerpult stehen. Eine kleine Schülerin kam zu ihr und fragte: »Sind Sie traurig, Frau Schelling?«
Bea wahrte die Form. »Nein, nein, Carolin. Alles okay«, erwiderte sie.
Sie seufzte und strich der Kleinen liebevoll mit der Hand über die Haare.

Die Abstimmung in der sechsten Stunde verlief nicht wie erhofft. 56 Prozent der Kollegen entschieden sich gegen die Aufnahme der Kiemenmenschen. Bea wusste nicht, wie ihr geschah.

Die nächsten Tage verliefen wider Erwarten zumindest äußerlich relativ normal. Beas Kollegen legten ihr keine Steine in den Weg und die Schüler verhielten sich wie immer respektvoll. Die Lehrer mussten Stillschweigen gewahrt haben. In den Pausen fühlte sie sich wie ein Geist, der durch die Zimmer und Korridore der Schule schwebte und nichts tat, außer zu beobachten. Kaum jemand störte sie dabei. Die Lehrer blieben von ihr fern, um sich Unannehmlichkeiten zu ersparen, und die meisten Schüler mieden sie, weil sie ihren Ernst und ihre Beklemmung spürten. Das, was Bea immer so genossen hatte, das Geborgensein in der Gruppe, Unauffälligkeit, ein Leben in der zweiten Reihe, nette Treffen mit Freunden oder Kollegen, unbeschwertes Lehrergrillen, bei dem man sich über Koteletts und Nudelsalat freuen konnte – all das würde nun zu Ende gehen und sie wusste nicht, was sie daran ändern konnte. Sie sah keine Möglichkeit, auf vernünftige Weise mit Menschen zu reden. Auf zu viele Fragen, die durch die Medien jagten, hatte sie keine Antwort: Trugen die Kiemenmenschen zu einer erhöhten Seuchengefahr bei? Könnten sie die Chancengleichheit auf diesem Planeten zerstören? Könnte ihre Gattung sogar die Menschen nach und nach als dominante Gattung verdrängen? Sollte man sie integrieren oder separierte Lebensräume für sie schaffen? Einen Plan für die vorherrschende Situation gab es nicht und erst recht keine für diesen Fall passenden Rechtsvorschriften. Jede Meinung konnte Anhänger finden. Die stärkste Waffe in diesen Tagen waren Informationen. Sie wurden nicht immer im Namen der Wahrheit eingesetzt. Auf dem Spiel standen die Kiemenmenschen – in einem *Zungenmörder*-Spiel für Erwachsene. Bea versuchte sich innerlich auf das Schlimmste vorzubereiten. Dabei distanzierte sie sich von ihren Mitmenschen. Die Nachmittage verbrachte sie allein am Schreibtisch. Vom öffentlichen Geschehen wollte sie nichts wissen, nichts von alledem hören und sehen, nicht taktieren, keine klugen Züge machen, der inneren Erschütterung stillen Ausdruck verleihen – es war zu viel des Schlechten und sie glaubte nicht, dass sich etwas zum Guten wenden könnte. Weder schaute sie Fernsehen, noch ging sie ins Internet. Anrufe nahm sie nicht entgegen … Die Sehnsucht nach Flo blühte wieder in ihr auf wie die Knospe einer blätterlosen Orchidee. Aber sie kontaktierte ihn nicht. Sie drängte ihre Liebe in irgendeine Ecke und versuchte, sie mit Arbeit zu ersticken. *Woran ihr Herz nicht hing, das konnte sie nicht enttäuschen.*

Wenn sie abends im Bett lag, holten sie Fragen über ihre Herkunft ein. Hatte sie ihre ersten Lebensjahre in einer abgeschotteten Kiemenmenschensiedlung verbracht? Wenn ja, dann wo? Und wieso war sie nicht mehr dort? Solange sie denken konnte, war sie eine normale deutsche Bürgerin mit Ausweis und Geburtsurkunde, Geburtsort: Neukiel, Vater: Erkan Schelling, Mutter: Margret Schelling.

Flo ahnte nicht, wie es Bea erging. Auch das politische Drama, das sich abspielte, bekam er nur am Rande mit. Die letzten Tage hatte er größtenteils im Bett verbracht. Es gab verschiedene Wege, mit einer Depression umzugehen. Man konnte das Problem verdrängen und seinen Alltag weiterleben, bis einem das psychische Trauma in die Knochen sackte. Man konnte sich professionelle Hilfe holen und hoffen, dass man an einen guten Therapeuten geriet. Man konnte sich in seine Wohnung zurückziehen und so lange wie möglich krankschreiben lassen. Man konnte seinen Freunden mit ungelösten Problemen in den Ohren liegen, bis sie es nicht mehr aushielten, und hoffen, dass sich daraus irgendeine Veränderung ergab. Flo wählte die Methode, vor der viele warnten: *Depression, hier bin ich. Nimm mich ganz. Bring mich hin, wo immer du willst. Ich kann nicht mehr. Ich gebe auf.* Ironischerweise führte ihn gerade die sehr missliche Lage, in die er so geriet, zu einer Veränderung, die ihn aus ebendieser Lage befreite, denn ihm wurde so sehr schnell klar, dass er seinen Beruf vorerst nicht mehr ausüben könnte. Was man von ihm erwartete, war geistige Fitness, Motivation und Souveränität, und gerade das war nicht drin. Also konnte er es auch ganz lassen und stattdessen mal was anderes ausprobieren. Eigentlich fühlte er sich nicht schlecht. Körperlich war er fit und zu jeder handfesten Handwerksarbeit in der Lage. Mal richtig auf den Putz hauen und sich abrackern, das könnte er tun. Zwar sah es auf dem Arbeitsmarkt zurzeit wirklich grottenschlecht aus, aber er würde schon einen Weg finden, und wenn er auf schäbigen vier Quadratmetern leben und sich von Brot und Wasser ernähren müsste – alles war besser als seine momentane Lage. Viel zum Leben brauchte er nicht. Wenn er die Miete nicht mehr zahlen könnte, würde er notfalls vorübergehend bei seiner Schwester unterkommen oder bei seinen Eltern oder Großeltern. Solange er nicht vorhatte, sich auf die faule Haut zu legen, würde das zu keinen Problemen führen. Sicherlich könnte er auch bei Bea einziehen, aber das wollte er vor diesem Hintergrund eigentlich nicht so gerne.

Am nächsten Morgen erwachte er mit einem Lächeln im Gesicht. Seine Entscheidung stand fest – Kündigung. Überraschend fröhlich und mit erstaunlichem Tatendrang schwang er sich früh auf sein Fahrrad, fuhr zur Schule und informierte die Schulleiterin über seine Entscheidung, fest entschlossen und glaubwürdig. Sie nahm seine Worte überrascht auf, aber nicht zornig, sondern mit ehrlicher Anteilnahme und Mitgefühl. Schnell merkte sie, dass sie ihn nicht würde umstimmen können. Das Angebot, auf eine halbe Stelle zu gehen, lehnte er ab. Doch den sehr zuvorkommenden Vorschlag, es bis zum Ende des Halbjahres mit einer Krankschreibung zu versuchen, damit ihm größere Unannehmlichkeiten wegen der *Hals-über-Kopf-Kündigung* erspart blieben, griff er auf. Ohne zu zögern machte er sich auf den Weg zu seinem Hausarzt, dessen Klinik sich am anderen Ende Neukiels befand. Dazu musste er nahe am Stadtzentrum vorbei.

Auf der Medufushistraße, einer zweispurigen Straße mit großen nachgebauten Altbauten auf beiden Seiten, geriet er mit seinem Fahrrad in eine Demonstration. Es handelte sich um eine Protestaktion gegen die *Neue Progressive*. Flo erreichte das hintere Ende. Vor ihm sah er Menschen verschiedensten Aussehens – von punkigen Typen bis zu normal gekleideten Leuten, Familienväter und -mütter, wie man sie täglich auf den Straßen sah. Neugierig fuhr er in Schlangenlinien zwischen den Leuten hindurch. Schilder rauschten an ihm vorbei mit Aufschriften wie: »KIEMENMENSCHEN ≠ HHV 10«, »ZEIT ZU HANDELN!«, »FASCHISMUS IST KEINE MEINUNG, SONDERN EIN VERBRECHEN«. Zwei junge Frauen mit langen verfilzten Haaren hielten ein Band in der Hand, an dem ein großer roter Gasluftballon von etwa einem Meter Durchmesser befestigt war, auf dem fett geschrieben stand: »PROGRESSIVE-VERBOT JETZT!«. Etwa fünfzig Meter vor sich sah Flo eine *rote Mütze* mit einem Megafon. »Gute Bürger dieser Stadt …!«, erklang daraus eine energische, blecherne Frauenstimme.

Etwa hundert Leute wiederholten die Worte hinter ihr wie ein riesiger wutschnaubender Chor: »Gute Bürger dieser Stadt...!!!«, bevor die Stimme fortsetzte: »... haben den Rassismus satt!«

Wieder antworteten die Leute. Am Rand ging ein älteres Pärchen und hielt sich mit missbilligendem Gesichtsausdruck die Ohren zu. Flo fuhr am rechten Straßenrand auf den Gehsteig und an der schreienden Masse vorbei. Er erreichte das vordere Ende der Demo. Neben ihm begannen einige Demonstranten in die gleiche Richtung zu rennen. Ein junger Mann mit schwarzem Kapuzenpullover und kahlgeschorenem Kopf hielt einen halben Backstein in der Hand. Daneben stand ein Demonstrant mit

Strumpfmaske, in der Hand eine Flasche, in der ein Stofffetzen steckte – ein Molotowcocktail. Etwa hundert Meter weiter kreuzte die Olhuvelistraße, auf der in diesem Moment die ersten Demonstranten einer Großdemo für die Progressive erschienen. Einer zeigte mit dem Finger in Flos Richtung und begann zu schreien. Flo fuhr schneller. Vielleicht konnte er es noch über die Kreuzung schaffen, bevor die Straße von Demonstranten versperrt wäre. Mit sausender Geschwindigkeit rauschte er über die Solarmodule, aus denen die Straße bestand. In diesem Moment rannte ein großer Trupp Polizisten in Schutzanzügen mit Helmen, Schildern und Schlagstöcken auf die Kreuzung und positionierte sich in Dreierreihe vor der Straßenmündung zwischen den Demos. Flo machte eine Vollbremsung. Extremisten rannten von beiden Seiten auf die Polizisten zu und stoppten in zehn bis zwanzig Meter Entfernung. Ein Stein flog über Flo hinweg, neben ihm zündete ein vermummter Radikaler einen Molotowcocktail an, eine leere Glasflasche zerschellte vor seinen Füßen. Er packte sein Rad und rannte zum Straßenrand. Von dort aus kämpfte er sich gegen den Menschenstrom zurück in die andere Richtung, weg von der Front. Hasserfüllte, schockierte und ängstliche Gesichter schoben sich an ihm vorbei. Ein Demonstrant stieß schmerzhaft mit der Hüfte gegen den Lenker von Flos Fahrrad, blieb mit rotem Gesicht stehen und schrie: »Feigling! Was machst du hier? Verpiss dich! Wir haben hier keinen Platz für Leute wie …« Dann wurde er von der Masse weitergeschoben. Flo ließ sein Fahrrad hinter einer Internetzelle zurück und kämpfte sich weiter gegen den Strom. Er erreichte das hintere Ende der Demo, wo wiederum Polizisten die Straße versperrten. Rechts und links erhoben sich die hohen Wände der großen Häuserblocks. Die Demo war festgesetzt. Keiner konnte mehr weg. Flo ließ seinen Blick über die Polizisten schweifen. Einige zitterten vor Anspannung. Auch Frauen waren unter ihnen. Plötzlich vernahm er einen lauten Knall und ein Krachen aus Richtung der Olhuvelistraße. Es musste von einem schweren Geschoss herrühren, von einer Granate oder etwas Ähnlichem. Demonstranten strömten panisch in Flos Richtung und sammelten sich am hinteren Ende der Demo, mit Sicherheitsabstand zu den Polizisten. Um Flo herum wurde es immer enger. Ein hübsches Mädchen, das neben ihm stand, bekam Panik. Es wollte raus. Ohne zu zögern lief es auf die Polizisten zu und wollte sich zwischen ihnen hindurchschieben, ein süßes Mädel wie sie würde man schon durchlassen. Ungebremst rannte sie in einen Polizisten hinein, dessen Augen angstvoll und bissig hinter seinem Schutzvisier glühten wie die eines traumatisierten Hundes. Ohne zu zögern schlug er mit seinem Stock auf sie ein. Flo rannte zu dem Mädchen hinüber, doch einige Polizisten formierten sich vor ihm. Er versuchte, ihnen möglichst keine Angriffsfläche zu bieten. Geduckt und mit dem Rücken voran, näherte er sich dem Opfer und wollte es von dem Polizisten wegschleifen. Jemand packte ihn. Flo überlegte, sich zu wehren, entschloss sich aber, passiv zu bleiben. Er wurde zu Boden geworfen, seine Arme auf den Rücken gelegt und Handschellen um seine Handgelenke gedrückt. Andere Demonstranten beobachteten das Geschehen mit zunehmender Wut. Wieder flog ein Stein über Flo hinweg. Er wurde hochgezogen, zwischen den Polizeireihen hindurchgezwängt und abgeführt.

~

Bea schob sich blass zwischen springenden und tobenden Schülern hindurch in Richtung Lehrerzimmer. Ihr Blick fiel auf die Schulleiterin und Herrn Kürvers, die vor ihr gingen. Herr Kürvers schien aufgebracht. Die Schulleiterin warf ihm einen gestressten Blick zu. Ja, ja, sagte sie eilig, Frau Schwarz habe schon recht gehabt. Sie selbst habe den Ernst der Lage nicht begriffen, das müsse sie gestehen. Sie habe erst mal wachgerüttelt werden müssen. Herr Kürvers solle sie damit in Ruhe lassen, sie habe andere Sachen im Kopf. Herr Kürvers erwiderte, dass er nicht das gemeint habe, und fragte, ob sie heute Morgen denn nicht die Nachrichten gesehen habe.

Sie schüttelte den Kopf.

Viele Menschen seien auf der Straße, um zu demonstrieren. Einige für die Progressive und gegen die Kiemenmenschen, bei manchen sei es aber genau umgekehrt. Einige Gruppen wären die ganze Nacht unterwegs gewesen. Es habe Krawalle und Ausschreitungen gegeben.

Die Schulleiterin blieb stehen und schaute Herrn Kürvers ungläubig an. »Sie erzählen mir doch keine Märchen?«

Herr Kürvers erwiderte, dass sie es sich doch selbst ansehen solle, und schob sie in Richtung Lehrerzimmer.

Als Bea das Lehrerzimmer betrat, stand bereits eine Traube von Kollegen vor der großen Fernsehwand, unter ihnen Frau Schwarz und Herr Hellforth. Sie verfolgten angespannt die Nachrichten. Es wurden Bilder von Demonstranten gezeigt. Einer von ihnen hielt ein Schild in die Höhe, auf dem geschrieben stand: »GEGEN GEWALT UND GEGEN RASSISMUS!«. In diesem Moment marschierten Polizisten mit Schutzanzügen und -schildern in die Menschenmenge und hieben mit Schlagstöcken auf die Demonstranten ein. Bea folgte den Bildern gebannt. Die Nachrichtenagentur stellte die Angelegenheit eindeutig einseitig dar. »Großer Gott!«, entfuhr es Herrn Hellforth. Obwohl es zum Unterrichtsbeginn gongte, blieben die Kollegen regungslos vor der Bildwand stehen und starrten fassungslos auf das Geschehen. Bea vernahm ein Flüstern an ihrem Ohr. Die Schulleiterin stand neben ihr. »Frau Schelling …«, flüsterte sie.

Bea wandte sich ihr etwas ängstlich zu. Sie sah die schwarzen Augenränder. Die Chefin musste eine lange Nacht hinter sich haben.

»Ich möchte mich bei Ihnen entschuldigen«, sagte ihre Vorgesetzte.

Bea schaute sie fragend an.

»Es tut mir leid«, setzte sie fort. »Wissen Sie, ich bin auch nur ein Mensch und die Zeiten sind schwierig. Was Sie auf der Konferenz gemacht haben, war sehr mutig. Es hat mir einiges klargemacht … Ich, ähm … die politische Lage ist monströs. Ich mache mir große Sorgen um Sie, Frau Schelling. Ich weiß nicht, wie lange ich noch Gelegenheit dazu habe, deshalb möchte ich Ihnen jetzt sagen, dass ich Sie als Kollegin immer sehr geschätzt habe.« – Sie meinte es gut.

Bea nickte dankbar.

Die Schulleiterin wendete sich strikt ab und richtete sich an Herrn Kürvers: »Vergessen Sie die Stellenausschreibungen«, sagte sie. »Wir gehen auf die Straße und demonstrieren!«

Herr Kürvers zuckte zusammen.

Die Schulleiterin eilte bereits davon.

Herr Kürvers rannte ihr hinterher und hielt sie am Ärmel fest. »Haben Sie den Verstand verloren?«, zischte er.

»Wenn wir Flagge zeigen wollen, dann ist jetzt der richtige Zeitpunkt«, hielt sie dagegen. »Wer nicht mitwill, kann nach Hause gehen! Die Kollegen sollen in ihren Klassen Bescheid sagen. Das Telefonieren mit Smartphones ist heute ausnahmsweise erlaubt. Die Schüler sollen ihre Eltern anrufen, die sollen mitkommen, ihre Kinder nach Hause holen oder was auch immer!«

»Wie stellen Sie sich das vor? Das ist viel zu gefährlich! Außerdem hätte das angemeldet werden müssen!«

Die beiden verschwanden im Gang vor dem Lehrerzimmer. Hinter ihnen tauchte ein kleiner spätentwickelter Siebtklässler in der Tür auf. »Herr Hellforth!«, rief er mit piepsender Stimme.

Frau Schwarz stupste Herrn Hellforth an und deutete auf den Jungen.

Herr Hellforth warf ihm einen fragenden Blick zu. »Was ist?«, brummte er.

Der Junge piepste schüchtern: »Wann kommen Sie?«

»Geh schon mal vor, Rachid!«, sagte er. »Ihr könnt schon mal eure Bücher aufschlagen, Seite 64, die Aufgaben, die wir gestern angefangen haben.«

Der Junge nickte fröhlich und rannte davon.

Wenig später ertönte tatsächlich eine erste Lautsprecherdurchsage, die eine Demonstrationsteilnahme ankündigte. Gleichzeitig flimmerten neue Eindrücke von der Demo über die Bildwand. Demonstranten wichen panisch der Pfütze eines zersplitternden Molotowcocktails aus, der von oben herabgeflogen zu sein schien. Eine halbe Fußballfeldlänge hinter ihnen schlug in etwa zehn Meter Höhe ein Geschoss in einen Blockbau ein und riss ein Stück Fassade weg. Während viele Kollegen aufgestachelt durch das Lehrerzimmer liefen, packte Bea leise und unbemerkt ihre Sachen, meldete sich bei Herrn Kürvers ab und verließ das Schulgebäude. *Auf nach Hause.*

In ihrer Wohnung ließ sie ihre Sachen einfach auf den Boden plumpsen und verschwand schnurstracks im Schlafzimmer.

Flo verbrachte die Nacht gemeinsam mit einer Hand voll festgenommener Extremisten und Demonstranten in einer Gefängniszelle. Er lag die meiste Zeit schlaflos auf einer am Boden festgeschraubten, unbequemen Metallpritsche und starrte auf die kahle Zellendecke.

Am nächsten Tag um die Mittagszeit betraten einige Polizisten die Zelle. Einer zeigte mit dem Finger auf Flo und er wurde in Handschellen nach draußen geführt. Dort wurden ihm die Handschellen wieder abgenommen. Der Polizist, der Flo hatte holen lassen, war dabei gewesen, als er festgenommen worden war. Jetzt zeigte er Zivilcourage und setzte sich für ihn ein. Flo wurde aus dem Gefängnis entlassen. Aus dem Leben gerissen, doch überraschend erholt, setzte er sich in den nächsten Bus und machte sich auf den Weg nach Hause. Er konnte nur an eine Sache denken, genauer gesagt an eine Person: Bea. Die Sehnsucht hatte ihn wiedergefunden. Es war Samstag. Er wollte zu seiner Freundin.

Als Bea erwachte, war es bereits 13:26 Uhr. Schnell rappelte sie sich auf, beinahe hätte sie das Treffen mit Mathew und Nikolas verschlafen. Sie eilte ins Bad, um sich fertig zu machen und die künstliche Haut auf ihrem Hals neu aufzutragen. Gut zwei Stunden später saß sie in der Café-Bäckerei *Da Neu* und wartete auf die beiden. Vor ihr standen bald ein Teller mit Mohnkrümeln und eine leere Tasse Café. Ihr Gesicht hatte sie in einer Ausgabe des Politmagazins *Ulme* von vorletzter Woche vergraben. Sie las ein Interview mit Frau Träger von der NGP, der Neogrünen Partei. Es ging um Atomkraft, Arbeitsmarktreformen und die Verfehlungen der Regierung.

Träger: Schauen Sie sich die Geschichte an: Tschernobyl, Fukushima in Japan, Akkuyu in der Türkei. Jedes Mal sind die Gefahren runtergespielt und bagatellisiert worden. Die Wiederinbetriebnahme der Atommeiler wäre ein Rückschritt in die 40er-Jahre.

Ulme:	Ein Großteil der Bevölkerung sieht das anders.
Träger:	Keine Frage, die Zeiten sind schwierig. Aber auch jetzt muss man sein Bestes tun. Wir haben eine Vielzahl sinnvoller Reformen auf den Weg gebracht.
Ulme:	Offensichtlich haben die Leute eine kämpferische Haltung eingenommen. Eine Demonstration jagt die andere. Parteien wie die Neue Progressive sind auf dem Vormarsch.
Träger:	Die Proteste drücken einerseits große Sorgen aus, andererseits nutzen neue Parteien wie die Progressive und faschistische Parteien sie für ihre Ziele aus. Wenn das mit friedlichen Mitteln jenseits von Steinen und Brandgeschossen ausgetragen wird, ist das in Ordnung. Jede Auseinandersetzung mit der Demokratie muss gewaltfrei sein.
Ulme:	Das ist aber offensichtlich nicht der Fall.
Träger:	Es gibt immer Randalierer und Streitsucher. Wir dürfen uns von diesen Menschen nicht einschüchtern lassen. Ich bin zuversichtlich, dass wir das schaffen.
Ulme:	Ihre Partei trägt allerdings nicht gerade zu einer Beschwichtigung bei.
Träger:	Sie spielen auf die Angelegenheit mit den Kiemenmenschen an. Wir gestehen Fehler ein. Aber ich muss es noch mal sagen: Die Behauptung, dass von den Kiemenmenschen eine gesundheitliche Bedrohung ausgeht, ist reiner Populismus. Und auch das muss ich noch mal sagen: Wir haben diese Lage nicht herbeigeführt. Die Entscheidung der Geheimhaltung geht auf vorangegangene Regierungen zurück.
Ulme:	Sie haben aber auch nichts daran geändert.
Träger:	Wie gesagt, wir gestehen Fehler ein. Wissen Sie, es ist manchmal wirklich schwierig, ein bestehendes Übel so an die Öffentlichkeit zu tragen, dass es einem nicht selbst angehängt wird.
Ulme:	Offensichtlich. Einige Ihrer Kollegen haben da ja eindrucksvolle Exempel statuiert.

Träger:	Zynismus ist keine Lösung. Versuchen Sie mal, so ein Anliegen wie das mit den Kiemenmenschen zu erklären, wenn zwanzig Prozent der Leute mit Trillerpfeifen ausgerüstet sind. Das ist ganz schwierig. Ich habe da meine Erfahrungen.
Ulme:	Einige Äußerungen sind allerdings durchgekommen, wie »dümmliches Bürgerverhalten« und »Wählerharakiri«.
Träger:	… im Kontext von Ausschreitungen und einem sich ankündigenden schlimmen Wahldesaster – schlimm für alle, ja. Aber auch hier muss ich noch mal eine Lanze für meine Kollegen brechen. Es ist nicht immer leicht, kühlen Kopf zu bewahren, wenn man als Hort machtbesessener Rechtsverhinderer dargestellt wird in diesen schweren Zeiten. Wenn man auf der einen Seite diese Skandalisierung hat, mit der Unterstellung böser Absicht, und auf der anderen Seite rackert man sich ab, äh … rechtfertigt das nicht die Fehler, die gemacht worden sind.
Ulme:	Nein. Das tut es nicht.
Träger:	Aber unter diesem Druck der Skandalisierung … und zwar gar nicht gewollt … aber, äh, … ich stehe für eine liberale und weltoffene Politik und auch meine Kollegen. Das muss ich noch mal sagen. Das rechtfertigt die Fehler nicht … aber, äääh, von dieser Politik Abstand zu nehmen, wäre das Falscheste, was unser Land zurzeit tun kann.

»Hallo, Frau Schelling!«, ertönte eine fröhliche Kinderstimme.

Bea blickte gedankenvoll von der Zeitschrift auf. Vor ihr stand Nikolas. Im Hintergrund betrat Mathew das Café. Mühsam zwängte er sich an einigen Leuten vorbei. Auch hier an der Neuen Strandpromenade schien eine Demonstration anzulaufen. Bea begrüßte die beiden freundlich und organisierte ihnen zwei Stühle vom Nachbartisch. Die Kellnerin kam. »Eine Cola!«, rief Nikolas vorlaut und fügte dann etwas betreten ein »Bitte« hinzu.

Bea musterte ihn überrascht. So fröhlich kannte sie ihn gar nicht. Als Nikolas merkte, dass Bea ihn beobachtete, glitzerte in seinem Blick für einen Moment etwas Erwachsenes auf. Nach seiner harten Zeit an der Schule hatte er jetzt beides: Kinderaugen und Erwachsenenaugen.

Mathew brachte schnaufend ein »'n Café, bitte« heraus. Er schien aufgebracht.

»Ist was?«, fragte Bea.

»Nein, nein«, erwiderte er, nervös blinzelnd.

»Ich merke doch, dass etwas nicht stimmt. Verheimlichen Sie es mir bitte nicht. Ist es wegen der Demo draußen?«

Er holte eine Packung Zigaretten aus seiner Brusttasche, steckte sich eine an und sagte: »Ich sitze vor der Tür!« Sie schaute ihn fragend an und er fügte erläuternd an: »Ich hab meine Miete nicht zahlen können und der Vermieter hat mich ohne zu zögern vor die Tür gesetzt.«

»Ohne Räumungsklage?«

Mathew fluchte. – Er hatte sich zurückgelehnt, die Arme verschränkt und dabei versehentlich mit der Zigarette ein Loch in seinen Pullover gebrannt. »Ja!«, antwortete er, während er mit grimmiger Miene prüfte, ob der Pulli um das Loch herum aufräufeln könnte. »Dabei war ich immer ein guter Mieter! Seit fünf Jahren landet der monatliche Betrag pünktlich auf seinem Konto.«

Bea wurde unbehaglich zumute. »Und was machen Sie jetzt?«

Er zuckte mit den Schultern. »Es gibt wohl so spezielle Wohnsiedlungen, wo wir warme Mahlzeiten und ein Dach über dem Kopf bekommen können.«

Sie warf ihm einen erschütterten Blick zu. Dann kamen die Worte wie automatisch aus ihrem Mund: »Kommt mit zu mir!«

Nikolas' Stimme ertönte: »Au jaaa!«

Mathew wollte einen Einwand erheben, aber Bea würgte dies gleich ab. »Kommt zu mir! Ich habe genug Platz, das ist kein Problem.«

»Na ja, gelegen kommts uns schon.«

Mathew hatte all sein Hab und Gut im Keller seiner alten Wohnung. Es war nicht viel. Sie entschieden, es am nächsten Tag zu holen. Dann riefen sie die Kellnerin.

Bea verließ mit Mathew und seinem Sohn Nikolas das Café, als sie direkt in einen überwältigenden Menschenstrom gerieten. Demonstranten schoben sich die Neue Strandpromenade entlang, tausende. Auf dem Weg zu Beas Auto riss die Masse sie mit. Ängstlich spähte Bea zu den beschrifteten Schildern, Plakaten und Bettlaken um sie herum. Überall kiemenfeindliche Schlagworte, Phrasen und Parolen. Sie waren mitten in einer Anti-Kiemenmenschen-Demo gelandet. Beas Blick traf einige zornig aussehende Gesichter. Um sie herum wurde es enger. Die aggressive Energie der Demonstranten machte sich beißend und zehrend an Beas Gemütszustand zu schaffen wie eine Horde Treiberameisen an einem schwerverletzten kleinen Tier. Am Rand der Demonstration gingen Polizisten, die die Protestierenden abschirmten. Jemand rempelte Bea von hinten an. Mathew zog sie zu sich heran. Der Blick von einem der Demonstranten blieb an Beas Rollkragenpullover haften. Der Typ sah finster aus, seine von tiefen, schwarzen Rändern gerahmten Augen kullerten merkwürdig zitterig von Bea zu Nikolas und wieder zu Bea. Jetzt merkte Bea, dass sie den Mann kannte, es war der Vater jenes Rüpelschülers, der Nikolas an der Schule mit einem Stock malträtiert hatte. Düster musterte er sie. Bea überkam ein Gefühl der Kälte. Ohne nachzudenken, fasste sie mit der Hand an ihren Rollkragen und zog ihn etwas höher. Die Augen des Mannes begannen böse zu funkeln. Er näherte sich ihr, bis er genau neben ihr ging, und griff dann urplötzlich nach ihrem Rollkragen. Bea wich erschrocken zurück. Mathew hatte es mitbekommen und zog sie von dem Typ weg. Doch der Mann kam ihnen hinterher. Mathew stieß ihn weg und umschloss Bea und Nikolas schützend mit den Armen. Finstere Blicke anderer Demonstranten trafen die drei. Wieder griff eine Hand nach Beas Rollkragen, diesmal war es die eines Unbekannten. Bea wehrte sie ab. Mathew hakte Beas Arm in seinen und kämpfte sich mit ihr und Nikolas zwischen Leuten hindurch. Sie schafften es, ihre Verfolger abzuhängen. Dann ertönte plötzlich ein lauter Schrei, der ihnen durch Mark und Bein drang: »Kiemenmenschen!« Ängstlich sah Bea sich um. Die Blicke der Demonstranten hinter ihnen waren nicht auf sie gerichtet, sondern an ihnen vorbei schräg nach vorn, wo eine größere

Gruppe mutmaßlicher Kiemenmenschen am Straßenrand davonrannte. Ungestüm drängelten Demonstranten von hinten nach vorn, so dass die Masse zusammengedrückt wurde. Diejenigen, die sich im Ballungszentrum befanden, reagierten und drückten die Ellbogen schützend nach außen, erst taten dies nur einige, dann immer mehr und dann war es auf einmal, als ob man die Kontrolle über die eigenen Bewegungen verloren hätte und einfach von der Masse vorangetragen wurde. Man musste höllisch aufpassen, dass man oben blieb. Panik kam auf. Erste Hilfeschreie hallten zwischen den Häuserwänden hin und her. Auch Bea bekam es mit der Angst zu tun. Sie klemmte zwischen fremden Leuten, deren Ellbogen ihr die Luft aus der Lunge drückten und die sie von Mathew und Nikolas wegdrängten. Geschickt machte sie ihren Körper ganz dünn und schob sich an eine etwas freiere Stelle. Aber die Bewegungsfreiheit blieb ihr nicht lange erhalten, ein von hinten heranstürmender Demonstrant stieß so schwungvoll gegen sie, dass sie ins Stolpern geriet und fiel. Mathew sah dies und versuchte sie zu halten, wodurch auch er das Gleichgewicht verlor. Nikolas taumelte mit ihm. Um den Kleinen nicht mitzureißen, ließ Mathew ihn los, aber der Junge krallte sich an seinem Pullover fest, so dass sie schließlich alle drei unsanft auf den harten Solarmodulen landeten. Gedränge und Beine um sie herum, tastende Halt suchende Hände, die sie gnadenlos zu Boden drückten, Sekunden später bereits Füße. Jemand trat mit voller Wucht auf Nikolas' Unterarm. Der Junge schrie. Mathew krabbelte zu ihm hin. Ängstlich suchte Bea die beiden mit ihren Augen. Wo sind sie? Jemand stolperte über Bea. Das Gewicht einer schweren Person drückte ihr in den Rücken und zwang ihren ganzen Körper flach auf den Boden. Zischend wich die Luft aus ihrem Mund. Um sie herum nichts als stolpernde Beine und fallende Menschen. Das Gewicht auf ihrem Rücken wurde größer. Sie schaffte es nicht, sich zu befreien. Angst schnürte sie ein. Dann war da auf einmal der kräftige Arm von Mathew. Wie eine Schraubzwinge legte sich sein Griff um ihren Oberarm und er zog sie unter dem fremden Körper hervor. Es tat weh. Mathew hatte Arme wie Popeye. Für einen Moment sah Bea sein Gesicht, seine zusammengebissenen Zähne, die wulstig nach außen gepressten Lippen, wie die eines wutschnaubenden Schimpansen. Bea war jetzt direkt neben ihm und Nikolas. Noch lagen sie auf der Erde. Jetzt versuchte Mathew, sich aufzurichten. Kraftvoll setzte er ein Bein längs des Stroms vor sich auf den Boden und drückte sich hoch. Was Bea sah, konnte sie fast nicht glauben – seine gewaltige Kraft. Die Demonstranten fielen rechts und links von ihm ab wie strömendes Wasser von einem Felsblock. Mathew stützte Bea und Nikolas mit seinen Händen unter den Achseln ab und gab ihnen den Halt, den sie brauchten, so dass sie wieder auf die Beine kamen und vom Strom erfasst wurden. Dann warf auch er sich wieder in die willenlos treibende Masse. Verzweifelt krallten sie sich aneinander. Bea musste noch immer sehr darum kämpfen, nicht gleich wieder zu Boden gerissen zu werden. Erneut ein Schrei, diesmal aber weiter entfernt: »Kiemenmenschen!« Um sie herum wurde es wieder etwas leerer. Nur einige Meter neben ihnen befand sich der Straßenrand, sie hatten es fast geschafft. Mit letzter Kraft drangen sie bis zu den Häuserwänden vor und bogen in die nächste kleine Seitengasse ein.

Der Menschenmenge entronnen, wagten sie es nicht, eine Verschnaufpause zu machen. Nikolas war sehr verängstigt, zudem blutete er ein bisschen am Handgelenk. Mathew gab ihm ein Taschentuch und redete beruhigend auf ihn ein. Ihr Auto ließen sie zurück und machten sich zu Fuß auf den Weg zu Bea. Aufgebrachte Menschen kreuzten ihren Weg. Einige gingen flüsternd in kleinen Gruppen, andere diskutierten lautstark. Eine gespenstisch düstere Atmosphäre lag über Neukiel.

Nach etwa einer Stunde erreichten sie Beas Häuserblock. Sie öffneten die Tür und betraten das große Treppenhaus mit Stuck an den Wänden und einem stilvoll verzierten Geländer. Hier waren sie endlich allein. Schweigend gingen sie die Wendeltreppe nach oben, denn einen Fahrstuhl gab es nicht. Bea mochte das, sie empfand Fahrstühle als unästhetisch. Als sie die Wohnung erreichten, stellten sie mit Schrecken fest, dass die Tür aufgebrochen worden war. Ein rotes »K« war darauf markiert. Die Wohnung war verwüstet, die Regale zum Teil leergeräumt oder umgekippt,

Laptop und Holo-TV zerstört, die Bilder von den Wänden gerissen. Nikolas' Augen schweiften über das Chaos – seine Erwachsenenaugen. Die ramponierte Badewanne stand im Wohnzimmer. Sie war aus dem Boden gerissen und hier aufgestellt worden. Von Scherben bedeckt, lag das Bild eines großen *Tiefsee-Dumbos* zu ihren Füßen – eines seltenen Kopffüßlers. Eine Weile standen sie erschüttert und unentschlossen da. Dann entschied sie, dass Bea mit zu Sibel, einer Freundin von Mathew, kommen sollte. Sie wohnte in der Olhuvelistraße, etwa zehn Kilometer entfernt. Mathew beteuerte, dass Sibel in Ordnung wäre. Als Forscherin befasste sie sich intensiv mit den Kiemenmenschen. Für heute Abend hätte sie ihn eingeladen, weil sie irgendetwas Wichtiges herausgefunden hatte. Mathew wisse noch nicht, was, aber sie hätte bestimmt nichts dagegen, wenn Bea mitkommen würde. Bea ließ sich überreden und packte einige Sachen zusammen, ein paar Klamotten zum Wechseln, Kosmetikbeutel, Kunsthaut und einen sauberen Rollkragenpulli. Nervös suchte sie nach ihrem Handy, konnte es aber nicht finden. Mathew hatte seins zuhause vergessen. Wie sollte sie jetzt Flo verständigen? Mathew verwies auf Sibel. Das werde schon, redete er ihr beruhigend zu. Sie machten sich auf den Weg.

Zuflucht

Es war noch hell, als sie in der Olhuvelistraße ankamen. Unterwegs sahen sie Glasscherben und Geröll, beschädigte Häuserfassaden, Löcher in der Solarstraße, zerstörte Solarmodule und zerdepperte Autos am Straßenrand. Stille lag in den Gassen und über den Solardächern der Blocks. In den oberen Etagen des Gebäudes, in dem Sibel wohnte, fehlte ein Stück Außenwand. Mathews ohnehin schon tiefe Stirnfalten gruben sich noch weiter ein. Die Eingangstür zum Treppenhaus stand offen. Da die Fahrstühle außer Kraft waren, mussten sie zu Fuß die Treppe hoch. Ufff. Sie erreichten Sibels Tür und Mathew klingelte Sturm. Eine Weile warteten sie, dann begann er an den Nachbartüren zu klingeln. Bei der Wohnung unter der von Sibel öffnete ihnen ein junges Pärchen. Die Frau war türkischstämmig, mit hübschem Gesicht und langen, gepflegten Dreadlocks, die bis über ihre Schultern hinabfielen. Der Mann war ein italienischer Typ. Beide trugen hippiemäßige Klamotten. Sie machten einen netten und aufgeschlossenen Eindruck. Mathew wollte Nikolas an die Hand nehmen, aber der Junge zog seinen Arm schamhaft weg. Etwas befangen wandte sich Mathew wieder dem Pärchen zu. »Entschuldigen Sie die Störung. Kennen Sie Sibel Yigitoglu?«

»Öffnet sie nicht?«, fragte die Dreadlockfrau besorgt, als wüsste sie gleich, worum es ging.

Mathew nickte.

»Kommt rein«, bat sie und führte die drei in das anliegende Wohnzimmer. Der Blick fiel von dort aus frei quer durch die Häuserschlucht direkt auf den großen Block gegenüber, denn die Außenwand war komplett weggesprengt worden. Die Frau ging zum Abgrund und deutete mit dem Finger nach oben. Rötlich schimmerte die zerbröckelte Fassade über ihnen im

Licht der untergehenden Sonne. Auch die Wohnung von Sibel schien es erwischt zu haben. Mathews Stirnfalten kräuselten sich zu einer wüsten Kraterlandschaft. »Was ist hier passiert?«, fragte er.

»Eine große Demo für die Progressive«, erwiderte die Dreadlockfrau. »Als gewaltbereite Progressive-Gegner begonnen haben, Molotowcocktails aus den Fenstern der Blocks zu schmeißen, hat eine Extremistengruppe mit einer Bazooka auf die Wohnungen geschossen.«

Schnaufend beugte sich Mathew über den Abgrund und testete aus, ob er irgendwie die kaputte Außenfassade hochklettern könnte, um die Wohnung von Sibel zu erreichen. Die Wand war stufenweise weggebrochen.

»Wir sollten erst probieren, ihre Wohnungstür aufzubrechen«, gab Bea zu bedenken.

»Das ist 'ne schwere Metalltür mit Dreifachverriegelung«, erwiderte Mathew, »und Sibel verriegelt sie immer, auch wenn sie zuhause ist.« Er begutachtete die kaputte Seitenwand des Wohnzimmers.

Bea wurde mulmig. Der Kerl hatte tatsächlich vor, da hochzuklettern. Mathew stellte sich genau an den Abgrund, machte einen großen Schritt nach oben und setzte die Fußspitze auf einen kleinen Vorsprung. Dann stemmte er allein mit der Kraft eines Beines den ganzen Körper empor. Als wäre es ein Kinderspiel, gelang es ihm, an den bröckeligen Steinen hochzukraxeln, bis er den Rand der am äußeren Ende ebenfalls weggebrochenen Zimmerdecke erreichte. Jetzt ein Fehltritt und er würde über dreißig Meter in die Tiefe rauschen. Bea konnte nicht mehr hinsehen. Nikolas wippte aufgeregt hin und her. Sein Vater machte einen äußerst waghalsigen Sprung außen an der kaputten Fassade entlang, stemmte seine Arme auf den Boden von Sibels Wohnung und drückte sich in die Höhe. Schwupps! – verschwanden seine Beine über der Wohnzimmerdecke.

Bea fühlte sich ebenso beeindruckt wie beklommen.

Nikolas wollte seinem Vater gleich hinterher, aber Bea hielt ihn fest. Der Kleine begann zu quengeln: »Ich kann das! Ich bin ein guter Kletterer!«

»Wir sind im neunten Stock!«, zischte sie.

Kribbelig schaute er auf die abgebröckelte Wand.

»Stopp!«, hallte der Ruf von Mathew nach unten, der gerade seinen Kopf über den Abgrund schob und zu ihnen herabblickte. Bea atmete auf.

Die Dreadlockfrau schaltete sich ein: »Wartet kurz!«

Ihr italienischer Freund eilte davon, um etwas zu holen. Wenig später kam er mit einem dicken, festen Kletterseil zurück. Er schleuderte ein Ende zu Mathew hoch. Mathew fing es, ging mit dem Ende oben durch die Wohnung und befestigte es am Bein einer massiven Kommode.

Bea verstand nicht, wieso die beiden das machten. Langsam, aber sicher wurde ihr wieder mulmig. »Was soll das?«, fragte sie. »Wir können doch einfach die Treppe nehmen, Mathew!!! Wo hast du deinen Verstand gelassen? Öffne doch einfach die Tür.«

Mathew schob seinen Kopf über den Abgrund und kratzte sich an seinem markanten Unterkiefer.

Neben Bea begann Nikolas zu quengeln: »Ich habe mich aber schon so gefreut!«

Sie warf seinem Vater einen auffordernden Blick zu. Langsam war es wirklich Zeit, dass er ein ernstes Wort mit dem Jungen sprach.

Er lächelte. »Na, wenn der Kleine will, dann soll er doch. Nikolas ist ein guter Kletterer. Das macht er mit links.«

Beas strenge Gesichtszüge fielen in sich zusammen. Ein Kribbeln lief über ihren Rücken. Sie zeigte Mathew einen Vogel. Dann schaute sie seufzend zu Nikolas, der vor lauter Vorfreude ganz hibbelig auf und ab hüpfte. Das durfte doch nicht wahr sein. Widerwillig gab sie nach. »Na los!«, raunte sie. »Du hast es gehört – auf gehts!«

In der Röte der untergehenden Sonne kletterte der Junge über das Seil nach oben. Am Rand der Zimmerdecke, wo es auf der Kante auflag, wurde es brenzlig, da Nikolas nicht wusste, wo er hinfassen sollte. Mathew packte ihn an den Unterarmen und zog ihn hoch. Einige Leute des gegenüberliegenden Häuserblocks standen an den Fenstern oder auf ihren Balkonen und beobachteten das Schauspiel.

Mathew ließ Bea in die Wohnung, dazu musste er zunächst drei Schlösser öffnen. Oben fand sich kein Lebenszeichen von Sibel, aber auch nichts, was auf ihren Tod hindeutete. Zu denken gab ihnen allerdings, dass die Wohnung von innen verriegelt worden war. Bea begutachtete im Wohnzimmer den kaputten Schreibtisch. Es musste sich ursprünglich um einen sehr langen, über Eck verlaufenden Tisch gehandelt haben. Die Seite zur Außenwand hin war fast komplett weggebrochen. Mit ihr hatte sich offenbar auch der Computer verabschiedet, denn die Kabellage hing noch aus der Seitenwand. An einigen großen Holzspänen des abgebrochenen Schreibtischrandes hatte sich ein kaputter Strohhut verfangen und wogte wie eine steife, zerfranste Flagge in den sanften Luftschüben.

Nachdem sie den Nachbarn vorläufig Entwarnung gegeben hatten, zeigte Mathew Bea die Wohnung etwas genauer. Sie war dankbar für die Ablenkung vom Geschehen draußen. Die Wohnung war interessant. Sibel war künstlerisch veranlagt. Als Erstes standen sie eine Weile rätselnd vor einem großen, posterartigen Kunstdruck, der über der noch heilen Hälfte des Schreibtisches hing. Er zeigte etwa zwei Dutzend grauer gesteinsähnlicher Körper, die majestätisch im gleißenden Licht der Sonne glänzten. Jemand hatte handschriftlich ein paar Worte oben auf das Bild geschrieben: *Die Macht der Verdrängung*. Verwirrt blickte Mathew auf das Poster. »Ich weiß nicht, was das bedeuten soll«, rätselte er. »Das ist neu.« Dann deutete er links neben den Schreibtisch. »Die ist alt«, sagte er. »Das ist die Medusa.«

Beas Blick fiel auf ein menschengroßes, holzgeschnitztes, geflügeltes Ungeheuer mit Schlangenhaaren, großen roten Augen, langen Eckzähnen und einem schuppigen Schlangenkörper. In der griechischen Mythologie war die Medusa eine der drei Gorgonen – geflügelte Schreckgestalten mit Schlangenhaaren und die Töchter der Meeresgottheiten Phorkys und Keto. Medusa wurde von Athene – der Göttin der Weisheit und der Kriegskunst – in ein Monster verwandelt und tief unter die Erde verbannt, weil sie zusammen mit Poseidon Athenes Tempel geschändet hatte. Bea begutachtete die Schnitzerei genauer. Aus den Augenhöhlen der Holzfigur wuchsen rote Ranunkelblüten hervor. Statt Schlangenhaaren krochen grüne, buschige, intensiv duftende Sträucher über den Schädel. Mathew erklärte, dass es sich um *kriechenden Rosmarin* handle. Der Kopf der Figur war hohl und erfüllte die Funktion eines Pflanzentopfes. Neben der Figur hing die gerahmte Kopie eines grinsenden Chinesengesichts an der Wand. Bea kannte den Spruch bereits, der unter dem Gesicht stand: *Albeite flöhlich, ohne Mullen und Knullen. Und immel dalan denken. Albeit macht Fleude.* Ihr Blick glitt zurück zur Medusa. Die Figur änderte je nach Perspektive, aus der man sie betrachtete, und je nach eigener Wahrnehmung ihren Ausdruck. Mal erschien sie furchteinflößend, mal geheimnisvoll, mal freundlich. Sie gingen in den Flur, wo die hohen Decken und der Stuck Bea an ihr eigenes Zuhause erinnerten. Kunstvoll verzierte Möbel und Einrichtungsgegenstände hoben sich von der hellen, zum Teil moosgrün gestrichenen Tapete ab. Vom Flur gingen Bad, Schlafzimmer und Küche ab, die unversehrt geblieben waren. Mathew wies Bea zunächst in das Bad. Er wollte ihr etwas zeigen. Sibel hatte eine Musikanlage mit dem Türschloss verbunden. Sobald man die Tür verriegelte, erklang Meditationsmusik. Zögernd betrat Bea den kleinen weiß gestrichenen Raum. Mathew ging ihr hinterher und verriegelte die Tür. Sie warf ihm einen schroffen Blick zu. Was sollte denn das geben? Er grinste. In dem Moment, in dem er den Schlüssel herumdrehte, hämmerte auf einmal Hardrockmusik aus den Boxen an der Decke. Sie zuckte zusammen und hielt sich die Ohren zu. Das hatte Mathew ihr zeigen wollen??? Der Effekt war ja ganz nett, aber die Musik war unaushaltbar. »Oh!!!«, brüllte er. »Sie hat wohl grad Stress gehabt!« Er schnipste einmal mit den Fingern und es hörte auf. Dann sagte er klar und deutlich: »Musik zur Entspannung«, und ruhige, meditative Klänge drangen besänftigend an ihre geschockten Trommelfelle.

Bea staunte. »Das mit dem Schnipsen muss man aber auch wissen«, sagte sie belustigt und schaute sich näher um. Der Duschvorhang weckte ihr Interesse. Er bestand aus Bildern, die in durchsichtigen Plastiktaschen steckten, Fotos, Postkarten, Kollagen ... Ihr Blick fiel auf ein Bild mit einem Nilpferd, das aufrecht vor einem grauen Horizont ging, mit hängenden Schultern und gesenktem Haupt. Unten stand handschriftlich geschrieben: »Du faules Pferd! Das kannst du besser!« Daneben blickte ihr eine grinsende Frau mit Strohhut und Sonnenbrille entgegen. Im Hintergrund sah sie eines der großen hawaiianischen Megateleskope und etwas weiter entfernt den grauen Gipfel des Mauna Loa. »Das ist Sibel«, erläuterte Mathew, aber Beas Aufmerksamkeit war schon wieder woanders. Die Duscharmaturen erregten ihre Neugier. Sie bemerkte, dass die Räderchen zum Andrehen des Wassers die Form von Anarchiezeichen hatten. Mathew drehte an einem von ihnen. Die Wasserstrahlen, die aus dem Duschkopf kamen, schillerten in allen Regenbogenfarben. – Sibel hatte stecknadelgroße Mikro-Lichtstrahler am Duschkopf angebracht.

Als Nächstes zeigte Mathew Bea das Schlafzimmer. Von einem Hochbett mit Feuerwehrstange grinste ihnen der begeisterte Nikolas entgegen. Mathews Blick wanderte zur Kommode neben sich. Gezielt öffnete er eine Schublade, in der ein paar Vibratorkondome lagen, und stellte grinsend eins an, so dass es dröhnend in der Schublade auf und ab waberte. Nikolas kletterte neugierig die Feuerwehrstange hinunter, nahm das glibberige, vibrierende Ding in die Hand und hielt es sich vor die Kinderaugen.

Später saßen Bea und Mathew gemeinsam in der Küche vor einer kirschroten Wand am Tisch und tranken gut durchgezogenen schwarzen Tee. »Wir können hier übernachten«, sagte Mathew. »Das ist kein Problem.«

Bea strich mit dem Finger über den Becherrand. »Ich bin wirklich neugierig, was diese Sibel herausgefunden hat.«

Es rumpelte aus dem Schlafzimmer. »Nikolas, lass das Bett heil!«, rief Mathew.

Ein dröhnendes Brummen hallte zu ihnen hinüber.

Mathew musste lachen. »… und lass die Vibratorkondome in Ruhe!«

Sie beschlossen, alle weiteren Überlegungen auf morgen zu verschieben, und bereiteten sich für ihre Nachtruhe vor. Mathew machte das Hochbett für Nikolas und sich zurecht, Bea richtete sich im Wohnzimmer an der frischen Luft aus kleinen Matratzen, Kissen und einigen Decken eine Schlafstätte ein. Als sie eine zweite Wolldecke über den Matratzen ausbreitete, ertönte hinter ihr ein lauter Schlag. Nikolas stand regungslos am Schreibtisch. Vor ihm lag ein merkwürdiges Metallgerät auf der Erde. Es hatte ein großes Display und sah aus wie ein überdimensionaler Fahrradtacho. Sie erinnerte sich, dass es bis jetzt um den Hals der Medusa gehangen hatte. Der Junge hob es auf und begutachtete es. Neugierig ging sie zu ihm. Als das Gerät auf die Erde geknallt war, hatte sich an der Seite eine kleine Klappe geöffnet. Nikolas betrachtete das schwarze Display und schlug die Klappe ein paar Mal hin und her. Dann drückte er das Ding gelangweilt Bea in die Hand und schlurfte ins Schlafzimmer. »Gut' Nacht.«

Irritiert betrachtete Bea den Metallklumpen in ihrer Hand. Das Ding war massiv und sehr schwer. Neugierig schlug sie die Klappe an der Seite auf. Sie war aus Edelstahl und hatte dicke, feste Gummiränder, dahinter befand sich ein kleines Aufbewahrungsfach. Es war leer. Bea drückte die Klappe zu. Ein zusätzlicher kleiner Gummilappen legte sich über die Ritze. Bei Druck von außen würde er sich fest über die Verschlussstellen pressen und jede Mikroöffnung verschließen. Sie tippte einmal auf das Display. Wider Erwarten schaltete es sich ein und eine Anzeige erleuchtete ihr Gesicht: »*Dep -38,605, lat 54.40355, lon 10.15137*«. Hm, was bedeutete das? Irgendwo hatte sie so ein Ding schon mal gesehen. Nur wo? Sie verschob das Nachdenken auf morgen und hängte der Medusa das Gerät wieder um den Hals.

~

Flo stand in Beas Wohnblock vor ihrer aufgebrochenen Tür und stieß sie ganz auf. Er knipste das Licht an. Die Wohnung sah chaotisch aus. Sein Blick fiel auf die zerstörte Badewanne im Wohnzimmer. »Bea!!!« Er rannte ins Badezimmer. »Bea!!!« Erschüttert blieb er in der Türöffnung stehen. Er vernahm ein Geräusch aus dem Treppenhaus. Angespannt schlich er zurück und streckte den Kopf zur Wohnungstür hinaus. Ein paar Leute standen vor ihm und schauten ihn stumm an. Vermutlich Nachbarn. »Wisst ihr, was hier passiert ist?«, fragte Flo. Keine Antwort.
»Wisst ihr, wo Bea ist?«
Die Leute wandten sich ab und gingen die Wendeltreppe nach oben.
Flo ging hinterher. »Bea Schelling! Sie wohnt hier!«
Sie gingen schneller.

Verunsichert blieb Flo stehen. Dann begab er sich zurück in die Wohnung und suchte nach irgendwelchen Hinweisen, doch bis auf einige Schmierereien an den Wänden – »VERSCHWINDE!«, »RAUS!«, »WIR KENNEN DICH!« – fand er nichts Aufschlussreiches.

Er verließ den Wohnblock. Im Licht der Straßenlaternen wanderte sein Schatten wieder und wieder an ihm vorbei. Er fühlte sich allein.

307,57 Bar

Am Sonntagmorgen knallte die Maisonne durch die weggesprengte Wohnzimmerwand. Bea schlug die Augen auf. Sie blickte auf die Medusa, die sie freundlich anlächelte. Mathew stand ein paar Meter weiter vor dem Abgrund und zog mit dem Kletterseil einen kleinen Korb mit Brötchen und Marmelade hoch. Bea rieb sich müde die Augen. »Mit Treppen hast du es wohl nicht so?«

Mathew lächelte.

Sie robbte, in ihre Decke gehüllt, zur Kante und schaute die Häuserwand hinab. Ein fröhliches türkisches Frauengesicht mit über dem Abgrund hängenden Dreadlocks lachte zu ihr herauf. Die beiden schienen einen Heidenspaß bei der Sache zu haben, sie grinsten wie kleine Kinder. »Guten Mooorgen!«, begrüßte die Nachbarin sie.

Bea grüßte zurück.

Die Nachbarin lächelte. »Wir kommen gleich hoch, okay?«

Bea nickte überrascht. Ein kleines Mädchen, das mit seiner Familie auf einem der gegenüberliegenden Balkone frühstückte, winkte ihr zu. Froh sprang Bea auf und verschwand in Rollkragenpulli und Unterhose im Bad. Als sie wieder herauskam und das Wohnzimmer betrat, strahlten ihr vier gut gelaunte Gesichter entgegen. Mathew hatte eine von Beas Decken auf dem Boden ausgebreitet. Umhüllt von Rosmarinduft, saßen er und Nikolas mit dem Nachbarpärchen in der knalligen Sonne um ein reichhaltiges Frühstücksbuffet. Die Nachbarn waren ihnen gegenüber ungewöhnlich offen und aufgeschlossen. Man mochte und vertraute sich von Anfang an. Mathew, Bea und Nikolas wurden behandelt wie Gäste, denen Sibel persönlich erlaubt hätte, ein paar Tage hier zu verbringen. Der Name der Dreadlockfrau war Hatice, ihr Freund hieß Alexandro.

»Guten Morgen!«, prustete Nikolas Bea mit dicken Backen kauend zu.
»Guten Morgen!«, erwiderte sie fröhlich. Dann ging sie zum Abgrund und zupfte den alten Strohhut von den Holzspänen des geborstenen Schreibtischrands. Den setzte sie sich auf, hüpfte zu den anderen und machte sich ein belegtes Mohnbrötchen, mit Butter, Tomaten- und Gurkenscheiben und Käse. Neidisch schaute die hölzerne Medusa mit ihren verwursteten Rosmarinhaaren zu ihnen herab.

Während des Frühstücks grübelten sie gemeinsam, wo Sibel sein könnte. »Haltet ihr es für möglich, dass sie mit der Außenwand des Wohnzimmers in die Tiefe gerissen worden ist?«, fragte Bea.

»Nein«, antwortete Hatice. »Wir haben geholfen, den Schutt vor dem Gebäude wegzuräumen. Da war nichts.«

Alexandro schaltete sich ein. »Sibel ist eine umtriebige Frau. Bestimmt hat sie eine kleine Spontanreise gemacht.«

Mathew und Bea verschwiegen, dass sie die Tür von innen verriegelt vorgefunden hatten. – Je länger sie ungestört hierbleiben könnten, desto besser.

Putz rieselte von der zerfurchten Seitenwand des Wohnzimmers und prallte auf ein paar Geröllbrocken vorm Abgrund. Ein buckliges Gespenst aus Staub kroch auf die Frühstückenden zu.

»Sind schon Reparaturarbeiten angekündigt worden?«, fragte Mathew.
»Ja, aber erst für nächste Woche«, erwiderte Hatice.
Sie begannen zu spekulieren, ob und wie lange sich die Reparaturen hinziehen würden.

Panische Schreie eines Mannes, die von der Straße zu ihnen heraufhallten, ließen sie innehalten. Bea beugte sich über den Abgrund. Ein Mann wurde von Polizisten auf den Boden geworfen und dann abgeführt. Er schrie wie am Spieß. »Hiiilfe! Hiiilfe! So helft mir doch!« Bea konnte die Situation nicht einschätzen. Die anderen kamen zu ihr und schauten ebenfalls nach unten. Stille. Mathew nahm einen Bissen von dem Brötchen, das er noch in der Hand hielt, und begann schmatzend zu kauen.

»Es ist so weit!«, entfuhr es Bea.
Fragende Blicke.

»Was ist so weit?«, fragte Hatice.

»Ich blicke da nach unten und verstehe überhaupt nicht mehr, was vor sich geht«, antwortete Bea, »… die politische Situation, meine ich – Chaos!«

»Nicht erst seit heute«, ergänzte Hatice, während sich alle wieder an ihre Plätze setzten. »Die Leute haben die falsche Partei gewählt. Die Progressive passt zu ihrer Wut wie der Deckel auf den Topf mit der kochenden Milch. Man munkelt, dass die Schlägertrupps, die nachts durch die Straßen ziehen und Hatz gegen die Kiemenmenschen machen, mit der Partei zusammenhängen. Wir sind übrigens nicht das einzige Land, wo es so den Bach runtergeht. In Alexandros Heimatland siehts auch schlecht aus. Und in Frankreich ist eine Schwesterpartei der Progressive am Zug.«

Alexandro schien mit ihren Worten nicht ganz einverstanden zu sein. »Die Progressive schafft Arbeitsplätze«, sagte er. »Ist doch verständlich, dass die Bürger sie unterstützen. Wen würdet ihr wählen, wenn ihr nicht genug Geld zum Leben hättet?«

Hatice sah vorwurfsvoll zu ihrem Freund, ein besonders für geschundene Ohren gut wahrnehmbares Knistern lag in der Luft. »Gibs zu«, sagte sie gereizt. »Du hast auch Progressive gewählt!«

Seine Miene verfinsterte sich.

»Die Progressive will die alten Atommeiler wieder in Betrieb nehmen«, sagte Hatice. »Ich halte da nichts von.«

»Wieso nicht?«, hielt Alexandro dagegen. »Arbeit ist Arbeit … und es entsteht kein Kohlenstoffdioxid. Saubere Energie.«

»Sauber?«, rief Hatice. »Dass ich nicht lache!« Sie schüttelte ungehalten den Kopf. »Zwei Legislaturperioden Verheimlichungspolitik mit der NGP und den Sozialdemokraten und jetzt das!«

Mathew und Nikolas saßen schmatzend da und schauten zufrieden von einem zum anderen.

»Tja«, sagte Bea. »Da kann man mal sehen, was Ehrlichkeit alles …« Sie brach ihren Kommentar ab, als sie merkte, dass sie das Gespräch in eine ungünstige Richtung lenkte.

»Die Verheimlichung der Kiemenmenschen«, stimmte Hatice ein, dankbar für den Themenwechsel. »Ich verstehe nicht, wieso die Politiker ihre Existenz so lange verschwiegen haben. Hätten sie doch einfach von vornherein mit offenen Karten gespielt. Dann hätte sich die Sache nicht so hochgeschaukelt. Jetzt haben sie ihren wichtigsten Trumpf verspielt – das Vertrauen der Bevölkerung.«

Bea und Mathew nickten verlegen.

»Die Züchtung der Kiemenmenschen war zwar monströs, aber ursprünglich ja doch ganz sinnvoll«, setzte Hatice fort. »Und man sagt, diese Kiemenmenschen sind nicht so schlecht, wie sie hingestellt werden.«

»Ist mir egal, ob sie gute Menschen sind oder nicht«, warf Alexandro ein. »Wenn wir den Ausbruch von HHV-10 ihnen zu verdanken haben, dann ist mir das wirklich egal. Sollen doch die Schläger nachts durch die Straßen ziehen und sie zusammenhauen!«

Bea und Mathew lächelten.

»Alexandro!!!«, rief Hatice gereizt.

»Ist doch wahr!«

Fröhlich kauend grinste Nikolas in die Runde – mit funkelnden Erwachsenenaugen.

Es klingelte an der Tür. Mathew ging öffnen.

Im Treppenhaus stand der Wohnungseigentümer mit ein paar Männern. »Guten Morgen, Frau Yigitoglu«, sagte er im Vorbeigehen, als er in die Wohnung trat. Er hielt Bea für Sibel, weil sie ihren zerfransten Strohhut trug. »Wir müssen uns kurz den Schaden ansehen.« Der Eigentümer war kurz angebunden und reserviert. Vermutlich wollte er sich anstrengende Auseinandersetzungen wegen der anliegenden Bauarbeiten ersparen. Wenig später verließen er und die Männer die Wohnung wieder. Bea fragte Hatice vorsichtig, ob sie einen Computer hätten und ob sie nachher mal da rankönne.

Hatice nickte. »Ja klar«, erwiderte sie.

Bea atmete auf. Endlich konnte sie Flo Bescheid geben, dass sie hier war.

~

Als der Tag sich dem Ende zuneigte, ging auf Flos *Expression*-Seite eine neue Nachricht ein. Doch er checkte den Posteingang nicht, denn schriftliche Nachrichten von Bea erwartete er keine. Er suchte sie und telefonierte umher, sprach mit Herrn Hellforth und mit Frau Schwarz. Dann ging er noch mal zu Beas Wohnung, klingelte bei Nachbarn und befragte sie. Er checkte die *deutsche Sterbeliste* im Internet, erkundigte sich bei der Polizei und stellte im Krankenhaus Nachforschungen über Demonstranten an, die bei Demos verletzt worden waren. Dann gingen ihm langsam, aber sicher die Ideen aus und ein wirklich ungutes Gefühl überkam ihn. – Er hatte es im wahrsten Sinne des Wortes verschlafen, hatte Bea in schweren Zeiten nicht zur Seite gestanden. Während sich die Welt draußen nach und nach in ein Irrenhaus verwandelte, hatte er in Unterhose zuhause gehockt, seine Emotionen weggesoffen und sich wie eine Nacktschnecke mit plattgefahrenem Schwanzzipfel im Zeitlupentempo selbst bemitleidet. Wie oft, wenn er ein Problem hatte, das sich nicht von alleine auflöste, begann er zu schreiben. Er schrieb ein depressives Gedicht, zerknüllte es und warf es in den Müll.

~

Nikolas, Mathew und Bea verbrachten erholsame Tage in Sibels Wohnung. Bea fragte sich, warum Flo nicht auf ihre *Expression*-Nachricht antwortete. Sie lieh sich Hatices Handy aus und versuchte ihn damit zu erreichen, leider ebenfalls ohne Erfolg. Dann überlegte sie, ihn zu besuchen, sah aber wieder davon ab. Bea seufzte … Feuer und Wasser – sie lebten in verschiedenen Welten. Er würde seine Gründe haben, warum er sich so lange nicht meldete. Vermutlich hing sein Verhalten in irgendeiner Weise mit ihrer Andersartigkeit zusammen. Sie war immer stärker überzeugt davon, dass er den Schwanz eingezogen und sich von ihr distanziert hätte, um sich Unannehmlichkeiten zu ersparen.

Mathew machte sich langsam ernsthafte Sorgen um seine alte Freundin und imaginäre Gastgeberin Sibel. Als sie auch in den nächsten Tagen nicht auftauchte, begann er mit Bea in ihren Forschungsunterlagen herumzustöbern. Vielleicht fand sich ja da irgendeine Spur. Die Suche blieb zwar erfolglos, allerdings weckten einige Texte über Kiemenmenschen ihr Interesse. In einer Akte eines Hängekarteisystems im Schreibtisch fanden sie einen Artikel über ihre eigene physiologische Beschaffenheit. Mathews Kopf rötete sich, als er las, dass sie lebend einem Wasserdruck von bis zu 307,57 Bar standhalten konnten. Er wollte gar nicht wissen, wie die Forscher das so genau herausgefunden hatten. Auch Bea schüttelte nur den Kopf. »Unglaublich! So einen Druck kann nicht mal ein Pottwal aushalten.« Sie war schon tief getaucht, aber nicht annähernd so tief. Bei 307 Bar lasteten über 300 Kilo auf jedem Quadratzentimeter Körperoberfläche. Sie hatte im Holo-TV eine Sendung gesehen, in der ein U-Boot stabile Plastiktonnen in die Tiefe gezogen hatte. Als es wieder auftauchte, waren die Tonnen platt wie leere Colabüchsen, über die ein Lkw gewalzt war. Sie lasen weiter. Einiges war Bea bereits bekannt, z.B. dass sich ihr Brustkorb beim Tauchen in der tiefen See zusammenpresste, die Lungen sich um das Achtzigfache verkleinerten und der Herzschlag sich stark verringerte. Nun kamen einige neue Informationen hinzu. Sie konnten Wasser in ihren Körpern aufnehmen, um kleine Hohlräume damit zu füllen, denn Wasser war kaum komprimierbar. Wären die Tonnen, die das U-Boot in die Tiefe zog, mit Wasser gefüllt gewesen, wäre so gut wie nichts passiert. Zudem konnten Kiemenmenschen die Dichte einiger Bereiche des Körpergewebes durch Temperaturänderung regulieren. Ebenfalls bemerkenswert war, dass ihr Blut besonders viel Hämoglobin enthielt, so dass sie auch in giftigen, schwefelwasserstoffhaltigen Gewässern ausreichend Sauerstoff aufnehmen konnten.

Mühsam arbeiteten sie sich weiter durch den wissenschaftlichen Text. Es hagelte Fachchinesisch: Die speziellen Glykoproteine in ihrem Blut bestanden aus sogenannten Tripeptiden mit der Aminosäurefrequenz Alanin-Threonin-Alanin. Jedes Threonin war mit einem Zweifachzucker aus Galactose und N-Acetyl-Galactosamin versehen. *Ufff. Was für ein Text.* Die speziellen Glykoproteine hatten die Fähigkeit, an der Oberfläche von winzigen Eiskristallkeimen anzudocken und zu verhindern, dass diese sich vergrößerten. So setzten sie zwar den Gefrierpunkt des Wassers herab, aber nicht dessen, *öh*, Schmelzpunkt. Dadurch war es den Kiemenmenschen möglich, selbst bei Temperaturen um den Gefrierpunkt im Wasser zu überleben. *Aaaaa-ha*. Verwirrt kratzte Bea sich am Kopf. Die Wassertemperatur der Tiefsee lag zwischen 4°C und -1°C – machte also wohl Sinn, diese Fähigkeit, mehr brauchten sie nicht zu wissen. – Wenn man dazu fähig war, reichte es ja. Sie stöberten weiter. Ein kleiner Notizzettel erregte ihre Aufmerksamkeit. Folgendes war auf ihm notiert:

1. *lat 43.58039 N*   *lon -40.95703 E*
2. *lat 50.73646 N*   *lon -30.32227 E*   ?
3. *lat 47.98992 N*   *lon -24.25781 E*

29.6.2109, Blancs Sablon

Sie rätselten, was *lat* und *lon* bedeuten könnten. Beas Blick fiel auf das glänzende Metallgerät am Hals der Medusa. Vorsichtig nahm sie der Figur den Klumpen ab und tickte auf das Display. »*Dep -38,605, lat 54.40355, lon 10.15137*«, leuchtete es vor ihren Augen auf. Jetzt fiel ihr ein, woher sie das Gerät kannte. Sie hatte so ein Ding schon mal in einer Forschungssendung gesehen. Das war ein druckbeständiges Koordinatengerät. *dep* stand für englisch »depth« bzw. Tiefe, *lat* für »latitude«, also Breite, und *lon* für »longitude«, Länge. *Dep -38,605, lat 54.40355, lon 10.15137* mussten die Koordinaten ihres jetzigen Standorts sein. Verblüfft starrte Mathew auf das Gerät. Als sie es ihm gab, fiel es ihm fast aus der Hand, weil es so schwer war. Vorsichtig legte er es neben Sibels Unterlagen auf den Tisch. Sie wandten sich wieder dem Notizzettel zu. Die Punkte eins bis drei waren also Koordinatenangaben. Sie wollten sie gleich nachschlagen, aber es gab ja keinen Computer. Zum Glück war Sibel in manchen Dingen altmodisch, denn Mathew fand einen alten Atlas in der Schreibtischschublade und schlug die geografischen Angaben nach. Sie lagen mitten im Nordatlantischen Ozean. Die erste befand sich genau zwischen Neufundland und den Azoren, die zweite in der Mitte des Nordatlantiks zwischen Neufundland und Irland und die dritte zwischen den Azoren und Island, etwas zu den Azoren hin vor den Küstengebieten von Großbritannien, Frankreich und Spanien. Rätselnd betrachteten sie das Datum unter den Koordinatenangaben. Bis zum 29. Juni 2109 waren es noch etwa eineinhalb Monate. Wo könnte sich der Ort befinden, der neben dem Datum verzeichnet war? *Blancs Sablon* war französisch. Mathew schlug im Register des Atlasses nach. Einen Ort mit dem Namen *Blancs Sablon* gab es nicht, aber er fand eine Gemeinde namens *Blanc Sablon*, geschrieben ohne das s am Ende von Blancs, in der Provinz Québec in Kanada. Dunkel funkelten die Ranunkelaugen der Medusa.

Es klingelte an der Tür. Mathew ging öffnen. Im Treppenhaus standen Hatice und Alexandro.

»Ihr seid noch hier?«, fragte Hatice, die sich etwas zu wundern schien, dass die drei sich hier häuslich einrichteten.

Mathew erwiderte nichts.

Sie fragte: »Gibts Neuigkeiten von Sibel?«

Er schüttelte den Kopf.

»Habt ihr eigentlich die Polizei verständigt?«

Er log. »Ja! Wir sollen uns noch mal melden, wenn Sibel in den nächsten Tagen wirklich nicht wieder auftaucht.«

»Na dann ...«, sagte Hatice und reichte ihm einen großen Korb mit Essen.

»Was verschafft uns diese Ehre?«, fragte er.

Hatice antwortete nicht. Sie wurde bleich und sah nicht gut aus.

Alexandro, der hinter ihr stand, antwortete für sie: »Wir fahren zu Hatices Eltern, wir erreichen die beiden nicht ... wir machen uns Sorgen.«

Mathew nickte ernst.

Im Hintergrund trat Bea hinzu. Hatice bemühte sich, ihr ein Lächeln zuzuwerfen. Freundschaftlich schüttelten sie sich gegenseitig die Hände und verabschiedeten sich.

Da Nikolas aus Langeweile rumzunörgeln begann, brachen Mathew und Bea ihre Nachforschungen ab. Bea spielte mit Nikolas Halma auf einem alten Spielbrett, während Mathew sich um das Abendessen kümmerte. Er hatte keine Hemmungen, sich an die Vorräte im Eisfach heranzuwagen ... frittierte Grillen, hmmmm.

~

Flo hatte seine *Expression*-Nachrichten noch immer nicht gecheckt. Er war wie besessen davon, Bea zu finden. Zwar wusste er nicht, wo er noch suchen konnte, gab aber trotzdem nicht auf. Er machte fünf Spaziergänge am Tag, den Fokus immer auf die Umgebung gerichtet. Wegen seines deutlich nach außen getragenen Missmuts und seiner Hilflosigkeit zog er böse Blicke an wie ein Fabrikbetreiber, der giftige Abfälle in die örtlichen Gewässer leitete, die Aufmerksamkeit von Greenpeace. Er musste Bea finden. Bea, Bea, Bea!

~

Kein Internet, kein Telefon. Das einzige Internetcafé, das sie fanden, war aufgrund von Aufräumarbeiten vorübergehend geschlossen. Es befand sich an der Ecke Olhuvelistraße, Medhufushistraße, wo die Straßenschlacht am stärksten getobt hatte. Sie lebten so weiter, Robinson Crusoes der Großstadt. Trauten sich kaum noch auf die Straße. Sie warteten auf eine Veränderung, aber nichts passierte. Immer öfter musste Bea an Flo denken. Wollte er tatsächlich keinen Kontakt mehr zu einer Kiemenfrau? Das passte doch eigentlich nicht zu ihm – überhaupt nicht. Dass ihr das erst jetzt klar wurde: Er war immer mutig gewesen und kein Mitläufer ... Ob es ihm gut ging? Sollte sie ihn doch besuchen? Hm, sie wäre eine Belastung für ihn. Wenn herauskam, dass er Kontakt zu einer Kiemenfrau hatte, könnte er Schwierigkeiten an der Schule bekommen.

An einem Sonntagmorgen beobachteten Bea, Mathew und Nikolas, wie unten auf der Straße ein Passant zunächst zu taumeln begann, dann zusammenbrach und regungslos liegen blieb. Die Leute machten einen großen Bogen um ihn. Ein Krankenwagen kam und lud ihn ein. Die Ersthelfer trugen Mundschutz. Das hieß nichts Gutes. Sofort schoss Bea Flo durch den Kopf. Er hatte lange an der Schule gefehlt. Vielleicht war er an HHV-10 erkrankt. Ihr wurde endlich klar, was zu tun war. Sie musste zu ihm, um zu sehen, ob es ihm gut ging. Gleich morgen würde sie ihn besuchen. Jetzt hatte sie einen wirklich guten Grund.

Nachts stiegen Erinnerungen an Flo in ihr auf: Flo, oder Florin, wie er eigentlich hieß – Herr Nebel. Anfangs war er für sie nur *der merkwürdige neue Kollege* gewesen, das *Babyface*, der naive Egozentriker. Später war er für sie ein Mensch, der seinen Spieltrieb nicht immer verdrängte und dem seine Gefühle ab und zu über den Kopf wuchsen. Und dann wurde er für sie zu einem Mann, der sich nicht darum scherte, was andere von ihm hielten, oder, genauer gesagt, der nicht zu ändern versuchte, wer er für andere war. Und er war jemand, der Andersartigkeit sehr schätzte. Ja, das war er … ganz sicher. Sie hätte nie daran zweifeln dürfen. Sie musste innerlich lachen, als sie an einige Erlebnisse mit ihm zurückdachte, z.B. wie sie anonym mit ihm gechattet hatte, um herauszufinden, wie er tickte, oder wie er ihre Kiemen entdeckt hatte …

Flo und Bea 1/2

Das erste Mal sah Bea Flo auf dem alljährlichen Grillfest des Kollegiums. Die Schulleiterin kündigte den neuen Englisch- und Französischlehrer an und bat ihn, kurz aufzustehen. Er sah sehr jung aus, in dem Moment erschien er auch etwas tollpatschig, denn vor Aufregung zog er versehentlich die Tischdecke mit in die Höhe, so dass seiner Sitznachbarin, Frau Schwarz, das Kotelett in den Schoß fiel. Mit rotem Kopf reichte er ihr eine Serviette. Sie erwiderte gezwungen sein unsicheres Lächeln.

Bea setzte sich mit einem Teller Nudelsalat zu ihm und machte ein bisschen Smalltalk. Er war nett. Überrascht musste sie hören, dass er älter war, als er aussah – Anfang dreißig.

Bea fragte sich, ob er wohl genügend Durchsetzungsfähigkeit hätte. Einige Beobachtungen der nächsten Monate ließen Zweifel bei ihr aufkommen. Viele Schüler nannten ihn nicht »Herr Nebel«, sondern »Florin« oder sogar »Flo«. Einmal sah sie ihn in der Pause auf dem Schulhof. Eigentlich hatte er Aufsicht, aber er hatte sich dazu hinreißen lassen, mit einigen Schülern Tischtennisrundlauf zu spielen. Beim kalten Winterwetter rannte er mit den Halbstarken um die wetterfeste Tischtennisplatte. Nachdem er sich bis ins Finale vorgekämpft hatte, verwickelte er seinen Gegner in eine ellenlange Diskussion, ob Bälle, die die Kante der Tischtennisplatte noch berühren, aber nicht mehr richtig abspringen, zählen oder nicht. Zu guter Letzt baten die wartenden Schüler, es mit den Regeln doch nicht so genau zu nehmen, es sei doch nur ein Spiel.

Bea erzählte ihren beiden besten Bekannten, Nicki und Gesa, von dem Neuen.

»Das ist 'n merkwürdiger Typ! Spielt mit den Kleinen draußen Tischtennisrundlauf, im Winter, und benimmt sich wie einer von ihnen. Als

Lehrer muss man Leittier sein, nicht mit den Schülern um die Tischtennisplatte stolpern und sich über ein verlorenes Match aufregen!«

Nicki amüsierte Beas Eifer. »Er scheint dich ja ganz schön beeindruckt zu haben.«

»Ha, ha!«

»Hat er 'ne Freundin?«

Bea zuckte mit den Schultern. »Glaub nicht.«

»Schmeiß dich doch mal an ihn ran«, forderte Nicki sie ernsthaft auf. »Er ist in deinem Alter und was du erzählst, klingt doch ganz aufregend.«

»Auf keinen Fall! Er verhält sich wie ein Jugendlicher und nimmt sich viel zu ernst. Ich will einen vernünftigen Mann.«

Nicki zog die Mundwinkel nach unten und bewegte abwägend den Kopf hin und her. »Nimm ihn doch mal auf eine unserer Kneipentouren mit.«

»Niemals!«

Eine Woche später musste Bea mit Flo und drei weiteren Kollegen auf dem Schulhof eine Extraaufsicht durchführen. Zum ersten Mal seit Jahren bedeckte wieder harscher Schnee den Boden und es war zu zwei Verletzten gekommen, weil einige Schüler sich mit eisharten Schneebällen bombardiert hatten. Also machte die Schulleiterin eine Durchsage: Absolutes Schneeballverbot. Wer erwischt werde, solle gleich zu ihr gebracht werden. Fünf Kollegen mussten dafür sorgen, dass das Schneeballwerfen unterlassen wurde, unter ihnen Bea und Herr Nebel. Herr Nebel wanderte fleißig von einer Ecke des Schulhofs in die andere, um seiner Aufgabe gut Folge zu leisten. Als er an einer kleinen Gruppe frecher Schüler vorbeikam, die ihm aufgrund seines übermäßigen Engagements belustigte Blicke zuwarfen, schaute er sie grimmig an, damit sie ja nicht auf die Idee kämen, auch noch mit Schneebällen zu werfen. Dadurch hatte er die Schüler nun allerdings gereizt. Einer von ihnen formte vorsichtig einen Schneeball und warf ihn in Herrn Nebels Richtung. Herr Nebel bemerkte es nicht. Wenig später flog ein weiterer Schneeball auf ihn zu und zerplatzte auf seinem Rücken. Er wendete sich überrascht um und ging streng auf die Schülergruppe zu. In diesem Moment traf ihn ein Schneeball direkt *an der Zwölf*. Diesmal hatte er den Schüler allerdings gesehen. Er beugte sich hinunter, formte einen großen festen Schneeball, rannte dem Schüler vor den schockierten Blicken seiner Lehrerkollegen über den halben Schulhof hinterher und schmetterte gezielt und kraftvoll den Schneeball auf ihn. Er erwischte ihn genau am Hinterkopf. Die Kollegen wahrten Stillschweigen über die Details des Geschehens. Die Sache hätte durchaus ein unangenehmes Nachspiel für Herrn Nebel haben können, aber auch der Schüler verhielt sich kooperativ. Es blieb dabei, dass er und Herr Nebel gemeinsam bei der Schulleiterin vorstellig wurden und zuhause einen dreiseitigen Aufsatz anfertigen mussten mit dem Titel: »Warum ich auf dem Schulhof keine Schneebälle werfen darf!«. Offiziell sah Bea das Verhalten von Flo sehr kritisch ... inoffiziell mochte sie es.

In den nächsten Tagen ertappte sie sich ab und zu dabei, wie sie Flo heimlich beobachtete. Sie sah, wie er schmunzelte, als er im Lehrerzimmer an seinem Platz saß, und wünschte sich, dass sie in seinen Kopf hineinsehen könnte, um herauszufinden, was er nun wieder angestellt oder sich ausgemalt hatte. In persönlichen Gesprächen mit ihr verhielt er sich höflich, drängte sich nicht auf und wirkte eigentlich recht erwachsen. – Das passte nicht ins Bild. Sie musste mehr herausfinden und konnte es nicht lassen, in dem sozialen Netzwerk *Expression* nach ihm zu suchen. Sie fand ihn. Sein Profilbild war eine gezeichnete, verträumt aussehende Ganzkörper-Karikatur, die ihm unverkennbar ähnelte. Sie drückte den »Freund hinzufügen«-Button ... – Er würde nicht erkennen, dass es sie war. Sie blieb auf der Website generell anonym, nannte sich *Blue Soul*. Statt eines Profilbildes hatte sie das Foto eines kleinen Goldfisches mit großen Augen hochgeladen.

Flo erwiderte die Freundschaftsanfrage zunächst nicht. Stattdessen fragte er: »Kenne ich dich?«

»Hast du nicht Lust, dich mal mit einer Unbekannten auszutauschen?«, schrieb sie zurück.

Er antwortete nicht. Einen Tag später bestätigte er ihre Freundschaftsanfrage schließlich doch noch, so dass sie seine Seite vollständig einsehen konnte. Er bezeichnete sich selbst als »atheistisch, dafür ein bisschen politisch«, postete gerne sanfte Rockmusik und hatte viele Bilder von lachenden Menschen hochgeladen. Zwei davon mussten seine Eltern sein. Und eine Schwester hatte er wohl auch.

An einem stürmischen Abend traf Bea Flo zufällig im Kopierraum. So natürlich und leger wie möglich stellte sie sich neben ihn an den zweiten Kopierer und zupfte vorsichtig den Rollkragen ihres Wollpullis zurecht. Sie musste aufpassen, denn sie hatte noch die alte Kunsthaut vom Morgen auf ihren Kiemen, die sich bereits aufzulösen begann.

Flo stellte einige Smalltalk-Fragen wie: »Wie gehen die Unterrichtsvorbereitungen voran?«, »Wie lange bist du eigentlich schon an der Schule?«, »Ist Matej Kecè bei dir im Unterricht auch immer so frech?«

Bea antwortete kurz angebunden: »Gut«, »Sechs Jahre«, »Nö!« Sie hätte gern mehr gesagt, aber in ihrem Kopf flirrte es. Vom Nachmittag bis in die Abendstunden hatte sie an ihren Unterrichtsvorbereitungen gesessen. Die Neuronen hämmerten in den Nervenbahnen ihres Gehirns. Sie war überarbeitet und brauchte Entspannung, etwas zum Genießen. Sie sehnte sich nach ihrem Bett … Er warf ihr einen interessierten Blick zu, offen und einfach nett. Sie fand den Blick sehr sympathisch und hätte ihn am liebsten tief erwidert. Aber sie wandte sich gleich wieder ab. Nicht, dass er das als *persönliche Einladung* empfand und sich dann alles Weitere als zu riskant entpuppte … oder als unbefriedigend. Plötzlich hallte ein lautes Klicken durch den Raum. Das Licht ging aus und die Kopierer gaben ihren Geist auf – Stromausfall. Bea blieb still stehen. Der matte Lichtschimmer einer Straßenlaterne drang durch ein kleines Fenster. Sie horchte nach Flo und versuchte mit ihren Augen das trübe Halbdunkel zu durchdringen. Er stand anscheinend genauso regungslos da wie sie. Vorm Fenster sauste der Wind. Ihr Blick fiel auf die sich biegenden Bäume am Lehrerparkplatz. Sie fragte sich, warum sie nichts sagte.

»Was ist denn das?«, fragte Flo etwas unbeholfen.

»Stromausfall!«, erwiderte sie, ebenso unbeholfen.

Eine Weile standen sie nur da, dann suchten sie ihre Sachen zusammen und gingen in angespannter Stille durch die Korridore und den Haupteingang nach draußen. Eine Windböe blies ihnen durch die Haare. Beim Hausmeister brannte noch Licht. Sie klingelten kurz und gaben ihm wegen des Stromausfalls Bescheid. Dann verabschiedeten sie sich voneinander. »Tschüss!« »Tschüss!«

Später schrieb Bea Flo als *Blue Soul* eine anonyme Nachricht.

Blue Soul: Und? Wie war dein Tag?

Die Antwort kam sofort.

Florin Nebel: Ganz gut.
Blue Soul: Ja? Wieso denn?
Florin Nebel: Kein Kommentar. ☺
Blue Soul: Hast du schon was von dieser Sache mit den Kiemenmenschen gehört?
Florin Nebel: Ja.
Blue Soul: Und? Glaubst du das?
Florin Nebel: Könnte schon was dran sein.
Blue Soul: Ich habe etwas von Seuchengefahr durch Kiemenmenschen gelesen. Fändest du es nicht schrecklich, wenn die Kiemenmenschen Auslöser einer Seuche wären?
Florin Nebel: Ich halte nichts von Klatschpresse.

Richtige Antwort, dachte sie sich.

Ein paar Tage später saß sie mit ihren Freundinnen Nicki und Gesa vor ihrem Laptop-Hologramm. Bea hatte die beiden eingeweiht. Zu dritt wollten sie herausfinden, ob Flo vertrauenswürdig war und nicht nur an *das eine* dachte.

Blue Soul:	Hättest du nicht mal Lust, dich mit einer Unbekannten zum Sex zu treffen?
Florin Nebel:	Ich bin Lehrer.
Blue Soul:	Tja, das Risiko musst du wohl eingehen.
Florin Nebel:	Wenn ich ehrlich bin, steht mir gerad nicht der Sinn danach.
Blue Soul:	Du willst dich nicht mit mir zum Sex treffen?
Florin Nebel:	Nö.
Blue Soul:	Ich bin hübsch!
Florin Nebel:	Trotzdem nicht.
Blue Soul:	Unmöglich! So verhält sich kein Mann! Du probierst einen guten Eindruck zu machen!
Keine Antwort.	
Blue Soul:	Hast du schon mal Cybersex gemacht?
Florin Nebel:	Nö, hab ich nie probiert.
Blue Soul:	Warum nicht?
Florin Nebel:	Hm? Ich glaub, ich würds einfach ein bisschen zu langweilig finden.

Nicki und Gesa schauten irritiert auf seine Worte, dann drückte Nicki Bea vom Laptop weg. »Lass mich mal!«

Blue Soul:	Warst du schon mal in einem Puff?
Florin Nebel:	Nö.
Blue Soul:	Warum nicht?
Florin Nebel:	Öhhh.
Blue Soul:	Zu langweilig???
Florin Nebel:	Nein.
Blue Soul:	… dann Feigheit! Jeder Mann würde gerne mal in einen Puff gehen.
Florin Nebel:	Mal so, mal so. Im Moment ist mir jedenfalls nicht danach.
Blue Soul:	Du hast Schiss, dass ich eine Schülerin bin!

Florin Nebel: Nö.
Blue Soul: Kannst du auch noch was anderes sagen als Nö?
Florin Nebel: Grün, Vogel, Meer, verwunschen, Semmelknödel, Fragen, nervige Fragen, sehr nervige Fragen ...
Blue Soul: Du bist feige!
Florin Nebel: Do be do be do.
Blue Soul: Beantworte mir mal diese Frage: Hast du dir schon mal morgens vor der Schule einen runtergeholt?
Florin Nebel: Nach dem Aufwachen, im Bett, ja.

Gesa schob Nicki beiseite und tippte in den Computer ein.

Blue Soul: Welche Stellungen sind dir beim Sex am liebsten?

Flo schrieb nichts zurück. Sie warteten. Gesa tippte weiter.

Blue Soul: Noch nie Sex gehabt?

Keine Antwort, nichts. Bea blickte Nicki und Gesa vorwurfsvoll an. »Na toll! Jetzt habt ihr mir meinen *Chat-Partner* vergrault!«
 Am nächsten Tag fragte Flo Bea in der Schule, ob sie sich hinter dem Pseudonym »Blue Soul« verberge.
 »Blue Soul?«, erwiderte Bea. »Wer ist das?«
 Er schaute sie mit großen Augen an. »Ach, sorry. Ich habe mit einer Unbekannten im Internet gechattet. Sie hat Fragen über mein Sexualverhalten gestellt, die ich zum Teil blauäugig beantwortet habe. Und nun mache ich mir Sorgen, dass es sich um eine Schülerin gehandelt haben könnte. Schön doof! Ein einsamer Wolf, der auf der Suche nach einem neuen Rudel die Vorsicht verliert.« Flo hielt sich die Hand an den Mund. So viel hatte er gar nicht sagen wollen.
 »Ach ...«, erwiderte Bea augenzwinkernd. »Das ist nicht so schlimm! Kennst du nicht das Sprichwort: *He who cannot howl, will not find his pack*«?
 Ihr Grinsen machte ihn ganz kribbelig.

Besuch

Um 5 Uhr klingelte es Bea von ihrem Matratzenlager. Draußen war es noch dunkel. Sollte sie öffnen – und wenn es die Polizei wäre? ... Sie würde sich schon was einfallen lassen. Müde zupfte sie ihren Rollkragenpulli zurecht und schlurfte zur Tür. Ein Lichtschimmer drang aus dem Schlafzimmer in den Flur. Sie konnte Mathew und Nikolas erkennen. Mathew lag am Rand des Hochbettes auf dem Bauch. Die Bettdecke war ihm zum Teil vom Körper gerutscht. Sein rechter Unterarm hing neben dem Bett hinunter, kräftige Muskelstränge warfen auf der Haut Schatten. Weiter hinten konnte sie das Gesicht von Nikolas erkennen, seinen friedlichen Ausdruck. – Schön war es, wie die beiden dalagen. Sie ließ sie schlafen und öffnete die Wohnungstür. Im Treppenhaus stand Flo. Er starrte sie mit weit aufgerissenen Augen an wie ein Gnu ein Krokodil. Sie stockte erst, dann trat sie einen Schritt auf ihn zu. Er wich ihr aus. Geladen wie ein zündelndes Tischfeuerwerk, fuchtelte er ihr mit einer ausgedruckten *Expression*-Nachricht von Blue Soul vor dem Gesicht herum. Dann hielt er ihr den Zettel direkt vor die Nase. Bea wusste, was auf dem Ausdruck stand: »*Ich wollte es dir eigentlich mal bei einer geeigneten Gelegenheit unter vier Augen sagen. Ich (!) bins! Ich habe gerade keine andere Möglichkeit, dich zu kontaktieren. Ich befinde mich zurzeit in einer Wohnung in der Olhuvelistraße. Hausnummer 168. Klingeln bei Yigitoglu. Deine dich vermissende ...*« Sie schluckte. Er schnaubte sie ironisch an, dass sie das ja wohl nicht schöner hätte ausdrücken können. Was sie sich wohl bei der ganzen Sache gedacht habe. Er habe Blue Soul für eine Schülerin gehalten. Wie sie das wiedergutmachen wolle? Außerdem wäre sie ja wohl nicht bei Sinnen gewesen, ihn nicht gleich kontaktiert zu haben. Er habe ihre verwüstete Wohnung gesehen. Was sie wohl denke, was er sich gedacht habe? Er kriegte sich kaum wieder ein. Warum sie sich erst jetzt meldete, fauchte er sie an. Da fiel sein Blick auf Mathew, der in Boxershorts hinter ihr im Türeingang erschien, einen halben Kopf größer als Flo und mit einem riesigen Brustkorbumfang. Flos Gesicht schwoll rot an und seine Augen wurden so groß wie Golfbälle. Bea ertappte sich dabei, wie sie darüber nachdachte, ob ein Gesicht explodieren könnte. Flo ging zur Wand und sank mit dem Rücken an ihr hinab. Besorgt beugte sie sich zu ihm und umarmte ihn vorsichtig. »Es ist alles gut, alles gut!« Sie klopfte ihm auf die Schulter. »Das ist Mathew, ein Freund. Wir haben keine andere Wahl gehabt, als uns hierher zurückzuziehen.«

Flo blickte auf Mathews unverdeckte Kiemen.

»Und ich habe keine gute Möglichkeit gehabt, dich zu kontaktieren«, sagte sie. »Ich habe mir genauso Sorgen gemacht. Und ich bereue inzwischen, dass ich dir mit Blue Soul etwas vorgegaukelt habe.« Sie drückte ihm einen dicken Schmatzer auf den Mund. Dann griff sie ihn mit den Worten: »Aber nun bist du ja da!«, vorne am Hosenbund, zog ihn in die Höhe und zerrte ihn an dem verdatterten Mathew vorbei in die Wohnung.

Flo ging es jetzt schon wieder besser. Sein Blick fiel auf Nikolas, den er aus der Schule kannte. »Aaaach!« Er beugte sich hinunter. »Nikolas! Na, das ist ja eine Freude!«, sagte er laut und streckte ihm freundlich die Hand entgegen. Nikolas lächelte schüchtern und ergriff sie vorsichtig. Flo schüttelte die kleine Hand kräftig und lachte ihn an. Bea beobachtete ihn mit etwas ängstlichem Gesichtsausdruck, als er zu Mathew hinüberging. »Entschuldigen Sie mein Auftreten. Ich wusste ja nicht, ich hatte ja keine Ahnung, ich … ach, darf ich Sie duzen? Ach … komm her!« Er packte Mathew, dem vor Aufregung die Kiemenbögen sperrangelweit offen standen, drückte ihn an seine Brust und umarmte ihn herzlich.

Flo und Bea 2/2

Bea lud Flo zur Besprechung einiger Klassenangelegenheiten in ihre Wohnung ein. Neugierig schaute er sich um. An den Wänden hingen Fotos und gerahmte Bilder von seltenen Fischen und anderen Unterwasserwesen. Er blieb vor einem Delfin stehen, der wie eine Kerze mit der Schnauze nach oben im blauen Wasser des Ozeans trieb. »So schlafen Delfine«, erklärte sie. »Die meisten Bilder hab ich übrigens selbst gemacht.« Er deutete ungläubig auf das große Foto eines seltsamen Unterwasserwesens mit einem riesigen, blassblauen, runden Kopf, breiten tentakelartigen Armen und großen runden Flossen, die ihm aus der Nase zu wachsen schienen. »Den hab ich nicht selbst fotografiert. Das ist ein Kopffüßler der Tiefsee, der wegen seiner ohrenartig abstehenden Flossen auch Tiefsee-Dumbo genannt wird, wie der Zeichentrick-Elefant. Leider ist diese Gattung bereits ausgestorben.« Sie erzählte ihm noch von weiteren Lebens- und Verhaltensweisen einiger Fische, die bei ihr an den Wänden hingen.
   »Warum bist du Lehrerin geworden und nicht Ozeanologin?«, fragte er.
   »Solche Interessen reifen manchmal am besten im Verborgenen«, erwiderte sie.
   Sie wechselte das Thema und kam auf die Schulangelegenheiten zu sprechen. – Sie wollte nicht zu schnell zu viel über sich preisgeben.

Am nächsten Tag saßen sie während einer Freistunde gemeinsam im Lehrerzimmer. Beide hatten ihren Laptop vor sich auf dem Tisch stehen. Bea bereitete Unterricht vor, er schaute die Nachrichten. Es ging um die Aufhebung eines Fischereiverbots in einem bis dahin geschützten Gebiet des Atlantiks. »Da fällt einem ja nichts mehr zu ein!«, donnerte er auf einmal los. »Wozu haben die denn das Gebiet zum Naturschutzgebiet erklärt, wenn sie das ein halbes Jahr später wieder aufheben? War das ein Wahlkampfgag? Wie kann man solche Leute nur gewähren lassen? – Die Gier dieser gewissenlosen Großkonzerne!« Flo warf Bea einen Blick zu.

Sie erwiderte den Blick und dachte: Ungewöhnlich, im Lehrerzimmer so loszudonnern.

Er wandte sich wieder ab.

Ihr Blick blieb auf ihm und wollte sich nicht von ihm lösen. Flo bemerkte es nicht. Er war bereits wieder völlig in Gedanken. Bea musterte ihn. Irgendwas mochte sie sehr gern an ihm. Sie überlegte kurz, ob es allein seine *Political Correctness* war ... – nein, die war nebensächlich ... Es war etwas anderes, etwas, das durch ihn hindurchschien, offen und klar. Was er auch tat, es war immer da, sehr beständig, nicht totzukriegen, ein kleines, unaufdringliches Wesen, das sich aus all dem aufgesetzten Gehabe und Getue in der Welt nichts machte, es war nicht eigennützig, nicht nachtragend und nicht kompliziert. Bei anderen Menschen war es oft verborgen, manchmal kaum sichtbar, aber bei ihm, da sprang es einen förmlich an. Alle in Deckung, hier komm ich. Sein *Selbst* war es. Den, der er war, den mochte sie wie ein Delfin das Wasser. Sie warf Flo ein Lächeln zu. Es war plötzlich da.

Er hielt es für eine kleine Aufmerksamkeit unter Kollegen, eine Beiläufigkeit, und lächelte zurück, zunächst höflich, dann fragend und schließlich doch überrascht.

Sie schauten sich eine Weile in die Augen. Dann wandten sie sich voneinander ab und gingen wieder ihren Tätigkeiten nach.

Später lud er sie für den Abend ins *Nostradamus* ein. Sie sagte ohne zu zögern ja.

Da keiner von ihnen beim ersten Treffen Alkohol trinken wollte und ihnen das *Nostradamus* zu verraucht war, verließen sie die Kneipe bald wieder und spazierten stattdessen die *Neue Strandpromenade* hinab. Neben ihnen rastete eine leere Transportgondel am Straßenrand auf der Spitze eines im Boden versenkten Metallstabes ein. Sie blieben stehen und sahen sich das Schauspiel an. Licht flackerte in der Gondel auf, dann schob sich der Stab nach oben. – Die Glasgondeln erfüllten eine Doppelfunktion. Tags dienten sie als Transportmittel, abends verwandelten sie sich in große Straßenlaternen. Eine Touristenattraktion. Bea und Flo gingen weiter. Glitzernde Lichter und Werbehologramme ... ein 3-D-Drucker-Automat, in dem man sich Kinderspielzeug drucken lassen konnte ... Kneipen, Nachtclubs ... ein Zwitter-Bordell, nur für Frauen. Meeresrauschen. Pöbelnde Köpfe in einem langsam vorbeifahrenden Robotertaxi. »Guckt nicht so, ihr Penner!« Die Köpfe schoben sich weiter aus dem Fenster. »Wollt ihr was auf die Fresse? Hä? Wollt ihr was auf die Fresse?« Bea und Flo verschwanden in einer Kneipe, kauften zwei Bier – jetzt doch – und nahmen die Flaschen mit hinaus. Sie spazierten weiter, tranken und unterhielten sich. Es wurde frisch, fast kühl. Sie redeten sich warm. Ein Junkie fragte mit zitternden Händen nach einer Zigarette. Flo schenkte ihm seine Weste und ging den Rest des Weges mit über die Hände gezogenen Ärmeln und um den Oberkörper geschlungenen Armen. Die dreckige Atmosphäre Neukiels zog sie in ihren Bann.

Die beiden trafen sich von da an öfter. Sie gingen ins Kino, saßen im *Nostradamus* oder tranken bei Bea einen Kaffee. Beas auffällige körperliche Distanz – selbst zur Begrüßung und zum Abschied schreckte sie vor kurzen Umarmungen zurück – verkomplizierte die Sache nicht. Irgendetwas an ihrer Art verhinderte, dass er sich abgewiesen fühlte, etwas wie ein stilles Versprechen: *Habe Geduld.* Sie hörten sich intensiv zu, lachten miteinander und spielten sich kleine Streiche: Weil er sie prüde genannt hatte, kippte sie ihm unverschämterweise ein Glas Wasser über den Kopf. Er wollte sich rächen, hatte allerdings kein geeignetes Getränk auf dem Tisch stehen. Also nahm er die Wasserflasche, die vor ihr stand, und begann sie über ihr auszukippen. Die Auseinandersetzung artete *etwas* aus, das heißt, jeder Wasserzugang der Wohnung musste schließlich herhalten. Später öffneten sie dem Nachbarn nicht, bei dem das Wasser durch einen Lüftungsschacht in die Wohnung gesickert war. Sie versuchten so zu tun, als wäre niemand da, kicherten dabei aber so laut, dass er ihnen auf die Schliche kam und Beschwerde beim Vermieter einreichte.

Mit Zärtlichkeiten hielt Bea sich nach wie vor zurück. Er tat es ihr noch immer gleich, weil er Angst hatte, durch zu große Aufdringlichkeit etwas kaputt zu machen. Seine Bemühungen um Distanz verstärkten allerdings seine Neugier. Warum war sie so, wie sie war? So widersprüchlich. Einerseits offen, andererseits verschlossen, einerseits kess, andererseits keusch, einerseits das Wasser liebend, andererseits das Schwimmbad meidend. Zudem ging er abends gerne mal in die Sauna und auch dafür war sie nicht zu haben. Er konnte sich einfach nicht erklären, warum. An ihrer Figur konnte es nicht liegen. Die war – soweit er das beurteilen konnte – makellos. Er hatte ihr gegenüber schon geäußert, dass sie ihm ruhig sagen könnte, wenn sie irgendwelche Verbrennungen oder einen Ausschlag hätte, der es ihr verbot, sich im Badeanzug zu zeigen. Sie hatte diese Vermutungen verneint. Es schien nur eine Frage der Zeit zu sein, bis er ihr Geheimnis entdecken würde. Und so war es dann auch.

Da Bea die nächsten beiden Tage nicht in der Schule war und auf keinen Anruf und keine E-Mail antwortete – weder von der Schulsekretärin noch von Flo –, ging er abends zu ihrer Wohnung, um nach ihr zu sehen. Sie wohnte im vierten Stock eines großen Blockbaus. Er klingelte. Niemand öffnete. Von der Straße aus konnte er im Mondlicht erkennen, dass ihr Küchenfenster geöffnet war. Er nahm seinen Mut zusammen, kraxelte eine Feuerleiter hoch und stieg in die Wohnung. Ein blasser Lichtschimmer drang durch den Spalt der Badezimmertür. »Hallo!«, rief er.

Niemand antwortete. Angespannt schlich er zur Tür und stieß sie auf. Sein Blick fiel auf etwa ein Dutzend brennender Kerzen auf dem Badewannenrand. Dann sah er den Wasserdampf, der durch die Flammen schillerte. Das Wasser in der Wanne war rötlich gefärbt. Ängstlich trat er näher. Beas Körper lag unter der Wasseroberfläche. Ihr Hals blutete auf beiden Seiten. Geschockt riss er sie aus dem Wasser. Sie erschrak fast noch mehr als er.

Da Kiemenblätter leicht eintrockneten und verklebten, legte sie sich jeden Abend in die Wanne, um sie zu befeuchten. Kiemen waren sehr feine Schleimhäute. Die *menschlichen* Kiemen machten ungefähr das Sechzigfache der Hautoberfläche aus. Sie waren kammförmig in mehreren Schichten übereinander angelegt, so boten sie dem Wasser auf kleinem Raum eine große Fläche, um möglichst viel Sauerstoff aufnehmen zu können. Dadurch waren sie allerdings auch sehr anfällig für Krankheitserreger aller Art. Bei einem nächtlichen Bad in einem städtischen See hatte Bea sich die *Koi-Herpes-Seuche* eingefangen, eine Viruserkrankung, die, nach den Koi-Karpfen benannt, normalerweise nur Karpfen befiel. Das Virus konnte zu *blutenden Kiemen* führen. Das war bei ihr der Fall. Obwohl die weiteren Symptome denen einer einfachen Erkältung glichen, war ihr die Sache sehr unheimlich, denn bei Karpfen verlief die Krankheit meist tödlich. Die Mortalitätsrate nach Krankheitsausbruch lag zwischen 80 und 100 Prozent.

Flo war völlig perplex, als er merkte, dass Bea bei vollem Bewusstsein und klarem Verstand war. Dann sah er, dass die schlitzartigen Öffnungen an ihrem Hals keine Schnitte waren, sondern mehr oder weniger natürlichen Ursprungs. Sie wusste nicht, was sie sagen sollte, und starrte ihn nur an. Er ging schockiert in die Küche. Auf dem Tisch standen ihr Laptop und ein Scanner. Daneben lagen einige Ausdrücke von ärztlichen Schreiben neben einer Schere, Papierschnipseln und Zetteln mit diversen Arztunterschriften. Anscheinend war sie dabei, ein Attest zu fälschen. Er öffnete den Kühlschrank und suchte nach irgendwas Alkoholischem, als sie, in ein Handtuch gewickelt, mit einer Flasche Wein in der Hand zu ihm schlurfte.
   Ihre Andersartigkeit minderte sein Interesse an ihr nicht. Er besuchte sie von da an jeden Abend. Sie unterhielten sich, lasen gemeinsam *Calvin and Hobbes*-Comics oder schauten sich Filme an. Was Beas Außergewöhnlichkeit anging, hatte Flo ein großes Fragebedürfnis: Was hatte sie für Fähigkeiten? Wie war es ihr gelungen, ihr Geheimnis so lange für sich zu behalten? War sie ein Produkt der Genindustrie?

Eines Abends saß er bei ihr am Tisch, das Gesicht hinter einer großen Astronomiezeitschrift verborgen. Er las einen Leserbrief, der sich kritisch mit dem Einsatz riesiger Spiegel auseinandersetzte, die im Weltraum platziert worden waren, um Sonnenlicht abzublocken. Der Verfasser warnte vor einer massiven Zunahme von Weltraumschrott, der früher oder später alle Satelliten zerstören würde.

Bea hatte gerade die großen Pflaster auf ihren Kiemen ausgewechselt. Sie holte sich ein Bier aus dem Kühlschrank und setzte sich zu ihm.

»Willst du auch eins?«, fragte sie. Er ließ die Zeitschrift sinken und nickte. Sie wies auf den Kühlschrank. Er holte sich eins. Dann setzte er sich ihr gegenüber. Ein nachdenkliches Räuspern ertönte aus seinem Mund. »Ist was?«, gluckste sie mit dem Bier am Mund.

Er musste an die Fragen denken, die er hatte. Sollte er jetzt tatsächlich so ein großes Fass aufmachen?

Sie schaute ihn auffordernd an.

Er nahm seinen Mut zusammen. Seine angestaute Neugier führte zu einer etwas provokanten Formulierung. »Wie bist du überhaupt auf die Idee gekommen, in einem der Stadtseen zu baden?«, fragte er rau. »Die sind dreckig und völlig übersäuert. Bist du lebensmüde?«

»Ich habe ein besseres Immunsystem als Menschen. Eigentlich muss ich nicht aufpassen.«

»Wie kannst du dir da so sicher sein? Schließlich hast du dir doch diese Krankheit eingefangen.«

»Ich kann es normalerweise wochenlang in dreckigem Wasser aushalten, ohne dass was passiert.«

Er legte die Hände unter seine Sitzknochen, wippte nachdenklich hin und her und sagte unvermittelt: »Wie bist du überhaupt zu dem allen gekommen, zu deinen Genen und den Kiemen?«

»Ist das ein Verhör?«, fragte sie.

Er lächelte und erwiderte wie nebenbei: »Ich bin nur neugierig.«

Sie mochte seine Art. »Die Kiemen hab ich von Kind auf. Ich weiß nicht, wie das kommt, und ich will es auch nicht rausfinden.«

»Wieso nicht?«

»Ich will nicht unnötig Staub aufwirbeln. Die Welt gefällt mir, wie sie ist. Es geht doch nichts über ein schönes, ruhiges Leben in der zweiten Reihe.«

Er stützte interessiert den Ellbogen auf den Tisch und legte seinen Kopf in die Hand. »Hast du denn nie große Träume gehabt? Zeigen, was man draufhat, berühmt werden?«

»Doch, schon. Berühmt werden, das hat einen großen Reiz auf mich ausgeübt. Aber nun bin ich froh, dass ich mich da nicht allzu weit aus dem Fenster gelehnt hab und meine Geheimnisse für mich behielt. Ich möchte mir gar nicht vorstellen, was gewesen wäre, wenn die Sache mit meinen Kiemen an die Öffentlichkeit gelangt wäre. Wahrscheinlich hätte ich seitdem keine ruhige Minute mehr gehabt.«

Flo kratzte sich neugierig am Kinn. »Wie hast du das überhaupt gemacht, dein Geheimnis all die Jahre zu bewahren? Die Leute hätten das doch bereits merken müssen, als du noch ein kleines Kind warst.«

»Ich hatte das Glück, bei einer netten Pflegefamilie aufzuwachsen, bei einem älteren Ehepaar, das das Geheimnis für sich behalten hat – Margret und Erkan, die Schellings, meine Pflegeeltern. Inzwischen sind sie verstorben, eines natürlichen Todes. Aber darüber will ich nicht reden.«

Flo nickte verständnisvoll. Sein Wissensdurst war vorläufig gestillt. Er ahnte nicht, dass Bea zum Teil gelogen hatte. Zum einen waren ihre Pflegeeltern nicht das gewesen, was man gemeinhin als nett bezeichnete. Zum anderen stimmte es nicht, dass Bea kein Interesse daran hatte, wo ihre Kiemen herkamen. Bereits als kleines Kind hatte sie ihre Pflegeeltern mit Fragen überhäuft. Damals hatte sie noch nicht gewusst, dass Erkan und Margret nicht ihre richtigen Eltern waren. Es war damit losgegangen, dass sie gefragt hatte, wie Margret überhaupt so spät noch hatte schwanger werden können. Die beiden ignorierten ihre Fragen. Daraufhin begann Bea Nachforschungen anzustellen, vergrub sich in Computerwelten und inspizierte eine ausrangierte Festplatte von Margret. Sie machte die Entdeckung, dass ihre Eltern sich illegal ein Kleinkind von einer ominösen Vertriebsfirma namens *Perfect Child* gekauft hatten, samt Anleitung für das Auftragen von Kunsthaut. – Allem Anschein nach, so fand sie heraus, war sie ein Kind der Genindustrie. Genaueres wusste sie nicht. *Perfect Child* war eine Scheinfirma gewesen, über die keine Informationen existierten. Als Margret und Erkan bemerkten, dass Bea ohne zu fragen Margrets Festplatte untersucht hatte, verordneten sie ihr Hausarrest. Später schlugen sie freundlichere

Wege ein, um ihre Köpfe aus der Schlinge zu ziehen, und baten Bea höflich, doch das Nachforschen zu lassen. Sie hätten nie direkten Kontakt zu der Firma gehabt. Es sei ihnen jedoch in ihrem eigenen Interesse ans Herz gelegt worden, Beas Geheimnis sorgsam zu hüten. Bekämen die falschen Leute Wind von der Sache, würden sie alle in große Gefahr geraten. Bea jedoch hatte sich nicht von ihren Nachforschungen abbringen lassen. Bei einer Auseinandersetzung reagierte Margret dann erschreckend drastisch, ja krankhaft. Um zu zeigen, wie ernst ihr die Sache war, und um Druck auszuüben, rammte sie sich ein Küchenmesser durch die Hand. Bea fühlte sich wie ein Rehkitz, dessen Mutter vom Blitz erschlagen worden war. … Sie konnte bis heute nicht sagen, was sie mehr belastete: ihre Familiengeschichte oder dass sie ein Kind vom Schwarzmarkt war.

»Alles klar?«, fragte Flo, dem ihr lebloses Gesicht auffiel.

Sie versuchte zu lächeln.

Er erwiderte ihr Lächeln sensibel. – Obwohl er merkte, dass etwas Schmerzvolles in ihr vorging, fragte er nicht danach, denn sie schien es nicht zu wollen.

Bea schätzte sein Verhalten.

Nach zwei Wochen hatte sie ihre Krankheit auskuriert. Flo hatte sie bis dahin immer für die Keuschheit in Person gehalten. Nun schmiegte sie sich bei jeder Gelegenheit an ihn und versuchte, ihn ins Bett zu ziehen. Er hatte eigentlich gar nichts dagegen, musste sich aber an die neue Situation gewöhnen. Aus der gefühlten Nonne war über Nacht eine sehr liebesbedürftige Frau geworden.

Die Kiemen kamen ihm zunächst befremdlich vor. Wenn Bea und Flo Zärtlichkeiten austauschten, schaute er sie sich genauer an, die übereinanderliegenden Schlitze seitlich auf beiden Seiten ihres unteren Halses. Sie waren mit einer natürlichen dünnen Hautschicht überzogen, unter der man deutlich die blassrosa Kiemenbögen erkannte. Wenn Bea und Flo Sex hatten, wölbten sich die Kiemen etwas hervor und färbten sich knallrot. Nach anfänglichem Gewöhnungsbedarf begann Flo diese verletzlichen Organe zu lieben. Er dachte sich, wenn die Augen die Fenster zur Seele sind, dann sind die Kiemen die Fenster zum Herzen.

Blancs mit s

Bea, Mathew, Nikolas und Flo verbrachten den Morgen zusammen. Sie tauschten sich über die Neuigkeiten aus. Dabei erzählte Flo auch von seiner Kündigung.

Später zeigten Mathew und Bea ihm, was sie über die Kiemenmenschen herausgefunden hatten. »307 Bar …«, murmelte Flo. »Hast du schon mal ausprobiert, wie tief du tatsächlich im Wasser kommst?«

»Ja«, antwortete sie, »aber ich hab den Versuch abgebrochen.«

»Wieso?«, fragte er.

»Es ist sehr unheimlich da unten! Unser Körper verformt sich, es ist stockfinster und es gibt da ein paar sehr gruselige Lebewesen. Tiefseeangler zum Beispiel. Die Viecher sind zwar nur faustgroß, aber sie haben so große Zähne, dass sie ihr Maul gar nicht mehr zukriegen. Dagegen sehen Piranhas aus wie Kuschelfische.« Sie wandte sich zu Mathew. »Hast du es schon mal probiert, Mathew?«

Er schüttelte den Kopf.

Flo fragte weiter: »Wie tief muss man eigentlich tauchen, bis ein Wasserdruck von 307 Bar herrscht?«

»Für zehn Tiefenmeter kann man ein Bar berechnen«, erwiderte Bea. »Bei einem Druck von 307 Bar wären wir also bei … ähhh …«

Mathew unterbrach sie. »Hier, guck mal!« Er zeigte Flo das Koordinatengerät und den Notizzettel von Sibel, der zu den drei Punkten im Nordatlantik führte. Dann wies er ihn auf die Ortsangabe »Blancs Sablon« hin und erklärte, dass es eine Gemeinde namens »Blanc Sablon« an der Ostküste Nordamerikas gäbe.

Als Flo das Datum neben dem Ortsnamen sah, leuchteten seine Augen auf. »Ha!«, rief er.

Sie guckten ihn erwartungsvoll an.

»Der 29. Juni!«, sagte er mit bedeutungsschwerer Miene. »Der Geburtstag meines Vaters!«

»Der Kandidat bekommt hundert Punkte für diesen ausgefuchsten Beitrag«, gluckste Bea.

Flo lachte.

Bea begann erneut, über dem Atlas zu grübeln. »Vielleicht ist es kein Zufall, dass Blanc Sablon ausgerechnet an der Ostküste Nordamerikas liegt«, sagte sie. »Von dort ist es nur einen Katzensprung zu dem ersten Punkt im Atlantik.«

»Na ja«, spöttelte Flo, »einige tausend Kilometer sind es schon noch.«

»… Wasserstrecke«, ergänzte sie. »Vielleicht gibt es an diesen Punkten im Meer geheime Forschungsstationen oder etwas Ähnliches. Und vielleicht ist Blanc Sablon der Ort, von dem aus die Forschungen koordiniert werden. Nur Neufundland liegt noch näher dran.«

Mathew begutachtete den Notizzettel und hob belehrend den Zeigefinger in die Höhe. »Der Begriff, den Sibel notiert hat, lautet Blancs Sablon!« Er betonte das s, das man bei französischen Namen ja eigentlich nicht ausspricht. »Wir haben ein s unterschlagen! Ich glaube nicht, dass Sibel ein Fehler unterlaufen ist. Vielleicht meinte sie gar nicht die Gemeinde in Kanada.«

Bea beugte sich über den Zettel. Da war was dran. »Blancs Sablon«, sagte sie. »Flo, weißt du, was die Worte bedeuten? Du bist doch der Französischlehrer.«

Flo überlegte kurz, dann antwortete er: »*Blancs* bedeutet weiß. Das s am Ende ist ein grammatisches s. Es zeigt den Plural des Nomens an. Das andere Wort, *Sablon*, … also … hm … ist mir nicht geläufig. Aber *Sable* bedeutet Sand. Der Name könnte also so viel bedeuten wie *Weiße Sande* oder so was.«

Sie grübelten noch eine Weile, dann ließen sie die Angelegenheit erst mal ruhen.

Bea und Flo gingen los und schauten, ob das Internetcafé an der Ecke Olhuvelistraße, Medhufushistraße inzwischen wieder geöffnet hatte. –

Fehlanzeige. Sie nutzten die Gelegenheit für einen kleinen Spaziergang, der dann doch etwas länger wurde. Erst bei Sonnenuntergang kamen sie wieder zurück, angenehm erschöpft und mit müden Beinen. Flo warf sich eine Decke über, weil ihm kalt war. Mathew und Nikolas lagen bereits schlafend im Hochbett. Bea weckte Mathew und behutsam teilte sie ihm mit, dass sie wieder da wären. Danach schloss sie leise die Schlafzimmertür.

Flo fragte sich, warum sie Mathew geweckt hatte.

Während er sich auf dem Matratzenlager in weitere Decken hüllte, begann Bea in Unterhose und T-Shirt mithilfe des Taus Decken und Handtücher vor der offenen Wohnzimmerwand aufzuhängen, so dass das letzte Licht des Sonnenuntergangs nicht mehr in das Zimmer drang. Den schönen Sonnenuntergang aussperren, fragte sich Flo – wieso? Er betrachtete Bea neugierig. Ihre Blicke trafen sich. Ein weidwunder Ausdruck lag in ihren Augen. Flo lief es kitzelnd den Rücken hinunter.

Bea kam auf ihn zu. Bei jedem Schritt durchfuhr ihren Körper kaum merklich ein Aufwallen von den Waden bis zu den Schultern, das wieder ein Stückchen hinabwanderte und verschwand, um dem nächsten Aufwallen Platz zu machen. Sie blieb vor ihm stehen und streifte sich das T-Shirt über den Kopf. Flo sackte ein bisschen in sich zusammen. Die beiden spürten die Wärme und den langsam aufkommenden Druck … Sanft ließ Bea das T-Shirt zu Boden gleiten und legte sich vor Erregung zitternd neben ihn. Sie spürte seine Gänsehaut und er ihren Herzschlag.

Das Licht der untergehenden Sonne drang durch Bettlaken und Handtücher hindurch. Es streifte über Beas und Flos Unterwäsche, die verstreut auf dem Zimmerboden lag, und warf einen silbernen Schimmer auf die Konturen ihrer umschlungenen Körper. Bea presste Flo mit ihrem linken Arm an sich, während sie mit der Rechten das sorgsam behütete Wahrzeichen seiner Männlichkeit fünf Zentimeter unterhalb ihrer Gräfenberg-Zone einführte, so dass es zu ihr vordringen konnte.

Still stand die Medusa im Zimmer und wachte mit behütendem Blick über die Liebenden. Ein paar Räume weiter fiel ein blasser Lichtschimmer auf den Kopf von Nikolas, der leise schnarchend an der Schulter seines schlafenden Vaters lehnte. Dann verließ das letzte Sonnenlicht die Wohnung. Es glitt über die Dächer Neukiels gen Westen, tauchte das deutsche Küstengebiet in Rotorange, wanderte über die Niederlande und Belgien nach Frankreich, glitzerte vor der zerklüfteten Küstenlinie der Bretagne, fiel auf die unruhige See des Golfes von Biskaya, durchdrang 4000 Meter oberhalb des europäischen Kontinentalfußes ein letztes Mal die Wellengipfel, passierte die Azoren, später die Grand Banks und traf dann an der nordamerikanischen Westküste ein, wo viele Leute kaputt von der Arbeit in ihren Wohnzimmern saßen oder in ihren Betten lagen und Fernsehen schauten.

Auf fast allen Sendern lief das Gleiche. Geschockte Nachrichtenmoderatoren präsentierten Bilder von Ausschreitungen in ganz Europa, von extremistischen Gruppierungen, die Anti-Progressive-Demonstranten krankenhausreif prügelten, von Bazookageschossen, die krachend in Häuserwände einschlugen, von Politikern, die den Kiemenmenschen die Schuld am Ausbruch von HHV-10 zuschrieben und die ehemalige Koalition kriminalisierten, und von aufgebrachten Bürgern, die die Welt um Hilfe anflehten.

Wortlos

Am nächsten Morgen wurde Bea wach, weil sie etwas am Arm berührte. Müde rieb sie sich die hämoglobinroten Wangen. Ihr Blick fiel auf ein starrweißes, schwach konturiertes Gesicht mit großen Augen. Es war das eines kindergroßen Roboters, der vor ihr stand. Vornehm nahm er seine linke Roboterhand zurück und legte sie höflich hinter seinen Rücken. Dann schob er seine rechte Hand, in der er mit Zeigefinger und Daumen ein brummendes, vibrierendes Gummiding hielt, vor sich in die Höhe. Es baumelte vor Beas Augen auf und ab. Der Roboter blinzelte. Seine schwarzglänzenden Pupillen rollten einmal im Kreis herum. »M-Ö-C-H-T-E-N--S-I-E--E-I-N--V-I-B-R-A-T-O-R-K-O-N-D-O-M?«, schallte eine mechanische, aber angenehme Frauenstimme aus seinem Mund. Bea glotzte den Roboter verdattert an. Inzwischen hatte auch Flo sich aufgerichtet und fragte sich, ob er schon wach war oder noch träumte. Die Wohnzimmertür machte ein leises quietschendes Geräusch und aus dem Flur schallte das Gekicher von Mathew und Nikolas zu ihnen hinüber.

Später saßen sie gemeinsam in der Küche am Frühstückstisch. Der weiße Roboter mit Namen Andi eilte immer wieder zwischen Kühlschrank und Tisch hin und her, weil Nikolas sich einen Spaß daraus machte, ihn die Marmelade holen und zurückbringen zu lassen. Nikolas lachte jedes Mal erneut, wenn der Roboter ankam, einmal höflich nickte und mit erotischer Frauenstimme sagte: »H-I-E-R--I-S-T--S-I-E.--W-O--K-A-N-N--I-C-H--S-I-E--I-H-N-E-N--K-R-E-D-E-N-Z-E-N?« Mathew und Nikolas hatten den Roboter am Morgen in der Abstellkammer entdeckt. Nikolas hatte auf den An-Knopf gedrückt und das weiße Metallding hatte sie auf einmal höflich begrüßt. »H-A-L-L-O!--I-C-H--B-I-N--A-N-D-I.--I-H-N-E-N--Z-U--D-I-E-N-S-T-E-N.--M-Ö-C-H-T-E-N--S-I-E--E-I-N-E-N--S-E-K-T--O-D-E-R--W-O-L-L-E-N--S-I-E--S-I-C-H--D-I-R-E-K-T--Z-U-M--B-U-F-F-E-T--B-E-G-E-B-E-N?« Anscheinend setzte Sibel Andi als Hilfskraft bei Feierlichkeiten ein und hatte ihn entsprechend programmiert. Er schien ein guter Spielgefährte für Nikolas zu sein. Der

Junge liebte ihn. Der Roboter konnte sogar Halma. Bevor Mathew seinen Sohn das erste Mal mit Andi alleine ließ, wollte er allerdings austesten, ob der Metallkerl nicht auch gefährliche Seiten hatte. Ein Roboter, der in der Lage war, differenzierte Handlungen durchzuführen, und alles tat, was man ihm sagte, war Mathew unheimlich. Während Bea abwusch und Nikolas und Flo abtrockneten, überlegten sie gemeinsam, wie sie austesten konnten, ob Andi in der Lage wäre, Menschen ein Leid anzutun. Nikolas hatte eine Idee, er wollte sie den anderen aber nicht verraten. Sie vertrauten ihm und er flüsterte Andi etwas zu. Daraufhin hob der Roboter seine Metallhand, streckte den Zeigefinger in die Höhe und schwenkte ihn belehrend hin und her. »A-N--D-E-N--R-U-N-D-U-N-G-E-N--E-I-N-E-R--F-R-A-U--H-A-T--E-I-N--R-O-B-O-T-E-R--N-I-C-H-T-S--Z-U--S-U-C-H-E-N!«, sagte er. Dann setzte er sich im Schneidersitz auf die Erde, ließ seine Augen einmal im Kreis rollen, schüttelte verächtlich den Kopf und blinzelte zwei Mal. Bea schaute Nikolas an und fragte, was er dem Roboter gesagt hätte.

Nikolas antwortete nicht, sondern grinste nur verlegen. Es war ihm peinlich.

Mathew setzte sich neben ihn und neigte sein Ohr zu ihm hinab.

Der Kleine flüsterte es ihm zu. Er hätte dem Roboter gesagt, dass er Bea in den Po kneifen sollte. Mathew schmunzelte.

Es dauerte einige Minuten, bis Andi wieder ansprechbar war. So lange saß er da, ließ seine Augen im Kreis rollen, schüttelte verächtlich den Kopf und blinzelte. Bea lachte und ließ ihren Blick aus dem Fenster gleiten. Draußen erregte ein surrendes Etwas ihre Aufmerksamkeit. Ein kleines mechanisches Fluggerät schwirrte direkt am Fenster entlang. Es war nicht mal faustgroß und hatte die Form eines Stechinsekts, es war ein *Moskito* – eine Überwachungsdrohne. Moskitos wurden überwiegend als Späher eingesetzt. An Bord waren Minikameras installiert, die Live-Bilder in die ganze Welt senden konnten. Die Drohne flog zum gegenüberliegenden Häuserblock und stoppte vor einem Fenster, an dem von innen ein Plakat mit der Aufschrift »Kiemenfreie Zone« aufgehängt war. Dann flog sie einmal über der Straße auf und ab und zischte urplötzlich in den Himmel hinauf. Bea blickte dem Flugkörper nachdenklich hinterher. Was wollte denn dieses Ding hier? Sie wünschte sich, dass es die Drohne einer fernen Großmacht wäre. Die sollten mal sehen, was hierzulande vor sich ging. – Bea wusste nicht, wie nah sie damit der Wahrheit kam.

Am Nachmittag setzte sich Mathew wieder an Sibels Schreibtisch und stellte weitere Nachforschungen an. Bea und Flo machten sich fertig, um noch mal die Wohnung zu verlassen und einen öffentlichen Internetzugang zu suchen. Aber dazu kam es nicht. Sie wollten gerade zur Tür hinaus, als sie laut dröhnende Flugzeuggeräusche vernahmen. Mit lautem Krach flogen Kampfdrohnen über die Solardächer hinweg. Instinktiv griffen Bea und Flo die nötigsten Sachen und suchten gemeinsam mit Mathew und Nikolas Zuflucht im Keller des Blocks, wo schon viele andere Bewohner versammelt waren. Gemeinsam saßen sie dort bis in die Nacht. Immer wieder hörten sie dumpf grollende Einschlagsgeräusche. Dann wurde es irgendwann still. Doch keiner wagte sich nach oben. Es blieb ruhig … Warten … Kahle Wände … Flackerndes Licht. Große Kinderaugen, manche aufgeregt, manche ängstlich. Die Leute spekulierten, wer Deutschland angegriffen haben könnte. Einige vermuteten, es seien die USA. Bea konnte das nicht glauben und wollte auch nicht weiter drüber nachdenken. Sie kümmerte sich um das Baby einer alleinerziehenden Mutter, nahm es ihr von Zeit zu Zeit ab und wiegte es beruhigend in den Armen. Mehrere Male gelang es ihr, den kleinen Schreihals in den Schlaf zu summen. Flo rief seine Eltern an. Sie wohnten in einem kleinen Nebenort der Stadt. Sein Vater, Raik, meldete sich. Er und Flos Mutter harrten ebenfalls im Keller ihres Hauses aus. Es ging ihnen gut. Flo fragte nach seiner Schwester Tina und seinen Großeltern. Raik erwiderte, dass sie mit ihnen telefoniert hätten. Bis jetzt sei alles in Ordnung, er würde sich allerdings große Sorgen machen – vor allem wegen Opa Christoph und Zohra, die mitten im Zentrum Neukiels wohnten. Flo versuchte, seinen Vater zu beruhigen, und sagte blauäugig, dass Christoph und Zohra schon auf sich aufpassen könnten. Sie seien für ihr gehobenes Alter ja noch ganz gut beieinander.

Der Stadtteil, in dem sich Sibels Wohnung befand, blieb von Bombeneinschlägen verschont. Mitten in der Nacht wurde Entwarnung gegeben und sie wagten sich wieder in ihre heimliche Unterkunft. Schweigend begaben sie sich auf ihre Schlaflager.

Später in der Nacht erwachten Flo und Bea von einem Klirren und scheppernden Geräuschen, die von der Straße heraufdrangen. Vorsichtig robbten sie zum Abgrund und schauten, was los war. Im düster-blassen Licht des Mondes beobachteten sie, wie eine kleine Gruppe von Leuten einen Kiosk plünderte.

Am nächsten Morgen saßen sie bedrückt am Frühstückstisch und schoben sich ein paar Brote in den Mund. Mathew hatte eine Zeitung besorgt. Er las einen Artikel über die gestrigen Drohnenattacken laut vor.
 Die Drohnen, die die Stadt attackiert hatten, waren chinesische gewesen. Zweiundzwanzig Menschen waren ums Leben gekommen, etwa sechzig verletzt worden. Im Stadtzentrum wurden mehrere Häuser zerstört, die meisten davon Regierungsgebäude.
 Nicht nur Neukiel war angegriffen worden, auch aus Berlin und Frankfurt waren Drohnenangriffe gemeldet worden, außerdem einige Städte in Frankreich. Es wurde mit weiteren Angriffen gerechnet, nicht nur von Seiten Chinas, auch durch die USA. Die beiden Großmächte schienen sich näher zu stehen denn je.
 Der Artikel regte zum Nachdenken an. Es war keine Rede von den Forderungen der Angreifer. Was also war ihre Motivation? Warum griffen sie an? Bea, Flo und Mathew spekulierten eine Weile darüber, doch letzten Endes blieb ihnen nichts anderes übrig als abzuwarten.
 Flo stand auf und lief nachdenklich in der Küche auf und ab, während Bea den Tisch abzuräumen begann. Mathew suchte mit seinen Augen nach Nikolas. Der Junge war bereits von seinem Stuhl aufgestanden und wuselte mit Andi in der Wohnung umher. Sein vollgekrümelter Teller stand noch auf dem Tisch. »O-H!--E-I-N-E--K-A-P-P-U-T-T-E--D-I-S-C-O-K-U-G-E-L!«, hörten sie Andis Worte aus dem Wohnzimmer. Dann

vernahmen sie Nikolas' freche Stimme. »Das ist keine kaputte Discokugel, du Depp!« Mathew stand auf und ging zu ihnen hinüber. Nikolas hockte am kaputten Schreibtisch über den Forschungsunterlagen von Sibel. Er hatte ein zusammengefaltetes DIN-A2-Blatt entdeckt, mit der Zeichnung eines kuppelförmigen Gebäudes und stichwortartigen Erläuterungen. Mathew rief Bea und Flo. Kurze Zeit später standen alle vier und Andi rätselnd über die Zeichnung gebeugt. Das Gebäude hatte die Form einer gehälfteten Kugel. Zwischen den sehr eng beieinanderliegenden Stützsträngen waren kleine Fenster eingezeichnet. Die unzähligen kleinen Vierecke gaben dem Bauwerk tatsächlich das Aussehen einer halben Discokugel. Es schien sich um eine Art vorläufigen Bauplan für eine gewaltige Schutzhülle zu handeln. Die Sicherheitsfenster, von denen die Halbkugel übersät war, waren sehr, sehr klein. »Das würde insbesondere in der Tiefsee Sinn machen«, bemerkte Mathew, »wegen des hohen Wasserdrucks.« Im Eingangsbereich war ein röhrenförmiges Schleusensystem verzeichnet, durch das man das Gebäude anscheinend betreten sollte. Ein in die Zeichnung eingefügter Gebäudeanschnitt zeigte, dass sich das Innere in eine größere Luft- und eine kleinere Wasserzone teilte. In der Luftzone waren, neben Wohnungen, skizzenhaft Sauerstoffmaschinen, Sonnenlichtspektrumlampen und ein Gewächshaus eingezeichnet. In der Wasserzone befand sich ein System aus Hochdruckleitungen, das anscheinend der Energiegewinnung diente. Die Neuigkeit sorgte bei den vieren für hellen Aufruhr. Sie begannen Sibels Unterlagen vollständig zu durchsuchen und stießen auf den Ausdruck einer E-Mail, der ihnen mehr verriet.

»Liebe Sibel,
ich hoffe, du hattest einen guten Flug und bist wohlbehalten zuhause angekommen. Ich habe nach dem gestrigen Abend noch ein bisschen weitergeforscht und möchte dir gleich mitteilen, dass ich rausgefunden habe, dass es im Nordatlantik nur eine Unterwasserstadt gibt. Viele Grüße, von Herzen, xxx«

Sollte tatsächlich bereits ein derartiges Gebäude existieren? Wie hatte man so ein Megaprojekt geheim halten können? Sie durchforsteten Sibels Unterlagen nach weiteren Informationen. Dann stellten sie die ganze Wohnung auf den Kopf, filzten jedes Regal, jede Schublade und jeden noch so verborgenen Winkel. Sie fanden nichts. Vermutlich hatte Sibel den Großteil ihrer Forschungsergebnisse in ihrem Computer gespeichert, der ja leider nicht mehr da war. Auf dem Mailausdruck stand die E-Mail-Adresse des Absenders. Vielleicht sollten sie ihn kontaktieren.

Später saß Bea alleine auf der Fensterbank des Küchenfensters. Eine Taube flog vorbei und lud einen dicken weißen Klecks außen auf dem Fenstersims ab. – Stadtvögel, dachte sie, die Ratten der Lüfte, sie nisteten hier überall und schissen die Fenstersimse voll. Der vor Bea hatte nur ein paar Kleckser. Sie öffnete das Fenster, setzte einen Fuß auf den Vorsprung und blickte auf die Straße. Die Luft war angenehm, aber ohne den kleinsten Windzug. Bea wünschte sich eine frische Brise, die die Härchen auf den Unterarmen sich kurz aufstellen ließ. Das mochte sie. Und sie mochte es, ihr Gesicht in die vorbeiziehende Luft zu halten und diese einzuatmen. Dann den Blick schweifen lassen, ganz egal wohin, über die Häuserdächer, die Straßen, die Autos, die Menschen, die Kneipen, die Clubs, die Geschäfte, die Fußgängerzone, die unzähligen Kleider- und Lebensmittelautomaten, die Pommes- und Dönerbuden, die Pizzerien, die kleinen Kanäle, die Häfen, die Seen, die Flüsse, das Meer … das Meer – schäumend und dreckig erstreckte es sich am Horizont. Es verbarg die Geheimnisse seines Lebens wie eine mutierte Eizelle. Bea war lange nicht mehr dort gewesen, lange nicht mehr abgetaucht. Eigentlich war die Brühe ja auch nicht sehr einladend, aber manchmal vermisste sie das schwerelose Gefühl unter Wasser, die Stille. Es war entspannend für die Ohren dort unten. Nicht so viel Hörstress. Nach ein paar Tagen im Wasser veränderte sich das Körpergefühl total. Aber Bea erinnerte sich fast nicht mehr, konnte kaum noch sagen, was genau da alles anders war. Sie war eine richtige Landratte geworden. – Bea, die emsige Landratte, fleißig, fleißig.

Ein Windzug streifte über ihre Haut. Die Haare auf ihrem Arm stellten sich kurz auf und sanken wieder ab.

Frisch motiviert starteten Flo und Bea einen erneuten Versuch, einen öffentlichen Internetzugang zu finden. Diesmal hatten sie Erfolg und entdeckten eine kleine Internetzelle ein paar Straßen weiter. Sie öffneten zunächst Beas *Expression*-Account und schrieben eine Mail an xxx, in der sie um Rückmeldung baten. Dann informierten sie sich über das gesellschaftspolitische Geschehen. Inzwischen war die Angelegenheit mit dem Drohnenansturm etwas klarer geworden. Auslöser der Kriegshandlungen war gewesen, dass Deutschland und Frankreich Großbritannien angegriffen hatten, weil Großbritannien Kiemenmenschen aus ganz Europa Asyl gewährt hatte. Darauf hatten dann China und die USA militärisch eingegriffen. Das Handeln der Großmächte kam Bea und Flo völlig übereilt vor. Die Angriffe spalteten die ganze Welt. Zwar stand es in Europa zurzeit wirklich sehr schlecht, aber deshalb die Fronten verhärten und einen großen Krieg riskieren? Andere Großmächte rasselten bereits mit den Säbeln. Nun standen die Waffen erst mal still. Die mächtigen *Streitschlichter* hatten ein zweiwöchiges Ultimatum gestellt. Neben der sofortigen Einstellung sämtlicher Kriegshandlungen forderten sie die gesellschaftliche Tolerierung der Kiemenmenschen, die hierzulande zu Verfolgten geworden waren. Die Progressive hatte fünf abgegrenzte Arbeitslager eingerichtet, in die sie gebracht wurden. Eines von ihnen befand sich direkt in Neukiel. Die Kiemenmenschen wurden dort zwangseingeliefert. Begründet wurde die drastische Maßnahme mit dem Schlagwort »Kontaminationsschutz«. Die neue Lebensform wurde als Erregerquelle von HHV-10 hingestellt. Wissenschaftliche Beweise für diese These wurden jedoch nicht vorgebracht. Die Verfolgung von Beas Gattung schien ein europainternes Phänomen zu sein. Auf den anderen Kontinenten wurde sie nicht gesucht und von den normalen Menschen abgegrenzt, obwohl auch dort gegen die Seuche angekämpft wurde. Die WHO hatte inzwischen Seuchenstufe vier ausgerufen. Das hieß, dass das Virus bereits in verschiedenen Teilen der Welt aufgetreten war, die Infektionsanzahl sich aber noch in Grenzen hielt. Bea und Flo erschien es unausweichlich, sich etwas genauer über die Krankheitssymptome informieren zu müssen. Erste Anzeichen waren Müdigkeitsattacken und häufiger Harndrang. Dann kam es zu Übelkeit,

Erbrechen und Fieber, später zu Nekrosen und Blutungen an und in Organen, was sich u.a. in den Exkrementen zeigte. Letztlich konnte es durch Herz- oder Nierenversagen zum Tod kommen. – Puh!

Ihre Nachforschungen zu den Unterwasserstädten blieben dagegen ertraglos. Alles, was sie fanden, waren Hinweise darauf, dass derartige Orte existierten. Es musste ein großer Aufwand betrieben worden sein, um die Sache geheim zu halten.

Zurück in Sibels Wohnung, informierten sie Mathew über die unangenehmen Neuigkeiten und besprachen, wie es weitergehen sollte. Ihnen schien es am vernünftigsten, erst mal in der Wohnung zu bleiben. Vielleicht würden sich die Wogen draußen etwas glätten, wenn ein Impfstoff gegen die Krankheit entwickelt worden war. Auch Flo wollte bleiben.

Abends lag Flo zitternd unter seiner Decke. Es war bereits am Nachmittag düster und erstaunlich kalt geworden. Er hätte am liebsten die Heizung angestellt und sich, mit Klamotten und in die Bettdecke eingerollt, direkt neben den Heizkörper gelegt. Mit angespannten, halb zugezogenen Augenlidern schaute er zu Bea, die geruhsam unter ihrer Bettdecke schnurrte. Sie speicherte die Wärme, als ob sie einen unsichtbaren Neoprenanzug anhätte.

Nachts erwachten sie durch seltsame Geräusche, die vom gegenüberliegenden Häuserblock zu ihnen herüberhallten. Bei genauem Hinhören erkannten sie, dass es sich um eine leise wimmernde Frauenstimme handelte. Allerdings war es kein genüssliches Wimmern. Ab und zu schwoll es etwas an. – Ein Geräusch, das ihnen tief ins Mark drang. Sie robbten zum Abgrund, um zu gucken, woher es kam, aber sie konnten den Ursprung nicht genau ausmachen. Rau stach ihr Atem in die Nacht. Flo zückte sein Handy und rief die Polizei. Dann liefen sie hinüber zu Mathew und Nikolas, wie Gazellen, die den Schutz der Gruppe suchten. Vater und Sohn lagen bereits wach, auch ihnen war das Gewimmer nicht entgangen. Flo und Bea legten sich zu ihnen auf die breite Matratze. Sirenen mehrerer

Polizeiwagen, die quietschend am Straßenrand hielten, hallten zwischen den Häuserwänden hin und her. – Vermutlich war Flo nicht der Einzige, der zum Telefon gegriffen hatte. Auf einmal schwoll das Gewinsel an, wurde zu einem Schreien und kurz darauf zu einem Quieken, als ob ein Schwein abgestochen würde. Dann war es still. Nikolas zitterte. Mathew schien sehr gefasst zu sein. Ein blasser Lichtschimmer fiel durch die angelehnte Zimmertür und lag fahl auf seinem Gesicht. Bea betrachtete seine kleinen Pupillen, die tiefen Stirnkrater und die kräftigen Wangen. Ab und zu traten die Muskeln seiner Kiefernknochen hervor und Zorn funkelte in seinen Augen auf. Sie fragte sich, was er in seinem Leben alles durchgemacht hatte. Wo war eigentlich seine Frau? War ihr etwas zugestoßen? Und was für eine Art von Frau hatte er gehabt? Eine menschliche oder eine wie Bea, mit Kiemen?

Am nächsten Morgen stellten die drei Erwachsenen Überlegungen an, welcher der drei Punkte im Atlantik sich am ehesten für den Bau einer Unterwasserstadt eignete. Wenn das in der Mail, die Sibel von xxx bekommen hatte, Gesagte der Wahrheit entsprach, war nur einer der Punkte zutreffend. Bea kannte die Gebiete, in denen sich die Punkte befanden. Punkt Nummer eins lag zwischen der Neufundlandbank und den Azoren. Er musste sich genau im Bereich der Atlantik-Tiefseeebene befinden, einer der ebensten und stillsten Zonen der Erde, die sich in 4000 bis 6000 Meter Tiefe am Grund des Atlantiks erstreckte. Ein guter Platz für den Bau einer Unterwasserstadt. Punkt Nummer zwei befand sich zwischen Neufundland und Irland im Gebiet des Mittelatlantischen Rückens, einem gewaltigen Seegebirgskamm, der sich vom Süden des Ozeans bis nach Island erstreckte. Als Standort für eine Unterwasserstadt erschien Bea und Mathew dieses Tiefseegebirge sehr ungeeignet. Zwar handelte es sich um ein belebtes, nährstoffreiches Gebiet, aber auch um eine Zone reger vulkanischer Aktivitäten. Der dritte Punkt lag zwischen den Azoren und Island, ein kleines Stückchen näher zu den Azoren hin. Das musste am östlichen Fuß des Mittelatlantischen Rückens sein – wie Punkt Nummer zwei zu nah an der aufspringenden Erdkruste. Punkt Nummer eins, so fanden sie, war also soweit der am besten geeignete Standort.

Auf und davon

Die Reste des Frühstücks waren noch am Nachmittag nicht abgeräumt.
Die vier saßen vereinzelt irgendwo in der Wohnung, ohne einer Tätigkeit nachzugehen. Bea fühlte sich träge und unangenehm ziellos. Nach dem vielversprechenden Tagesanfang hatte die gute Atmosphäre zu schmelzen begonnen wie ein frisches Stück Butter, das zu lange in der Sonne steht. Die Geheimnisse der Wohnung waren entdeckt, ihr Zauber verflogen. Hinter der Frage, wie es weitergehen sollte, erschien ein Fragezeichen, das immer größer wurde.

Wieder ging ein Tag zu Ende. Bea hängte die offene Wohnzimmerwand komplett mit Decken, Handtüchern und Klamotten zu. Nicht jeder sollte sie mehr beobachten können. Nach der letzten Nacht hatte sich etwas verändert. Mit der hereinbrechenden Dunkelheit erwachte nun jeder Schatten zum Leben, schnürte sich um Mut und Zuversicht und nahm ihnen die Luft zum Atmen. Wann immer sie die Medusa anblickten, schaute diese böse und heimtückisch zurück. Kalter Zweifel übertrug sich durch den Blick, durchdrang die Netzhäute und kroch klamm in jede verborgene warme Stelle ihrer Körper. Allen wurde klar, dass sich etwas ändern musste. Ausharren oder gehen? Deutschland oder ein anderes Land? Flucht aus Europa? In die USA? Nach China?

Flo machte den Vorschlag, zunächst zu seinen Eltern zu fahren. Sie hätten ein Haus mit Garten am Rand der Stadt. Dort wären sie vermutlich besser aufgehoben. Platz sei genug vorhanden.
»Hätten deine Eltern nichts dagegen?«, fragte Bea.

»Nein«, erwiderte er. »Sie wissen bereits von euren Kiemen. Das wird schon klappen.«
»Bist du sicher?«
Er nickte.
Die Entscheidung dafür war schnell getroffen. Flo rief seine Eltern an und informierte sie über ihr Kommen.
Starr vor Empörung, musste die Medusa mitansehen, wie die drei ihre Sachen packten, um sie in der Wohnung allein zu lassen. Flo verstaute die Wohnungsschlüssel neben der zusammengefalteten A2-Skizze und dem Koordinatengerät sorgsam in seinem Rucksack. Bea steckte Sibels Notizzettel mit den Koordinaten ein. Nur Nikolas nörgelte, weil er Andi nicht mitnehmen durfte.
Zu Fuß machten sie sich auf den Weg zur Neuen Strandpromenade in der Hoffnung, dass Beas Auto noch da sein würde. Zwischen den Häuserblocks blinzelte ihnen die Sonne zu. Auf den Straßen herrschte ein lebendiges Treiben. Viele Leute waren zu Fuß unterwegs, vermutlich waren im Zuge der Straßengefechte und Bombardements ihre fahrbaren Untersätze zerstört worden. Auf ihrem Weg kamen sie immer wieder an zerstörten Gebäuden vorbei. Mühselig lud der Straßendienst klägliche Gebäudereste in die großen Ladebehälter seiner 7,5-Tonner. Es dauerte einige Stunden, bis sie die Strandpromenade erreichten. Der Schweiß lief ihnen von der Stirn. Es war unerwartet heiß geworden, über 40°C. Bea, Mathew und Nikolas waren knallrot im Gesicht. Ihre Rollkragenpullover klebten an ihrer Haut. – Sehr unauffällig, dachte sich Bea. Sie hätten sich die Zeit für die Kunsthaut nehmen sollen. Schnaufend schauten sie sich um. Auch an der Neuen Strandpromenade musste es zu Ausschreitungen gekommen sein. Die Häuser waren zwar noch heil, aber ein paar Autos und einige der runden Schwebegondeln standen zerstört am Straßenrand. Beas Elektroauto hatte sich in ein ausgebranntes schwarzes Blechgerüst verwandelt. Den vieren blieb nichts anderes übrig, als sich den öffentlichen Verkehrsmitteln zuzuwenden.
Später warteten sie im Schatten eines rostigen Unterstandes auf den Bus. Der Geruch von alten Bananen lag in der Luft. Neben ihnen befand

sich ein Obst- und Gemüsestand. Flo verriet nicht, wohin die Reise gehen würde. Seine Eltern wohnten in einer nicht ganz so dicht besiedelten Gegend. Er hatte Bea schon lange mit ihrem schönen Haus und dem grünen Garten überraschen wollen. Was für ein Gesicht sie wohl machen würde? Er freute sich darauf. Auch Bea freute sich insgeheim. Am meisten reizte sie natürlich, Flos Eltern kennenzulernen. Bis jetzt hatte er es immer aufgeschoben, sie vorzustellen. Obwohl es Bea brennend interessierte, hatte sie Flo nur einmal gefragt, wie seine Eltern seien. – Sie hatte nicht drängen wollen.

Flo hatte geantwortet: »Sie sind … anders. Besonders meine Mutter. Das kann man nicht beschreiben, man muss es erleben.«

Bea gefiel diese Beschreibung. Nun war es endlich so weit.

Ein großer Doppeldeckerbus hielt am Straßenrand und sie stiegen ein. Der Busfahrer warf einen flackernden Blick auf die Rollkragen von Bea, Mathew und Nikolas und zückte das Funkgerät. Nichtsahnend begaben sie sich an vereinzelten Leuten entlang bis zum hinteren Ende des Busses und setzten sich auf die Rückbank.

Während sie fuhren, beobachtete Nikolas das Treiben auf den Straßen. Eine lange Menschenschlange wartete bei der sengenden Hitze vor einem Einkaufsladen. Daneben hatten zwei Hunde einen Mülleimer umgekippt und wühlten mit ihren Schnauzen im Unrat. Einige Leute starrten auf eine elektronische Litfaßsäule mit Bildern und Suchanzeigen. Eine Frau hielt einem Passanten im flirrenden Straßenstaub ein ePad mit einem Foto vor die Nase. *Anti-Kiemenmenschen-Plakate* hingen an Fenstern und von Balkonen. Polizisten führten eine Gruppe verschwitzter Leute mit Rollkragenpullovern und erhobenen Händen aus einem Haus. Dann versperrte ein großes Sparkassengebäude, vor dem der Bus hielt, die Sicht. Flo fiel ein, dass er dringend Geld abheben musste. Er wollte auf keinen Fall ohne Geld bei seinen Eltern ankommen. Projektionen von Unselbstständigkeit hatte er in seiner Familie immer auf sich gezogen wie ein Magnet, der in einen Haufen Reißzwecken gefallen war. Bea bot an, ihm etwas zu leihen, aber er lehnte ab. Zügig ging er zwischen den Sitzreihen entlang zum Busfahrer, erläuterte ihm sein Anliegen und fragte frei heraus, ob er kurz warten könnte. Der Busfahrer schaute ihn funkelnd an und nickte. Netter Mann, dachte Flo noch, während er auf den Bürgersteig sprang und zur Sparkasse rannte. Hinter dem Bus hielt gerade ein Polizeiwagen. Flo hatte Glück, ein Geldautomat war frei. Zügig zog er sich ein paar große Scheine und lief zurück, während der Polizeiwagen gerade wieder davonfuhr. Flo sprang durch den Hintereingang und gab dem Busfahrer Zeichen, dass es weitergehen könnte. Der Bus setzte sich in Bewegung. Flos Blick fiel auf die leere Rückbank. Bea, Mathew und Nikolas waren verschwunden. Irritiert schaute er sich um. Einige Leute warfen ihm Blicke zu. Suchend ging er durch die Reihen, erst im unteren Teil des Busses, dann klapperte er den oberen Bereich ab, ohne Erfolg. Nervös begab er sich zum Busfahrer. »Haben Sie eine Frau, einen Mann und einen kleinen Jungen den Bus verlassen sehen?«, fragte er. »Sie saßen auf der hintersten Sitzbank.«

Der Busfahrer schüttelte bereits den Kopf, bevor Flo ausgeredet hatte.

Flo starrte ihn an.

»Sie haben doch was gesehen«, sagte er misstrauisch.

Der Busfahrer ignorierte ihn und setzte den Blinker für die nächste Haltestelle.

»Ich bitte Sie! Sagen Sie mir, was Sie wissen!« Als der Busfahrer ihn weiterhin ignorierte, gingen die Pferde mit Flo durch. Er schrie den Mann an: »Was haben Sie gemacht, verdammt?!! Geben Sie mir gefälligst eine Antwort!«

Zwei Männer griffen ihn von hinten und zerrten ihn zur Tür. Der Bus hielt an der Haltestelle und Flo wurde hinausgeworfen. Schnaufend blieb er am Straßenrand stehen. Sein Blick fiel auf die vielen Straßengabelungen und die Menschen, die wie Ameisen umherwimmelten.

Elternbesuch

Abends erreichte Flo das Haus seiner Eltern. Sein T-Shirt hatte große Salzränder unter dem Kragen, den Ärmeln und auf dem Rücken. Die Haare standen kreuz und quer durcheinander, verklebt von getrocknetem Schweiß und Straßenstaub. Wie ein streunender Köter auf der Suche nach seinem kleinen Rudel war er den ganzen Tag durch die Stadt geirrt, um vielleicht irgendwo *Witterung aufzunehmen*. Vier Stunden hatte er in einem Dönerladen gehockt und eine Polizeistation nahe der Sparkasse beobachtet. Eine Gruppe Kiemenmenschen war aus dem Gebäude gebracht und in einem Bus abtransportiert worden.

Es war windig geworden. Um ihn herum säuselte es, als würde die Luft flüstern. Die alte Eiche vorm Haus blickte knorrig und verschlungen auf ihn herab. In diesem Moment brach ein großer Ast ab und landete krachend direkt vor seinen Füßen. Puh, das war ja lebensgefährlich hier! Er schleifte den Ast an den Straßenrand, wo bereits ein ganzer Haufen lag, und ging den kleinen Gartenweg entlang zum Hintereingang. Die Terrassentür stand offen. Draco, der Hund seiner Eltern, ein Beagle-Boxer-Mischling, kam ihm mit wedelndem Schwanz entgegen. Flo kraulte ihn an Rücken und Bauch. Der Hund wälzte sich auf der Erde, jaulte und bellte. Flo betrat das Haus. Im Wohnzimmer war es düster und niemand war da, aber das Holo-TV war an. Eine Sendung über das Schlachten von Schweinen lief. Flo sah Bilder betäubter Schweine, die aus einer Gondel gekippt und per Förderband weitertransportiert wurden. Ihm wurde mulmig. – Das war jetzt nicht das Richtige. »Noch leben die Schweine«, berichtete ein Sprecher. »Sie sind bewusstlos. Innerhalb von einer Minute müssen sie *gestochen* werden.« Flo suchte nach der Fernbedienung. Draco wuselte aufgeregt um seine Füße herum. Währenddessen berichtete der

Sprecher weiter: »Zuerst wird das Schwein von Robotern festgebunden und im Ganzen gewogen. Dann fährt es zum sogenannten Stechkarussell. Dort sticht ein Hohlmesser in die Halsschlagader.« Flo fand die Fernbedienung und stellte das TV ab. Draco schaute ihn mit wedelndem Schwanz erwartungsvoll an.

Aus der Küche drang ein matter Lichtschimmer durch einen Vorhang aus Bambusstöckchen. Flo schob den Vorhang zögerlich beiseite und betrat den Raum zusammen mit Draco, der mit gespitzten Ohren neben ihm herlief. Man vernahm leise Musik. Das Radio lief. Flos Mutter, Karen, saß bei Kerzenlicht regungslos am Küchentisch. Ihre Unterarme lagen ganz ruhig vor ihr auf der Tischplatte, der Kopf war ein wenig zur Seite geneigt. Dunkel funkelten ihre zur Nase hin nach unten gezogenen Augen im Licht der Kerzen. Flos Mutter war ein bisschen größer als er und hatte eine für Frauen sehr untypische Figur. Sie war kräftiger, als es dem gewohnten Bild entsprach, nicht kräftiger im Sinne von dicker, sondern im Sinne von muskulöser. Ihre Figur glich der eines Zehnkämpfers. Nichtsdestotrotz war sie kein Zwitter, sondern eine Frau, eine ganz normale Frau, oder besser gesagt, eine *relativ* normale. Von Beruf war sie Klempnerin. Sie hatte schon immer einen Hang zu Männerberufen gehabt. Früher war sie sogar mal Pilotin gewesen. – Schräg. Vor etwa zehn Jahren hatte sie dann eine Umschulung gemacht. Der Klempnerberuf passte zu ihr wie die Faust aufs Auge. Sie war praktisch veranlagt und stark wie ein Kerl. Ihr Händedruck erinnerte Flo manchmal an eine Schraubzwinge. Im Armdrücken konnte sie mit den meisten Männern sehr gut mithalten. Raik, Flos Vater – der schmächtig war –, schlug sie dabei mit Zeige- und Mittelfinger, während er die ganze Hand benutzte. »Hallo, mein Junge!«, brummte sie.

»Hallo!«, erwiderte Flo und blieb stockend stehen. – So still und in sich gekehrt kannte er seine Mutter nicht. »Wie gehts? Alles in Ordnung? ... Wo ist Raik?«

»Er holt Christoph und Zohra.« Die Worte kamen klar aus ihrem Mund, aber sie saß da wie ein Haufen Elend.

»Wieso holt er sie? Ist was passiert?«

»Hast du es gar nicht mitbekommen?!«, raunte sie. »... Wir leben im Krieg! Sie haben es gerade in den Nachrichten gebracht.«

Flo hatte im Moment kein Ohr für die große Bedeutung dieser Worte. Seine Gedanken waren bei Bea, Mathew und Nikolas. Ob es ihnen gut ging? Er musste an die Fernsehbilder der betäubten Schweine im Stechkarussell denken.

Karen kratzte sich missmutig am Kinn und wandte sich von ihm ab.

Flo musterte seine Mutter etwas genauer. Ihm war nicht ganz klar, wieso sie so mürrisch dasaß. Sie benahm sich merkwürdig verbittert. Das passte überhaupt nicht zu ihr, selbst in dieser Situation nicht. Irgendetwas stimmte nicht. Eigentlich hatte er gleich erzählen wollen, was heute passiert war, aber nun hielt er sich erst mal zurück. Karen konnte wortkarg, trocken und kühl sein, aber nicht verbittert, selbst nach der Nachricht eines Kriegsausbruchs nicht. Nach Flos Erfahrung mit ihr brauchte es schon mehr, um dieser Frau die Laune zu verderben. Ihm kam der Gedanke, dass seiner Schwester etwas zugestoßen sein könnte. »Was ist mit Tina und den Zwillingen?«, fragte er.

»Es geht ihnen gut.«

»Und Michael?«

»Michael? ... Der Hans Dampf fährt wieder irgendwo durch die Weltgeschichte.«

»Beruflich?«, fragte er.

»Ja, er ist mit seinen Journalistenfreunden unterwegs. – Unmöglich, Tina in solchen Zeiten mit den Kindern allein zu lassen.« Sie starrte in das Kerzenlicht.

Flo wurde nicht schlau aus ihrem Verhalten. »Warum sitzt du denn so rätselhaft regungslos hier?«

Ihre Augen zogen sich an der Nase nach unten. »Es ist nichts!«, knurrte sie.

Jetzt war er sich ganz sicher, dass etwas war. Er setzte sich zu ihr. »Willst du nicht drüber reden? Was ist los?«

»Neugierig wie die Kiebitze«, entgegnete sie leise.

»Sag doch einfach, was ist.«

»Das geht unsere Familie nichts an!«
»Aber offensichtlich belastet es dich!«
»Huuh!«, stöhnte sie.
Er wartete.

Mühevoll rang sie sich dazu durch, ihm zu erzählen, was ihr auf dem Herzen lag. »Ich hab eine Frau aus der Nachbarschaft kennengelernt«, begann sie zögerlich. »Sie war ... nett. Wir haben uns ab und zu mal getroffen, uns unterhalten. Sie wohnte mit ihrem Mann hier ganz in der Nähe.« Karen machte eine Pause, die länger und länger wurde.

Er begann mit den Fingern auf dem Tisch zu trippeln.

Ernst setzte sie wieder an. »Es stellte sich raus, dass sie Kiemen hatte.«

Elektrisiert richtete Flo seinen Oberkörper auf.

»Das machte mir nichts aus!«, sagte Karen schnell. »Sie war bodenständig und schlau, super Frau! Wohnte mit ihrem Mann hier ganz in der Nähe. Vorgestern gingen die beiden vorm Haus auf der Straße. Hinter ihnen gingen andere Leute. Ich dachte mir ...«

»Wie viele Leute gingen hinter ihnen?«, unterbrach Flo.

»... so zwanzig, dreißig vielleicht«, erwiderte Karen. »Ich dachte mir: Okay, die beiden sind wohl interessant für die Nachbarschaft geworden«, setzte sie fort. »Wenn sie so bodenständig und schlau sind, wie sie tun, dann werden sie schon damit fertig.«

Flo durchdrang Karen mit seinem Blick.

Sie kräuselte die Stirn. »Vor ein paar Stunden wurden sie erhängt in ihrer Wohnung gefunden.« Ihre Schultern zogen sich bei diesem Satz ein bisschen nach oben, als hätte sie Angst, dass ihr irgendetwas auf den Kopf fallen könnte. Sie sagte nichts mehr.

Ungehalten stand Flo von seinem Stuhl auf und begann in der Küche auf und ab zu gehen. Karen hatte im Ort Einfluss und hätte bestimmt helfen können. Sie war bekannt und anerkannt. Vielleicht lag das an ihrer Körperkraft oder an ihrem rauen Charisma oder ihrer außergewöhnlichen Berufsgeschichte als Pilotin und Klempnerin. – Die Leute wussten das. Es machte Karen zu etwas Besonderem und ihr wurde dafür Respekt entgegengebracht. Draco begann zu bellen. Draußen vorm Haus fuhr der rote Neunsitzer von Flos Eltern vor.

»Wieso hast du nichts unternommen?«, zischte Flo.

Karen warf ihm einen verlegenen Blick zu. »Ich hab gar nicht darüber nachgedacht.«

»Was???« Flo setzte sich wieder an den Tisch und vergrub sein Gesicht kopfschüttelnd in den Händen. Er hatte gehofft, von seiner Mutter ein bisschen aufgefangen zu werden, aber da hatte er sich wohl auf dem Holzweg befunden. Dennoch klärte er sie jetzt über alles auf, was passiert war. »Ich bin allein hier«, flüsterte er geknickt. »Die anderen sind mitgenommen worden.« Blass fuhr sich Karen mit der Hand über die Stirn. In diesem Moment betraten Flos Vater Raik, Opa Christoph und Zohra die Küche. Draco begann schwanzwedelnd zwischen ihren Füßen umherzuwirbeln.

»Hallo Flo!«, begrüßte Raik seinen Sohn und umarmte ihn. Raik war ein kleiner, hagerer Mann mit schmalem Gesicht und hochliegenden Wangenknochen. Beruflich hatte er eine halbe Stelle als Erzieher in einem Heim für Schwererziehbare. Hinter ihm kamen Opa Christoph und Zohra herein.

Christoph beugte sich zu Draco und wuschelte ihm durch das Fell, dann hielt er freundschaftlich Flo seine Hand entgegen. »Ah, der verlorene Sohn!«, sagte er. Raik warf Christoph einen kritischen Blick zu. Zwar meldete sich Flo selten, jedoch hatte er nicht vor, es ihm zum Vorwurf zu machen.

Christoph war der leibliche Vater von Raik. Verglich man die beiden, war das kaum zu glauben. Wenn man einen Fremden fragen würde, ob Raik Christophs Kind wäre oder Karen, würde dieser in jedem Fall auf Karen tippen. Raik war klein, hager, schmal und nahm stets alles sehr genau. Christoph war groß, kräftig, mit gegerbten Wangen und einer gewaltigen Kinngrube, er sah gerne mal über Kleinigkeiten hinweg. Früher war er mal ein *Brüller* gewesen, ein lauter, grimmiger Mann. Auf seine alten Tage war er aber etwas ruhiger geworden. Vermutlich hatte seine neue Frau, Zohra, zu der angenehmen Veränderung beigetragen. In diesem Moment kam sie auf Flo zu und drückte ihn an sich. Christoph hatte das Glück gehabt, nach dem Krebstod seiner Frau noch mal eine Partnerin seines Alters zu finden. Zohra hatte zum Teil jüdische Wurzeln. Flo wusste, dass sie mit siebzehn nach Deutschland gekommen und die Karriereleiter nach oben geklettert war. Sie hatte einen hohen Job gehabt – irgendwas mit Friedenssicherung in der Außenpolitik. Das aktuelle Geschehen musste ihr graue Haare wachsen lassen, im übertragenen Sinne. Im wörtlichen Sinne hatte sie bereits weiße. Sie war längst in Pension. Christoph hatte sie vor zehn Jahren auf einem Kegelabend kennengelernt. Zohras auffälligstes Merkmal war – wie Flo fand – ihre gehobene Ausdrucksweise. Sie redete wie eine Intellektuelle. Das wirkte manchmal etwas aufgesetzt, was vermutlich an ihrer Herkunft lag, denn sie stammte keineswegs aus wohlhabenden, gebildeten Kreisen. Im Gegenteil: Soweit Flo wusste, war sie in ihrem Heimatland unter einer Diktatur in sehr ärmlichen Verhältnissen aufgewachsen.

Raiks Stimme schallte durch die Küche: »Entschuldigung, dass es etwas später geworden ist. Die Straßen waren gesperrt. Bei K&K hatten sich ein paar Kiemenleute verschanzt und liefern sich ein Schussgefecht mit der Polizei!« Er schaute sich suchend um. »… Wo ist denn deine Freundin?«, fragte er angespannt.

Flo antwortete nicht.

Zohra ahnte bereits, warum die Kiemenfrau nicht dabei war, und setzte sich unauffällig auf einen Stuhl.

Flo kräuselte bitter die Stirn.

»Was ist?«, fragte Raik.

Flo klärte ihn auf.

Raik sah ihm ernst in die Augen, konnte den Blick aber nicht halten. Er wusste nicht, wie er reagieren sollte. Er hatte die drei aufnehmen wollen, die Situation aber durchaus kritisch gesehen, denn Kiemenmenschen bedeuteten in der augenblicklichen Situation nun mal echte Unannehmlichkeiten. Zudem jagte Raik die Angelegenheit mit der Seuche eine Heidenangst ein. Daher wusste er jetzt nicht, ob er besorgt oder nicht doch besser erleichtert sein sollte. Opa Christoph reagierte ganz anders. Er klopfte Flo mitfühlend auf die Schulter, ging zum Kühlschrank, fand ein paar Biere und stellte sie auf den Tisch.

Flo griff zu und trank eine halbe Flasche auf ex.

Die anderen starrten ihn an. »Hast du schon was gegessen?«, fragte Raik besorgt. Flo schüttelte den Kopf. Zielstrebig begab sein Vater sich an den Herd und begann ein Nudelgericht zuzubereiten. Er hatte bereits Gemüse und Knoblauch geschnitten und holte die Sachen aus dem Kühlschrank.

»Wir saßen im Bus«, begann Flo zu erzählen. »Ich musste kurz raus und währenddessen sind sie, glaub ich, geholt worden.«

Raik füllte Wasser in einen Topf.

»Der Busfahrer war ein Arschloch!«, raunzte Flo.

Raik stellte den Topf auf den Herd. Die anderen beobachteten betroffen Flo, der in diesem Moment bereits seine zweite Bierflasche öffnete. PffhoPP!

»Sie werden in eins der Lager gebracht, was?«, fragte Christoph.

»Bestimmt ...«, seufzte Flo.

Karen erschien wieder etwas lebhafter. »Wir stehen hinter euch, mein Flo, wir stehen hinter euch!« Sie meinte es ernst. Er nickte, wobei seine Ausstrahlung unverändert resigniert blieb. Bedrücktes Schweigen. Wenn es besonders gute Worte für diese Situation gegeben hätte, fand sie keiner.

Raik versuchte die Stimmung durch einen Wechsel des Gesprächsthemas aufzulockern, indem er irgendwas sagte, was ihm gerade in den Sinn kam. »Wir haben den Keller aufgeräumt«, erzählte er, während er geschnittene Paprika in die Tomatensoße gab. »Karen hat eine Stahlklappe eingebaut. Sobald die Sirenen aufheulen, müssen wir runter.« Regungslos wie fehlbetäubte Schweine, die zu stramm ins Stechkarussell gebunden waren, starrten die anderen Flo an.

Stille.

Auf einmal überkam ihn – für ihn selbst überraschend – Belustigung. Er musste lachen. *Einfach zum Schießen, seine Familie, unglaublich.*

Die anderen sahen befremdet zu ihm hinüber.

Flo wandte sich verlegen ab. »Ich weiß auch nicht, was los ist«, erklärte er. »Tschuldigung!«
Die Blicke blieben auf ihn gerichtet.
Er wollte die Aufmerksamkeit von sich weglenken. »Kriegsausbruch, unglaublich!«, sagte er.
Christoph griff das Thema auf, um den Fokus von Flo zu nehmen und ihm eine Auszeit zu ermöglichen. »Allerdings …«, entgegnete er. »Krieg gegen China und die USA: Das ist Selbstmord auf Landesebene!«
»Auf kontinentaler Ebene«, korrigierte Zohra.
»Europa steht geschlossen gegen die Großmächte?«, fragte Karen.
»Bis auf Großbritannien«, antwortete Raik. »Dafür hat Europa weitere Verbündete. Die ganze Welt ist gespalten, sogar Sydney steht auf unserer Seite.«
Flo nahm einen großen Schluck Bier. »Heißt das«, fragte er, »dass all diese Städte und Länder gegen die Kiemenmenschen sind?«
Karen zuckte verlegen mit den Schultern.
»Was ist eigentlich der Grund für diesen Krieg?«, warf Christoph ein. »Ich verstehe das nicht. Bei kriegerischen Auseinandersetzungen geht es doch um Land oder Rohstoffe oder Glauben, aber doch nicht um eine verschwindend geringe Bevölkerungsgruppe wie die Kiemenmenschen. Zohra, sag du doch mal was dazu!«
Zohra machte große Augen, hielt sich aber weiterhin zurück.
»Und wenn sie doch der Auslöser von HHV-10 sind?«, fragte Raik ernst.
Flo starrte ihn an. »Das glaubst du doch selbst nicht!!«, donnerte er.
Karen wandte sich nachdenklich ab.
Jetzt schaltete sich Zohra doch noch ein. »Ich glaube nicht, dass es um die Kiemenmenschen geht«, sagte sie ruhig. »Es geht um die Gefahr einer europaweiten Diktatur, die sich über die Grenzen des Kontinents ausbreiten könnte. Viele Länder sind bereits betroffen. Darum greifen die USA und China ein.«
»Eingreifen ist gut«, seufzte Raik ironisch. »›Einbombardieren‹ wäre das treffendere Wort.«
Stille.

In Flo stieg verstärkt die Sorge um Bea auf. »Sagt mal …«, brummte er – jetzt wieder ganz ernst. »Kann ich ein bisschen länger hierbleiben?« »Natürlich!«, »Aber immer doch!«, »Wir haben ja schon alles vorbereitet!«, antworteten seine Eltern durcheinander.

Nachdem sie gegessen hatten, machten sie sich für die Nachtruhe bereit. Flo brachte seinen Rucksack in sein altes Kinderzimmer im zweiten Stock unter dem Dach, dann begab er sich noch mal einen Stock tiefer in Karens Zimmer und schmiss ihren Laptop an. Das Licht einer Straßenlaterne warf auf unheimliche Weise die Schatten des Geästs der alten, knorrigen Eiche ans Fenster. »Deckenlicht!«, sagte Flo und die große obere Lampe ging an. Nachdenklich gab er den Begriff »*Kiemenmenschenlager*« in die Suchmaschine ein und begann zu recherchieren. In der näheren Umgebung befanden sich zwei der neuen Arbeitslager für Kiemenmenschen, betrieben in Zusammenarbeit mit ansässigen Firmen im Bereich des Zierpflanzenhandels. Irritiert zupfte er an seiner ausgetrockneten Unterlippe herum. Firmen im Bereich des Pflanzenhandels erschienen ihm nicht sehr lebensunfreundlich. Er fragte sich, was die Kiemenmenschen in den Lagern machen mussten. … Eins von ihnen war in Neukiel. … Ein leises Fiepen erklang in seinem Ohr und wurde langsam lauter. Er rüttelte mit der Spitze des Zeigefingers in der Ohrmuschel. Was war denn jetzt los? Behutsam bewegte er seine müden Knochen die Treppe nach oben in sein altes Kinderzimmer und legte sich mit Klamotten aufs Bett. »Sssssswwwwwwwwhwhwhwhwwhwwhsssssss«, klang es in seinen Ohren. Der Sternenhimmel an der Zimmerdecke – kleine gelbe Neonaufkleber, die er als Kind dort angebracht hatte – begann langsam zu verschwimmen, dann hin und her zu wandern. Nach einer Weile hörte es auf. Flo lag allerdings die halbe Nacht wach, verspannt und mit Übelkeitsgefühl.

Am nächsten Morgen ging es ihm wieder besser. Er blieb lange im Bett. Später fuhr er im Neunsitzer seiner Eltern das Arbeitslager in der Stadt an. Raik und Karen hatten mitkommen wollen, aber er hielt es für geschickter, allein dort aufzutauchen.

Er betrat ein kleines an das Lager angrenzendes Gebäude, mit kahlen weißgrauen Wänden und einer Glaswand am hinteren Ende. Hinter der Glaswand saß eine mittelgroße Frau mit lockigen Haaren vor einem Holo-Compi. Sie hatte ein sehr zerbrechlich wirkendes Gesicht mit kleinem Mund, schmalem Kinn und großen Rehaugen. Lächelnd wandte sie sich ihm zu und öffnete ein kleines Schiebefenster. »Guten Tag!«, begrüßte sie ihn freundlich. Ihre Stimme war sehr leise.

»Guten Tag«, erwiderte er, irritiert über den netten Empfang. Sie schaute ihn mit ihren Rehaugen fragend an.

»Ich würde Ihnen gerne den Namen eines Kiemenmenschen preisgeben«, sagte Flo.

»Bitte?!«

»Bitte was?«, fragte Flo.

»Bitte sagen Sie mir den Namen«, erwiderte sie, jetzt mit einem dominanten Unterton in der Stimme ... Flo mochte die Frau nicht.

»Ach so! Schelling ... Bea!«

Flink wandte sie sich dem Computer zu und machte ein paar Klicks mit der Maus.

»Schelling ist der Familienname?«

»Ja.«

Die Frau gab den Namen in den Computer ein, dann blickte sie ihn wieder lächelnd an und sagte: »Frau Schelling ist bereits in Gewahrsam genommen worden. Sie wird in den nächsten Tagen hier eingeliefert.«

Er setzte eine frohe Miene auf – etwas verkrampft und verzerrt, aber äußerlich relativ glaubwürdig. »Das ist gut! Ich bin Anwalt und auf der Suche nach Frau Schelling. Sie ist eine wichtige Zeugin bei einer Steuerbetrugsangelegenheit.«

Die Frau zwinkerte ihm einmal zu, sah ihn dann aber an, als wäre er ihr kleiner Junge, der sich gerade eine Cola über den Schoß geschüttet hatte. »Und?«, fragte sie.

Er unterdrückte seinen stärker werdenden Widerwillen. »Besteht nicht die Möglichkeit, mit Frau Schelling in Kontakt zu treten?«, fragte er, krampfhaft um Sachlichkeit bemüht.

»Nein, eine Kontaktaufnahme ist nicht möglich. Haben Sie gar nicht mitbekommen, dass die Kiemenmenschen Überträger von HHV-10 sind?«

Was sollte denn diese Frage? War die Frau dumm oder wollte sie ihn dafür verkaufen?

Sie lächelte.

Er sagte: »Kontakt über Telefon oder Internet ist für meine Zwecke absolut ausreichend.«

Für einen Moment gefror das Lächeln auf ihrem Gesicht. Dann schmolz es wieder. Sie nickte und begann etwas in den Computer einzugeben. Er wartete geduldig. Nach fünf Minuten fragte er, wie weit sie sei.

Sie blieb stumm.

»Bitte!«, forderte er sie auf zu reagieren.

»Bitte was?«

»Können Sie mir eine Telefonnummer oder etwas Ähnliches geben?«

»Dazu bin ich nicht befugt!«

Flo blieb ruhig. »Bitte sagen Sie mir, wer dazu befugt ist!«

Keine Antwort.

Hinter ihm öffnete sich die Tür und zwei Sicherheitsmänner betraten den Raum. »Überträgt sich HHV-10 etwa auch durch eine Telefonleitung?«, fragte er ironisch.

»Ich muss Sie jetzt bitten zu gehen!«, erwiderte die Frau und lächelte das reizendste Lächeln, das sie im Repertoire hatte.

Flo war schlau genug, ihrer Anweisung Folge zu leisten. Er konnte sich allerdings nicht verkneifen, noch eine letzte provozierende Äußerung von sich zu geben. »Wie viele Kiemenmenschen sind denn bereits erkrankt?«

Die zwei Sicherheitsmänner packten ihn an den Armen und geleiteten ihn vom Gelände.

Abends saß Flo wieder vorm Laptop seiner Mutter, neben ihm hockte Draco. Flo streichelte über sein glattes Fell und der Hund begann mit dem Schwanz zu wedeln. Flo hatte eine Seite der Progressive gefunden, wo über die Kiemenmenschenangelegenheit berichtet wurde. Ein Interview mit einem jüdischen Mann wurde gezeigt. Der Mann redete aufgebracht. Er hätte einen Kiemenmenschen zur Untermiete bei sich gehabt und nun sei seine Frau erkrankt. Die Informationen, die preisgegeben wurden, waren einseitig. Flo erschien die Angelegenheit immer ungeheuerlicher.

Nachts schlich er im Dunkeln um das Kiemenmenschenlager herum und kundschaftete die Umgebung aus. Neben ihm ragten Häuserblocks in die Höhe. Glatte, etwa fünf Meter hohe Metallmauern grenzten den Bezirk ab. Überwindbar, dachte er sich. Dann fiel sein Blick auf die dunklen Umrisse einer Kamera, die oben an der Mauer angebracht war. Er hörte von Weitem Polizeibeamte, die auf ihn zugerannt kamen. Schnell begab er sich in den Mondschatten zweier Häuserblocks und machte sich dann aus dem Staub.

Am nächsten Tag wachte er erst nach zwölf auf und wankte, noch immer etwas schlaftrunken, nach unten. Seine Eltern saßen mit Christoph und Zohra vorm Holo-TV. »Flo, kommst du mal«, vernahm er die Stimme seines Vaters.

Er ging zu ihnen und setzte sich mit zerzausten Haaren neben Christoph auf das Sofa. Im Fernsehen lief eine Sendung der Neuen Progressive. Flo schaute zu Karen, die ihn bedrückt musterte, dann zu Raik, dessen Aufmerksamkeit auf der Fernsehsendung lag. »Was ist?«, fragte er.

Karen räusperte sich. Raik kratzte sich am Kopf. Christoph und Zohra saßen still da.

»Was ist?«, wiederholte er.

Raik und Karen schauten ihn ernst an. Christoph klopfte ihm ein paar Mal beruhigend auf die Schulter, dabei trat seine Kinngrube zerknautscht hervor, als ob er von einer Faust getroffen worden wäre.

»Was ist denn los?«, fragte Flo besorgt.

Raik deutete auf die Bildwand. Flo wandte sich stutzend der Progressive-Sendung zu. Aufnahmen einer Infrarot-Überwachungskamera wurden gezeigt. Eine kleine zwielichtige Gestalt schlich an einem Häuserblock entlang, zuckte zusammen und starrte wie ein Lemur in das Objektiv: Flo erkannte sich selbst.

»Sie zeigen es schon das dritte Mal!«, seufzte Raik.

Brennstrecke

Die Progressive hatte auf ihrer Internetseite ein Programm eingerichtet, wo scheinbar offen über das Leben in den Lagern berichtet wurde. Es wurden dauerhaft Live-Bilder von der Arbeit und den Esssälen gezeigt. Alles schien gepflegt und sehr menschenfreundlich zu sein. Die Lagerhallen, in denen gearbeitet wurde, waren hell und angenehm, die Räume sauber, das Essen gut und die Bedienung zuvorkommend. Allem Anschein nach waren keine Unkosten für eine gute Unterkunft gescheut worden. Schätzte Flo die Lage womöglich falsch ein? Ging es vielleicht doch nur um Seuchenschutz?

Er recherchierte im Internet, um sich ein genaueres Bild zu verschaffen. Nach wie vor galt die Seuchenstufe vier. Im Netz kursierten Bilder zerfurchter, blutüberströmter Toter, die die Öffentlichkeit in große Unruhe versetzten. Die Mortalitätsrate nach Krankheitsausbruch lag bei etwa 70 Prozent. Menschen und Kiemenmenschen waren gleichermaßen betroffen. Unter Hochdruck arbeitete die WHO an der Erstellung eines Impfstoffs, ferner auch eines Gegenmittels. HHV-10 gehörte zur Familie der Herpes-Viren. Diese Viren blieben nach der Erstinfektion latent im befallenen Organismus vorhanden und konnten unter bestimmten Bedingungen reaktiviert werden. Dem Laien als Herpeserkrankungen bekannt waren *Herpes labialis* – Lippenherpes – und *Herpes genitalis*, eine Herpesinfektion der Geschlechtsorgane. Die wenigsten Leute wussten, dass auch Windpocken, Drüsenfieber und Gürtelrose zur Familie der Herpeserkrankungen gehörten. HHV-10 war ein neuer, sehr aggressiver Herpes-Virus, der tief in die inneren Organe eindrang. Deshalb war Blut im Stuhl ein Alarmzeichen, bei dem man sofort den Arzt aufsuchen sollte.

Auch die Koi-Herpes-Seuche, an der Bea erkrankt gewesen war, gehörte zur Familie der Herpes-Viren. Sie hatte bei ihr zu den blutenden Kiemen geführt. Flos Entdeckungen brachten ihn zum Grübeln. War die Quarantäne doch keine Farce? Er vertiefte seine Recherchen und fand heraus, dass der Zusammenhang zwischen HHV-10 und der Koi-Herpes-Seuche bereits von Spezialisten untersucht worden war. Hier hatte es Entwarnung gegeben. Der Ursprung von HHV-10 liege nicht in dieser Koi-Seuche versteckt. Flo wusste nicht, was er von der Aussage halten sollte. Es erschien ihm sehr unwahrscheinlich, dass Bea sich damals rein zufällig ausgerechnet mit einem ähnlichen Virus infiziert hatte. Der Gedanke lag zu nah, dass es nach der Infizierung von Kiemenmenschen zu einer Mutation des Erregers gekommen sein könnte.

Er recherchierte, wie auf anderen Kontinenten mit der Krankheit umgegangen wurde. In Amerika und großen Teilen Asiens wurde Beas Gattung weiterhin nicht verfolgt und jede Art von Aufklärung radikal unterstützt. Menschen und Kiemenmenschen arbeiteten Hand in Hand. In China legten sich Kiemenmenschen sogar freiwillig unters Messer, um verqueren Spekulationen entgegenzuwirken. Das warf kein gutes Licht auf die Zustände hierzulande. Die Forschung war auf dem gesamten Erdball in vollem Gange und anscheinend vielerorts weiter vorangeschritten als hier. Der in Flos Kopf aufgekeimte Gedanke, die Progressive könnte es vielleicht doch nicht ganz so übel mit den Kiemenmenschen meinen, löste sich auf. Stattdessen überlegte er nun, inwiefern die jetzige Situation mit der Judenverfolgung im *Dritten Reich* vergleichbar war. Eigentlich mochte er das Thema nicht. Die Mediendarstellungen hatten es ihm unlieb gemacht. Das hing irgendwie mit diesem aufgesetzt moralischen Unterton zusammen. Er schaute eigentlich lieber die Hitler-Parodien an als die Dokus. Dennoch blieb seine Aufmerksamkeit nun immer häufiger an diesen oftmals oberflächlichen Sendungen hängen, wie die eines Forschers an einer Kiste mit Spielzeugdinosaurierskeletten, in der er einen echten kleinen Urzeitknochen vermutete. Der Begriff Genozid ratterte in seinem Kopf auf und ab. Insbesondere die Beobachtung, dass die Progressive die Kiemenmenschen ohne Wenn und Aber als alleinige Auslöser von HHV-10 hinstellte, bereitete ihm Unbehagen. Das erinnerte ihn an einen

Sadisten, der Maßnahmen gegen eine gehasste Person provoziert, bevor herauskommt, dass seine Macht nicht auf Wahrheit gründet, sondern auf der Angst der Leute und gemästeten Vorurteilen. Wieso hatte man die Kiemenmenschen in die neuen Lager gebracht und nicht in die alten Siedlungen? Waren es so viele? Hatten sie sich so sehr vermehrt? Und wenn dem so war, wieso erweiterte man dann nicht die alten Lager, anstatt gigantische Summen in neue Unterkünfte zu investieren? Eins war ihm klar: Solange nicht bewiesen war, dass Bea, Mathew und Nikolas eine akute Bedrohung darstellten, wollte er ihnen zur Seite stehen. Er musste sie da rausholen. Wenn das mit rechtlichen Mitteln nicht möglich war, dann auf einem anderen Weg. Doch wie sollte er das anstellen, allein und ohne Ahnung von den Sicherheitsvorkehrungen? Er brauchte einen Insider, jemanden, der sich mit den Lagern auskannte oder zumindest in der Lage war, verdeckte Nachforschungen anzustellen. Er musste an Sibels Forschungspartner xxx denken, dessen E-Mail sie in ihrer Wohnung gefunden hatten. Könnte xxx weiterhelfen? Einen Versuch war es wert – zumindest wäre es ein Anfang. Er ärgerte sich, dass sie die Nachricht an xxx damals über Beas *Expression*-Account geschickt hatten. Da kam er nicht ran. Hm? Die E-Mail-Adresse musste noch in Sibels Hängekartei im Schreibtisch sein. Die Wohnungsschlüssel waren in seinem Rucksack.

Nachts stand er wieder im Treppenhausdunkel des Häuserblocks in der Olhuvelistraße. Regen prasselte auf das Solardach, unten beim Eingang säuselte der Wind. Zitternd streifte Flo sich mit einer Hand die nassen Haare aus dem Gesicht, während er mit der anderen nach einer kleinen Taschenlampe in seiner Hosentasche tastete. Ein rotweißes Plastikband mit der Aufschrift »Polizeiabsperrung« war vor die Wohnungstür gespannt. – Sibels Verschwinden war also bemerkt worden. Er schloss die Tür auf und öffnete sie einen Spalt weit. Die Luft war rein. Vorsichtig schob er sich unter dem Absperrband durch und schloss die Tür wieder.
 Er betrat das Wohnzimmer. Eine Windböe pfiff ihm entgegen. Die Wohnzimmerwand war noch nicht erneuert worden. Er ging zum Schreibtisch, zog die große Schublade mit der Hängekartei auf und

suchte nach der Akte über die Kiemenmenschen, doch ohne Erfolg. Er ging die Hängekartei ein zweites Mal durch. Die Akte fehlte. Hektisch durchsuchte er auch die anderen Schubladen, dann die ganze Wohnung. Später stand er wieder vorm Schreibtisch. Hatte er sie nicht mehr alle beieinander oder hatte jemand die Akte entwendet? *Die Medusa wusste es.* Neunmalklug blickte die Figur mit welken Ranunkelaugen auf ihn hinab. Nachdenklich starrte er auf die kahle Wand über dem Schreibtisch. Irgendwas irritierte ihn. Etwas fehlte. Er ging im Kopf die Sachen im Raum durch: Schreibtisch, Medusa, das gerahmte Chinesengesicht, der Atlas ... was fehlte nur? Plötzlich vernahm er Schritte im Treppenhaus. Er schlich zur Tür. Jemand ging an der Wohnung vorbei die Wendeltreppe nach oben. Flo vernahm das Tocken eines Gehstocks. Während er lauschte, fiel sein Blick zufällig auf die drei Türschlösser vor seiner Hüfte. Darin steckten jeweils ein Schlüssel von innen in der Tür. Irritiert tastete er in seiner Hosentasche nach denen, die er hatte. Dumpf klimperten sie zwischen seinen Fingern. Die Türschlösser konnten auch entriegelt werden, wenn in der Gegenseite Schlüssel steckten. Aber wo kamen die Schlüssel in der Tür her? Er zog einen nach dem anderen heraus und verglich sie mit seinen. Es waren exakt dieselben. Noch jemand musste die Wohnungsschlüssel gehabt und sie nach dem Verlassen der Wohnung da hineingesteckt haben, von innen, und die Tür trotzdem von außen wieder verriegelt haben. ... Ein Knarren aus dem Treppenhaus drang an sein Ohr. Flo wurde etwas unwohl zumute. Wenn man ihn in der Wohnung bemerkte, könnte er ernsthafte Schwierigkeiten bekommen. Er beschloss, die Sache für heute gut sein zu lassen. Zitternd wischte er sich die feuchten Haare aus dem Gesicht und öffnete die Tür. Er verließ die Wohnung und eilte die Treppen hinab. Über ihm lugte der Kopf eines alten Mannes über das Treppengeländer und starrte ihn mit großen Augen an. Flo machte, dass er wegkam.

Am nächsten Morgen
Sonnenstrahlen fielen auf eine kunstvolle Heißluftballonkonstruktion in Form eines Adlers, die über der Stadt schwebte. Der Himmel war blau

und klar. Genüsslich gurrten die Stadttauben auf den Dächern, unter den Brücken und auf Mauervorsprüngen. Doch in den Häusern war es nicht so ruhig. In dieser Minute machte die Nachricht drohender Angriffe die Runde. Sender unterbrachen ihr Programm. Überall klingelten die Telefone. Karen stürmte in Flos Zimmer und holte ihn aus dem Bett, mit Draco bellend neben ihr herrennend. Der Ausdruck seiner Mutter gefiel Flo nicht. So hatte er sie das letzte Mal erlebt, als seine Schwester Tina vor zig Jahren ein Stückchen Nuss in die Luftröhre bekommen hatte und daran zu ersticken drohte. »Wir müssen in den Keller!«, rief sie heiser. Schnell machte er sich fertig und rannte die Treppen hinunter. Karen, Raik und Zohra waren dabei, Getränke und einige Lebensmittel in einem Korb zu verstauen. Der bellende Draco wuselte aufgestachelt vor ihren Füßen hin und her. Karen beugte sich ruppig zu ihm und klemmte ihn sich unter den Arm. Der Hund zappelte. Dann stiegen sie gemeinsam die Kellertreppe hinab. Flo fiel auf, dass sein Opa fehlte. »Wo ist Christoph?«, fragte er.

»Er ist zu seiner Wohnung, um etwas zu holen!«, antwortete Raik außer Atem. »Wir erreichen ihn nicht!«

»Was wollte er holen?«

» … irgendwelche Familienerbstücke!«

»Wieso hat er sie denn nicht früher geholt?«

»Er hat auf einmal Angst bekommen, dass die Wohnung geplündert werden könnte. – Die Nachbarwohnung ist ausgeraubt worden.«

Sirenen erklangen und die Stadt wurde von Drohnen unter Dauerbeschuss genommen.

Einen Tag und eine Nacht lang ertönten immer wieder aufs Neue Flieger- und Einschlaggeräusche. Die vier taten kein Auge zu. Raik und Zohra versuchten stündlich, Christoph zu erreichen, doch ohne Erfolg.

Als die Fliegergeräusche ein Ende nahmen, lag Flo kalt und total entnervt neben seinen Anverwandten auf einer Kellerpritsche. Draco, unter der Bank, hatte die Schnauze ängstlich auf seine nach innen gebeugten Pfoten gelegt. Flos Eltern unterhielten sich gestresst. Sie hatten nicht nur Christoph nicht erreicht, auch von Flos Schwester Tina fehlte jede Spur.

Wenig später tasteten sich die vier die Treppe nach oben und öffneten die stählerne Klapptür. Das Haus stand noch auf seinen Fundamenten. Auch die Computer funktionierten, aber der Internetempfang war gestört. Sie gingen nach draußen und schauten sich um. Alles wirkte normal. Die Häuser der Nachbarschaft sahen gut aus. Vermutlich hatten sie Glück, dass sie in einem unbedeutenden Nebenort wohnten. Während Flos Eltern sich mit den Nachbarn unterhielten, verschwand er im Haus und kam mit dem Autoschlüssel wieder heraus. Ehe Raik und Karen sich versahen, war er in ihren Neunsitzer gesprungen und rauschte davon, um zu sehen, ob das Arbeitslager noch stand. Besorgt blickten ihm seine Eltern hinterher. Der Kleinbus verschwand – sich nach außen biegend – hinter einer Kurve.

Einige Dutzend Häuser weiter setzte Flo auf den Gehsteig über und hielt mit quietschenden Reifen. Den Blick starr geradeaus gerichtet, stieg er aus und ging ein paar Meter nach vorn. Er befand sich auf einer Anhöhe. Vor seinen Augen lag Neukiel, eine Ruinenlandschaft. So weit das Auge reichte, Geröll und Mauerreste. Menschen irrten, Tote und Verletzte suchend, in den Trümmern umher. Die Strandpromenade, gemütliche Cafés, ihre Schule – verwüstet. Die Medhufushistraße, die Olhuvelistraße, Sibels Wohnung – alles dahin. Beas Wohnblock, sein eigener Wohnblock – Vergangenheit. Flo dachte nicht weiter darüber nach. Wie mit Scheuklappen versehen, brauste er mitten in die Ruinenlandschaft hinein. Des Öfteren musste er Umwege nehmen. Ab und zu stieg er aus, um Geröllbrocken oder Gegenstände von der Straße zu entfernen. Nach zweieinhalb Stunden erreichte er sein Ziel: Inmitten von Schutt und Asche erhoben sich die hohen Metallmauern des Arbeitslagers unversehrt in die Höhe, wie die letzte uneinnehmbare Festung einer eroberten Stadt. Polizisten partrouillierten vor dem Gebäude auf und ab. Die Drohnen mussten das Lager gezielt verschont haben.

Er suchte den Außenposten auf. Wieder empfing ihn die Angestellte mit dem zerbrechlich erscheinenden Gesicht und den Rehaugen. Regungslos wie eine von Vampiren Gebissene, die noch nichts von ihrem Schicksal wusste, saß sie hinter der Glaswand und blickte ihn mit leeren Augen an.

Dann öffnete sie lethargisch das kleine Schiebefenster, setzte eins ihrer Lächeln auf und begrüßte ihn: »Guten Tag! Wie kann ich Ihnen helfen?«

Er beschloss, auf irgendwelche halbgaren Strategien zu verzichten, und fragte geradeheraus: »Ist im Lager alles in Ordnung?«

Sie erwiderte nichts und begann in ihren Unterlagen herumzuwühlen.

Er näherte sich der Trennscheibe und wiederholte seine Frage. Sie schaute pikiert auf und schüttelte dann heftig den Kopf.

Flo starrte sie an. »Aber es steht doch noch alles.«

Sie nickte, wühlte in einigen Zetteln herum und fügte dann wie beiläufig hinzu: »Seuchenausbruch.«

Ein Schock durchfuhr Flo. »Wie viele hat es erwischt?«

»Viele.«

Er beugte sich energisch vor, so dass er fast mit dem Kopf gegen die Scheibe stieß. »Können Sie von hier aus feststellen, wer erkrankt ist?«

Sie schüttelte den Kopf.

»Bitte!«, flehte er. Sie ordnete ihre Unterlagen auf dem Tisch.

Bebend schaute er das zerbrechliche Frauengesicht an. »Bitte!«, wiederholte er etwas fester.

»Ich weiß es wirklich nicht. Kommen Sie später wieder. Momentan ist alles ein bisschen chaotisch.«

Verbittert wandte er sich ab und verließ den Raum.

Abends saß er im Zimmer seiner Mutter vorm Laptop. Das Internet funktionierte wieder. Es dauerte allerdings ziemlich lange, bis die Verbindungen hergestellt waren. Er wartete ungeduldig. Ein kalter, schwarzer Schatten schwang wie ein Geisterpendel vor dem Fenster auf und ab. Es handelte sich um einen dicken, großen Ast der alten Eiche, der schon abgebrochen war, aber noch mit einer schmalen, zähen Holzfaser festhing. Der Baum wurde von einer neuen Art von Eichensplintkäfern zerfressen. Man konnte die von ihnen angelegten Quergänge in den toten Ästen erkennen. Sie waren einarmig und mit senkrechten, sich überlagernden Larvengängen versehen, die bis an die Außenhaut drangen. – Die Jungkäfer verließen ihre Puppenwiegen direkt durch die darüberliegende Rinde.

Unheimlich, dass Karen und Raik nicht bemerkt hatten, dass der Baum befallen war, wenn die Käfer einem doch fast auf den Kopf fielen. Vielleicht hätte man noch etwas tun können. Jetzt war es vermutlich das Beste, ihn zu fällen. Die Internetverbindung war hergestellt. Auf der Progressive-Seite wurden Livebilder aus den Lagern gezeigt: Ausbruch von HHV-10. Kiemenmenschen taumelten durch die Lagerhallen. Es wurden detaillierte Bilder von einem Mann gezeigt, der im Esssaal zusammenbrach und auf allen vieren zu einem Tisch kroch, um sich wieder hochzuziehen. Flo saß bleich da. Hinter ihm erschien Karen auf der Türschwelle. Er klickte die Seite weg. »Wir haben Tina erreicht«, sagte Karen. »Es geht ihr gut.«

Er versuchte zu lächeln. »Was ist mit Christoph?«, fragte er.

Sie schüttelte den Kopf. »Nichts gehört. Raik ist noch auf der Suche nach ihm.«

»Im Dunkeln?«

Sie nickte … dann ging sie wieder … ohne ein weiteres Wort darüber zu verlieren. Karen ließ ihren Gefühlen in diesem Moment keinen freien Lauf, aber Flo ahnte, wie es eigentlich in ihr aussah. Eine Weile saß er schockiert da. – Auch er liebte diesen alten Mann … und nicht nur den, überdreht begann er wieder im Internet zu recherchieren. Die Nachricht vom Seuchenausbruch vereinnahmte ihn. Bis spät in die Nacht saß er vorm Holo-Compi. HHV-10 war in verschiedenen Kiemenmenschenlagern gleichzeitig ausgebrochen. Die Seuche breitete sich in einem Höllentempo aus. Nachdem er eine Reihe zermürbender Neuigkeiten durchforstet hatte, machte ihm ein Artikel über Befreiungen von Kiemenmenschen aus einigen Lagern etwas Hoffnung. Auch wenn es nur ein kleiner Lichtblick war – es tat gut.

Neukieler Tageblatt, 6.6.2109

KRIMINELLE WIDERSTANDSGRUPPE BEFREIT KIEMENMENSCHEN AUS ARBEITSLAGERN

Eine Widerstandstruppe, die im Untergrund operiert, befreit Kiemenmenschen aus den Arbeitslagern. Bis jetzt sind zwei Ausbrüche in Lagern in Schleswig-Holstein und Mecklenburg-Vorpommern bekannt. Es wird vermutet, dass die Organisation über Spitzel verfügt, die, als normale Angestellte getarnt, in den Lagern operieren. Der Seuchenschutz warnt, die Krankheit könnte sich wieder verstärkt ausbreiten.

Ernst W., Lageraufseher im Arbeitslager Schwerin, berichtet: »Ich war auf meinem Kontrollgang durch die Zimmer. Ich öffnete eine Zimmertür und die Bewohner waren verschwunden. Sie waren einfach weg. Später checkten wir vom Kontrollraum aus die Aufnahmen der Zimmerkamera. Man sah noch, wie die Bewohner sich ins Bett legten. Dann war es, als würden sie weggeblendet werden. Von der Flucht war nichts zu sehen. Jemand muss die Aufnahmen manipuliert haben.«

Die Ermittler gehen davon aus, dass die Widerstandsgruppe vom Innern der Lager aus operiert. »Es ist nahezu unmöglich, von außen in die Lager einzudringen«, berichtet Ernst W. »Dazu sind die Sicherheitsvorkehrungen zu gut.« Die Polizei tappt bei ihren Ermittlungen bis jetzt noch im Dunkeln. Der leitende Polizeidirektor in Schwerin, Jäger, sagt im Interview: »Wir haben nur wenige Ansatzpunkte. Die Gruppe operiert verblüffend geschickt. Das ist nicht vorauszusehen gewesen. – Wie viel Unvernunft lässt sich von Leuten erwarten, die zu Zeiten einer ausbrechenden Seuche mögliche Infizierte aus der Quarantäne befreien?«

Die Sicherheitsvorkehrungen in den Lagern werden jetzt weiter verschärft, aber die Situation bleibt gefährlich. Trotz sofortiger Isolation von Krankheitsfällen ist die Infektionsgefahr in den Lagern stark erhöht. Wer aus dem Lager kommt, ist u.U. infiziert. Die Bevölkerung wird deshalb nochmals darauf hingewiesen, Auffälligkeiten sofort zu melden und auf keinen Fall Unbekannten Obhut zu gewähren.

Die Frau im roten Kleid

Eine Woche zuvor
Es war Nacht, als sich die großen Metalltore des Arbeitslagers öffneten und Mathew, Nikolas und Bea hineingeführt wurden. Ihre Sachen hatten sie wider Erwarten behalten dürfen, sogar die beiden vollen Rucksäcke, in denen sich auch Beas Portemonnaie, ihre Cash-Karte und noch ein paar Zehnerpackungen Kunsthaut befanden. Die drei wurden von zwei Polizisten einen langen Gang zwischen zwei Häuserblocks entlanggeführt. Einige Lkw fuhren an ihnen vorbei und verließen das Lager durch die Tore. Hier und dort sahen sie Kiemenmenschen an den Fenstern. Einige schauten zu ihnen herab und warfen ihnen unbestimmbare Blicke zu. Die Polizisten führten sie in einen der Häuserblocks in den zweiten Stock in ein kleines Dreibettzimmer, vergleichbar mit einem einfachen Hotelzimmer, aber ohne Computer und Telefon. Hier begaben sie sich zur Nachtruhe.

Am nächsten Morgen wurden sie früh geweckt. Sie bekamen Arbeitskleidung und Sicherheitsschuhe mit Metalleinsätzen. Dann durften sie von sich aus zum Frühstücksraum gehen, einem großen Saal mit zwei langen Tischreihen, an denen die verschiedensten Leute saßen, allerdings zu Nikolas' Enttäuschung keine Kinder. Das Frühstück stand auf dem Tisch. Es war überraschend gut. Kaffee, Tee, frisches Brot, Aufschnitt, Marmelade, Honig, Nutella, gebratener Schinken, Rührei … ganz ähnlich wie in einem Hotel oder einer gehobenen Jugendherberge. Ab und zu kamen Bedienstete und schauten, ob noch alles ausreichend vorhanden war. Bea und Mathew konnten es fast nicht glauben. An eine so gute Behandlung hatten sie im Traum nicht gedacht.

Mathew fragte seinen Sitznachbarn, wie es hier sei.

»Es ist nicht so schlecht«, erwiderte der Fremde, ein dünner Mann mit tiefliegenden Augen.
»Ist die Arbeit anstrengend?«, fragte Mathew.
»Nein«, antwortete der Fremde. »Nicht übermäßig.«
Mathew stellte sich vor: »Ich bin Mathew.« Er deutete neben sich. »Das sind Bea und Nikolas.«
»Karl«, erwiderte der Fremde freundlich.
»Wie sind Sie hierhergelangt?«
»Ich hab mich freiwillig gestellt. Da draußen hälts ja kein Mensch mehr aus.« Er nahm einen Bissen von seinem Schinkenbrot und musterte Nikolas. »Die Arbeit ist okay«, sagte er schmatzend. »Nichts Weltbewegendes. Pflanzen in Regale verstauen und für die Abfuhr bereitmachen. Machbar ... auch für ein Kind.«
Nikolas korrigierte: »Für einen Jugendlichen!«
Karl schmunzelte. »Ihr könnt mit mir kommen. Ich bin Teamleiter.«
»Gibt es Erkrankte?«, fragte Bea.
»Keine Erkrankten, das ist die reinste Farce! Draußen ja, aber nicht hier drin. Ich glaube, die wollen uns bloß weg von den Straßen haben. Ob aus persönlichen Gründen oder zu ihrer Sicherheit, keine Ahnung. Das wird euch hier auch niemand erzählen können.«
Nach dem Frühstück ging es zur Arbeit in eine große Lagerhalle. Vor dem Betreten wurden ihnen rissfeste Gummihandschuhe über die Hände gezogen. Dazu streckte man die Hand mit gespreizten Fingern durch einen Metallring und ein Roboterarm zog den Handschuh drüber. Sicherheitskräfte kontrollierten den Vorgang, erst dann durfte man in die Halle. Beas Blick fiel auf Regalreihen mit Zierpflanzen, leere Regalreihen, Regalgerüste und Stapel aus Einhängeböden. Hier und dort waren Gleise verlegt, auf denen Hubgleiter entlangrauschten. Es war hell und der frische Duft von Blumen lag in der Luft. Arbeiter waren damit beschäftigt, Regalreihen aufzubauen, Böden einzuhängen oder Pflanzenpaletten auf die eingehängten Böden zu schieben. Teamleiter koordinierten ihre Tätigkeiten. Karl war einer von ihnen. Er nahm die drei mit und wies sie ein. Sie mussten fünffächerigen, bronzefarbenen Zierahorn in Regale verstauen.

Mathew konnte eine gewisse Freude nicht verbergen. Er hatte draußen in einer Gärtnerei gearbeitet. Pflanzen waren seine Welt.

Ihre Schicht dauerte jeweils achteinhalb Stunden, mit einer halben Stunde Mittagspause und zwei weiteren 15-Minuten-Pausen. Die Regale mussten je nach Auftrag mit bestimmten Pflanzen bestückt werden. Wenn sie fertig waren, gingen sie raus in den Verkauf. Lkw lieferten an und holten ab. Jeweils samstags und dienstags wurden die fertigen Regale nach festgelegter Ordnung nummeriert und zur Abholung auf Stellplätze gezogen, die auf dem Boden der Lagerhalle markiert waren.

Abends hielten sie sich in ihrem Zimmer auf oder sahen Fernsehen im Gemeinschaftsraum – nur ausgewählte Sendungen und Filme wurden freigeschaltet. Unten wurden dann die Blocks verriegelt. Die Anzahl der Sicherheitsbediensteten innerhalb des Geländes hielt sich in Grenzen, aber überall waren Überwachungskameras installiert. In der Lagerhalle, im Esssaal, im Gemeinschaftsraum – überall blickte der *große Bruder* auf sie herab. Nur in ihrem Zimmer hatten sie noch keine Kameras entdeckt.

Während der nächsten Tage unterrichtete Mathew Nikolas über die verschiedenen Pflanzensorten. Er kannte jede einzelne beim Namen: Orchideen, Pelargonien, Fuchsien, Alpenveilchen, Usambaraveilchen, köstliches Fensterblatt, Zimmerpalmen, Zimmertannen, Petunia, Fächerblumen … Mathew fand die Situation nicht schlecht. »Hier kann mans doch aushalten«, sagte er immer wieder. Bea fragte ihn, ob ihn die Situation nicht manchmal an das Dritte Reich und den Holocaust erinnerte. Damals hätte man den Leuten vorgegaukelt, es ginge zu den Duschen. Sie müssten aufpassen. »Zu den Duschen?«, fragte Mathew irritiert und kratzte sich am Kopf, »Holo... – was?« Er wusste nichts über dieses dunkle Geschichtskapitel. Bea schüttelte nur den Kopf. Er kannte zwar jede Zierpflanze beim Namen, von der Säckelblume bis zur Kentiapalme, konnte einem alles über ihre Aufzucht erzählen, ob sie Schatten oder Sonne brauchten, welche Temperatur, wie viel Wasser, Feuchtigkeitsgehalt der Luft, ob sie als Mittel gegen Krankheiten brauchbar waren – aber vom Holocaust hatte er keine Ahnung.

Müdigkeit, häufiger Harndrang, erhöhte Temperatur: Bea ging es nicht gut. Am Morgen hatte sie sich zwei Mal übergeben müssen, bei der Arbeit war sie schwach und unkonzentriert gewesen und während des Abendessens auf ihrem Zimmer geblieben. Nun saßen Mathew und Nikolas besorgt an ihrem Bett. »Es nützt alles nichts«, sagte Bea. »Ihr müsst morgen die Sicherheitsbeamten verständigen. Solange solltet ihr euch von mir fernhalten.« Sie sprang auf und rannte ins Bad, Mathew ihr hinterher. Sie spuckte in die Toilette. »Bitte!«, stöhnte sie. »Haltet euch von mir fern.« Mathew hörte nicht auf sie.

Am nächsten Morgen erwachte Bea mit Schmierblutungen. Mathew informierte die Wachbediensteten. Während er und Nikolas arbeiteten, musste Bea auf ihrem Zimmer bleiben. Eine Ärztin kam, sie trug Mundschutz und antibakterielle Handschuhe. Ohne persönliche Zuwendung führte sie einige Untersuchungen durch. Dabei flüsterte sie ständig vor sich hin. Unheimliche Frau, dachte Bea. Sie konnte einige Worte heraushören wie »Gastrose« und »Einnistungsblutungen«. Die Ärztin wies sie an, weiter auf dem Zimmer zu bleiben. Dann verließ sie den Raum. Ängstlich blieb Bea auf der Bettkante sitzen.

Später stand sie müde am Fenster. Die Aussicht war nicht sehr erbaulich, denn sie blickte auf die große Metallwand und die Häuserblocks dahinter. Zwischen zwei Blocks hindurch konnte sie in der Ferne einen Baum und eine kleine Straßenbank erkennen. Auf der Bank saß ruhig und aufmerksam eine hübsche Frau, den Blick auf das Lager gerichtet. Die Frau kam Bea bekannt vor. Lange schwarze Haare wallten über ihre Schultern herab und sie trug ein schönes rotes Kleid. Das linke Bein hatte sie über das rechte geschlungen und wippte mit dem Fuß auf und ab … Bea traute ihren Augen nicht. War das nicht ihre alte Lehrerkollegin Frau Schwarz? Ja, das musste sie sein. Bea stellte sich vors Fenster und schwenkte den Arm über dem Kopf hin und her. Die Frau richtete sich mit einem galanten Beinschwung auf … und ging davon. Seufzend ließ Bea vom Fenster ab. Sie fasste sich an den schmerzenden Bauch und ließ sich aufs Bett sinken. Wirbel für Wirbel wälzte sie ihren Rücken auf die Matratze, streckte den rechten Arm von sich und legte den linken Handrücken auf ihre Stirn … – sie glühte.

Abends kamen Mathew und Nikolas von der Arbeit. Bea informierte sie darüber, was geschehen war. Mathew redete ihr beruhigend zu. Sie solle keine vorschnellen Schlüsse ziehen, vielleicht bekomme sie einfach nur eine Grippe. »Mit Blut im Stuhl?«, fragte sie kritisch. Er entgegnete nichts. Später ging er mit Nikolas zum Esssaal. Die beiden wollten ihr ein paar belegte Brote mitbringen. Bea verstand nicht, wieso man sie nicht unter Quarantäne stellte. Sie hätte einfach so mit den anderen zum Essen gehen können.

Gelbe Zargonien

Bea und Mathew schreckten in ihren Betten hoch. Die Zimmertür wurde aufgeschlossen und ein Sicherheitsbeamter betrat den Raum. Sein Gesicht war nicht zu erkennen, weil er eine Plastikhaube und einen großen Mundschutz trug, der bis über die Ohren reichte. Schlangenhaft funkelten seine Augen im Halbdunkel. »Packen Sie Ihre Sachen und kommen Sie mit!«, zischte er.

Ein kribbeliger Schauer lief Bea über den Rücken.

Der Fremde ging strikt auf sie zu. »Packen Sie Ihre Sachen!!«

Wie zu Stein erstarrt, blieb Bea im Bett sitzen.

Jetzt war auch Nikolas aufgewacht. Er schaute auf die angsteinflößende Gestalt, die in diesem Moment einen Zettel aus ihrer Hosentasche holte und ihn Bea in die Hand drückte. Diese faltete das kleine Papierchen auseinander und las: »*Hallo, du Liebe, die Lage ist sehr ernst. Ihr müsst da schleunigst raus! Packt eure Sachen und tut, was er sagt! Er ist ein Freund von mir. Liebe Grüße, deine Frau S. mit dem roten Kleid. PS. Ich erwarte euch in meiner Wohnung.*«

Bea war sofort klar war, wer sich hinter *Frau S. mit dem roten Kleid* verbarg. Niemals hätte sie daran gezweifelt, dass die couragierte Frau den Mut aufbringen könnte, einen Befreiungsversuch zu starten. Dennoch konnte sie es noch nicht glauben.

Der Fremde zwinkerte ihr einmal zu, dann deutete er angespannt auf seine Uhr. »Tick, tack, tick, tack«, flüsterte er. Gedanken ratterten durch Beas Kopf. Frau Schwarz hatte nicht umsonst vor dem Lager gesessen. Bea hatte sie sehen sollen, damit sie dem Fremden trauen würde, der nun vor ihr stand. Schlagartig wurde ihr klar, dass dies hier kein hirnloses Himmelfahrtskommando war. Wenn jemand clever genug war, um so eine Befreiungsaktion erfolgreich zu koordinieren, dann Frau Schwarz.

»Los, Mathew, Nikolas, packt eure Sachen!«, flüsterte sie und eilte ins Badezimmer. Mathew und Nikolas waren völlig überrumpelt. Der Fremde schmiss drei schwarze Hosen, drei schwarze Pullover, schwarze Müllsäcke und eine Dose mit schwarzer Schminke auf das Bett. »Hier! Anziehen, Rucksäcke verstauen und Gesichter schwarz machen!«
Nikolas' Kinderaugen leuchteten auf.
»Los, Kleiner!«, spornte Mathew seinen Sohn an, während er sich die schwarze Hose über den Schlafanzug zerrte.

Kurze Zeit später schlichen ein nicht zu erkennender Pseudosicherheitsbeamter und drei komplett schwarze Gestalten mit schwarzen Rucksäcken durch die dunklen Korridore des Lagers. »Wir müssen uns beeilen«, flüsterte der Fremde. »Die Kameras sehen auch im Dunkeln. Mein Partner ist nur noch vier Minuten allein im Überwachungsraum, dann wird es eng.« Bis in die Fußspitzen angespannt, eilten sie die Treppen hinab. Behutsam schloss der vermeintliche Sicherheitsmann die Tür auf und sie traten auf den Innenhof. Es regnete. Die großen Metalltore des Lagers waren geöffnet. Drei Lkw fuhren gerade ein, ein weiterer stand vor der erleuchteten Lagerhalle. Mathew spähte zu dem Lkw-Fahrer, der Regale von der Laderampe seines Lasters auf einen großen Hubgleiter schob. Wie ihr Befreier trug er einen Mundschutz. Die Deckfolie eines der Regale war eingerissen. Mathews Blick fiel auf eine Reihe großer Pflanzen, staubumhüllt, mit trompetenartigen Blüten, gelben Staubblättern und roten Stempeln. Vor Neugier blieb er stehen und versuchte, mit seinen Augen das Dunkel und den Regen zu durchdringen. Die Blätter der Pflanzen waren handförmig, etwa fünf- bis zehnlappig und von lauchgrüner bis dunkelroter Farbe. Die kannte er doch. Die Blüten hatten äußerlich die Form von Gelbem Oleander, die Blätter waren die eines Wunderbaumes. Bea kam zurück und zog ihn am Pullover weiter. »Komm!!«, flüsterte sie erregt. Sie schlichen zum Tor. Die Lkw versperrten den Kontrolleuren der Eingangswache den Blick. »Und jetzt macht, dass ihr wegkommt!«, flüsterte ihnen ihr Befreier durch den Regen zu.
Bea zog dankbar seinen nassen Kopf zu sich und gab ihm einen Kuss

auf die Wange. Dann fiel ihr ein, dass sie krank war, und sie wischte ihm fluchend und um Entschuldigung bittend die Wange mit dem Ärmel ihres Pullovers ab.

Er machte sich los. »Du bist nicht krank«, flüsterte er, »du bist sch…« Er brach ab, weil jetzt einer der Kontrolleure bei der Eingangswache freie Sicht auf sie hatte.

Bea starrte ihn an. Was hatte er gesagt?

»Los jetzt!«, zischte er gereizt. »Ihr habt nur noch wenig Zeit.«

Mathew sah voller Respekt und Dankbarkeit zu ihm. Dann zog er seinen Kopf zu sich und gab ihm ebenfalls einen dicken Schmatzer auf die Wange. Ungehalten wischte sich der Mann Mathews schwarze Schminke aus dem Gesicht. Jetzt kam auch noch Nikolas und guckte mit großen Augen zu ihm hinauf. »Und jetzt?«, flüsterte der Fremde schmunzelnd. Nikolas zwickte ihm einmal kräftig ins Bein und lief kichernd davon.

»Autsch!« Die Kontrolleure beim Eingang überhörten den Laut. Der Mann rückte seinen Mundschutz wieder zurecht und schlich zurück ins Lager. Bea, Mathew und Nikolas verschwanden lautlos in der Dunkelheit. Während sie durch die Stadt rannten, dachte Mathew weiter über die Sorte der Blumen nach, die er vor der Halle gesehen hatte. »… Nachtschattengewächse … Schellenkraut …«, flüsterte er vor sich hin. Er rannte fast gegen eine Straßenlaterne. Bea griff ihn am Arm. »Mathew, auf dich muss man ja aufpassen! Konzentrier dich auf den Weg!«

Am nächsten Morgen
Es war erst eine Woche vergangen, seitdem sie in das Lager eingeliefert worden waren, jetzt waren sie schon wieder frei, aber es kam ihnen vor wie eine halbe Ewigkeit. Die drei saßen in der Innenstadt vor dem Häuserblock von Frau Schwarz auf der Türschwelle und warteten. Sie hatten sich die Gesichter gereinigt und trugen wieder ihre normale Kleidung. Der Himmmel war blau und klar. Genüsslich gurrten einige Stadttauben neben ihnen auf einem Mauervorsprung. Bea hatte bereits bei Frau Schwarz geklingelt, aber sie war nicht zuhause. Vor ihnen befand sich eine gespenstisch leere Asphaltstraße. Kein einziger Passant war zu sehen. Bea

fragte sich, was los war. Nikolas beobachtete einen kunstvollen Heißluftballon in Form eines Adlers, der über der Stadt schwebte.

Mathew flüsterte leise vor sich hin. Er dachte noch immer über die Pflanzen nach.

Ungeduldig wandte Nikolas sich zu Bea. »Kommt diese Frau bald?«

»Bestimmt!«, antwortete Bea und hielt sich den schmerzenden Bauch. Sie schaute zu Mathew. Energisch flüsternd saß er da, mit blassem Gesicht, und fummelte verkrampft an seinen Fingerspitzen herum. Auch Nikolas warf ihm einen befremdeten Blick zu. Ungehalten beugte sich Bea zu Mathew und flüsterte ihm ins Ohr, dass er sich bitte zusammenreißen solle. Er sollte sich mal selbst sehen, wie er dasitze, mit gelbem Gesicht vor sich hin stotternd. Ob er sich bewusst sei, wie hilflos das wirke? Mathew fasste sich mit der Hand an die Stirn und sagte mit zerfurchter Miene: »Gelbe Zargonien!«

Bea und Nikolas wandten sich genervt ab.

»Eine Neuzüchtung aus Gelbem Oleander, Rizinus und Bilsenkraut«, setzte er fort. »Die Pflanze steht auf der Liste der biologischen Waffen. Sie ist in allen Pflanzenteilen hochgiftig. Bereits das Einatmen des Blütenstaubes ist tödlich.«

Beas Aufmerksamkeit fiel auf eine junge Frau, die kreischend die Straße hinunterlief. Dann begannen Sirenen zu heulen. Erschrocken sprangen sie auf. Ein unheilvolles Dröhnen lag in der Luft. Drohnenalarm! Sie suchten mit ihren Blicken die Umgebung ab. Wo konnten sie hin? Zwei Häuserblocks weiter kam eine Frau aus einer Metalltür gerannt, ihr rotes Kleid und die langen schwarzen Haare wallten im Wind. »Frau Schwarz!«, rief Bea und richtete sich auf. Frau Schwarz stand in etwa hundert Meter Entfernung mitten auf der Straße und winkte ihnen zu. Sie deutete mit dem Finger auf die Metalltür, durch die sie gekommen war. In diesem Moment erschien dort ein alter Mann und gab ihnen Zeichen, sich zu beeilen. Die drei schnappten ihre Sachen und rannten los. Krachend donnerten Kampfdrohnen über den Häuserdächern hinweg. Nikolas stolperte und riss sich am Asphalt die Knie auf. Mathew half ihm wieder auf die Beine. Der Kleine weinte und wollte nicht weiter. »Beeilt euch!«, rief Bea ihnen zu. Mathew warf einen ängstlichen Blick in den Himmel. – Eine Schar Drohnen war direkt über ihnen. Etwas schoss unten aus ihnen heraus. Mathew vernahm ein leises Fiepen, das von den Geschossen ausging. Instinktiv griff er Nikolas, warf ihn sich über die Schulter und sprintete mit kräftigen Schritten zu Bea. »Bea!!!«, schrie er. Erschrocken drehte sie sich um. Dann lautes Fiepen. Mathew packte Bea, riss sie hinter ein Auto und warf sich auf sie und Nikolas. Ein Knall zerriss ihnen fast die Trommelfelle. Es wurde hell wie in einem grell ausgeleuchteten Saal. Brocken zerfetzten Mauerwerks rauschten über sie hinweg. Mathew spürte ein Stechen an seinem Bein. Ein Flammenstrahl hatte ihn erwischt. Er zog das Bein an und löschte mit seinem Pullover die glimmende Hose. Schnaufend lagen sie hinter ihrer Deckung. Staub füllte die Luft. Mathew zog sein Hosenbein nach oben. Er hatte eine kleine Verbrennung, schmerzhaft, aber nicht gefährlich. Vorsichtig robbte Bea hinter dem Wagen hervor und schaute die Straße hinunter nach Frau Schwarz. Da, wo sie gerade noch gestanden hatte, klaffte jetzt ein großer Krater. Bea rieb sich die Augen und schaute noch mal hin. Düster legte sich der Staub auf den zerrissenen Asphalt. In diesem Moment brach ein nebenstehendes Gebäude krachend in sich zusammen. Schutt und Geröll wälzten sich über den Straßenkrater. Erneut füllte Staub die Luft.

Mathew richtete sich auf und versuchte, mit seinen Augen das Grau zu durchdringen. Bei der Tür stand noch immer der alte Mann und winkte ihnen zu kommen. Wieder ertönten Drohnengeräusche. Mathew beugte sich zu Bea, die nicht mehr richtig bei sich war und verwirrt vor sich hin flüsterte. Er zog sie hoch und zerrte sie mit sich. Neben ihnen rannte tapfer Nikolas. Seine Knie bluteten, aber er hatte den Ernst der Lage begriffen und nahm sich zusammen. Drohnen flogen über sie hinweg. Das Geräusch von herniedersausenden Geschossen. Nikolas erreichte die Tür, dann Mathew mit Bea. Hinter ihnen krachte es. Eine Feuerwalze rauschte auf sie zu. Sie stolperten ins Dunkel. Der Alte zog sie weiter und schlug knallend die Tür hinter ihnen zu. Kurz darauf begann diese so stark zu vibrieren, als ob sie jeden Moment aus der Wand gerissen werden könnte. Mit fiependen Ohren wurden sie eine Kellertreppe hinuntergeführt. Unten kamen sie in einen düsteren Raum, wo bei Kerzenlicht einige Leute auf Bänken saßen. Sie schauten sich schnaufend um.

Ernst beugte sich der Alte zu Mathew, ein kleiner unscheinbarer Mann mit trüben Augen. »Standen Sie der Frau nah?«, flüsterte er.

Bea brach zusammen. Weinend warf sie sich auf den Boden. Draußen donnerte und grollte es.

Der Alte schaute traurig zu Mathew.

»Hat es sie erwischt?«, fragte Mathew.

Er nickte und wendete sich ab.

Bea schluchzte. Nikolas beugte sich zu ihr und legte ihr behutsam die Hand auf die Schulter. Mathew kniete sich vor die beiden und patschte nebenbei Nikolas, dankbar für dessen Tapferkeit, ein paar Mal mit der Hand auf die Schulter. Die Leute auf den Bänken warfen ihnen betroffene Blicke zu.

Sie harrten den Tag und die Nacht im Luftschutzkeller aus. Am nächsten Morgen suchten sie den Leichnam von Frau Schwarz. Sie fanden ihn. Ein Fitzel ihres roten Kleides ragte aus dem Schotter hervor. Bea und Mathew stemmten sich gegen einen Geröllbrocken, zwei Helfer schoben die Stange eines Straßenschildes unter den großen, scharfkantigen Stein und hebelten ihn mühsam nach oben. Ein weiterer zog den leblosen Körper unter ihm hervor. Nikolas saß am Rand. Einer der Helfer warf einen kalten, haiartigen Blick auf seinen Rollkragen. Er flüsterte den anderen etwas zu. Mathew bekam es mit. Unauffällig ging er zu Bea und machte sie auf ihre gefährliche Lage aufmerksam. Schweren Herzens ließen sie Frau Schwarz' Leichnam zurück und machten sich aus dem Staub, auf der Suche nach einem stillen Plätzchen mit Wasser, wo sie sich die künstliche Haut auf den Hals auftragen könnten. Bea hatte noch ein paar Päckchen davon im Rucksack.

In einer alten S-Bahn-Unterführung fanden sie eine öffentliche Toilette mit intaktem Wasserzugang. Dort verbrachten sie drei Stunden, trugen sich die künstliche Haut auf und ruhten sich aus. Später beschlossen sie, sich auf die Suche nach Flo zu machen. Sie wussten nicht, wo seine Eltern wohnten. Der einzige Anhaltspunkt, den sie hatten, war seine Wohnung. Sie kraxelten über Geröll, kämpften sich durch endlos sich ausdehnende Staubschwaden und halfen hier und dort, Verletzte zu bergen. Dann erreichten sie ihr Ziel. Wo sich mal der Häuserblock mit Flos Wohnung in die Höhe erhoben hatte, war nun ein Berg aus Schutt. Davor befanden sich eine durchgesessene hölzerne Straßenbank und eine rostige Straßenlaterne, sonst stand nichts mehr. Bea bewegte sich blass auf die Trümmer zu. Mathew hielt sie zurück. »Bea, du bist krank. Wir werden das machen«, sagte er und stellte seinen Rucksack auf die Bank.

Bea wusste nicht, was sie davon halten sollte, dass der Junge über Leichenberge klettern sollte. »Was ist mit Nikolas?«, fragte sie beunruhigt.

»Wenn er mithelfen will, dann soll er. Jede Hand ist hilfreich.«

Bea seufzte.

Nach einem halben Tag gaben sie die Suche auf. Bea ärgerte sich, dass sie sich nie erkundigt hatte, wo Flos Eltern wohnten. Eine Windböe blies ihr durch die Haare. Während Mathew und Nikolas schnaufend auf der Bank saßen und sich ausruhten, holte sie Stift und Zettel aus ihrem Rucksack und schrieb eine Nachricht an Flo. Dann trennte sie mit einer Glasscherbe ein Stück ihres Schnürsenkels ab und band den Zettel an die rostige Straßenlaterne neben ihnen.

Rastlos wanderten die drei auf der Suche nach Flo durch die unwegsamen Straßen der zerstörten Stadt. Bea plagten Bauchschmerzen und Übelkeit. Sie vermuteten inzwischen, dass es sich um einen einfachen grippalen Infekt handelte. Die Lebensmittel, die sie in zerstörten Läden und Supermärkten fanden, hielten sie einigermaßen bei Kräften.

Nach vier Tagen versuchte Mathew, Bea davon abzubringen, weiterzusuchen. Sie müssten weg von hier. Auf den Straßen seien gefährliche Leute unterwegs und ihre Kunsthautreserven neigten sich dem Ende zu. Sie bräuchten ein sicheres Plätzchen für die Nacht.

Bea erwiderte, dass Sommer sei. Mathew solle froh sein, dass er nicht frieren müsse.

»Wenn er noch lebt, kannst du ihn später kontaktieren«, hielt er dagegen. »Wir leben noch immer im elektronischen Zeitalter.«
Bea antwortete nicht.
Nikolas' leere Augen wanderten zu ihr hoch. Er sah nicht gut aus.
Bea schluckte. Die Stadt war groß und damit die Chancen, Flo zu finden, verschwindend gering. Die Suche war ein Fass ohne Boden.

Am nächsten Morgen lenkte sie ein und sie änderten ihre Pläne. Sie warfen mal wieder einen Blick auf Sibels alten Notizzettel.

1. *lat 43.58039 N*   *lon -40.95703 E*
2. *lat 50.73646 N*   *lon -30.32227 E*   ?
3. *lat 47.98992 N*   *lon -24.25781 E*

29.6.2109, Blancs Sablon!

Sie beschlossen, sich auf den Weg zu der Gemeinde in Kanada zu machen, um am 29. Juni dort zu sein. Ihr Vorhaben erschien ein bisschen verrückt, weil sie weder wussten, ob der Ort der benannte war, noch, was genau sich hinter dem Datum verbarg. Dennoch – sie mussten weg von hier. Hinter dem Atlantik wurden die Kiemenmenschen nicht verfolgt. Bis zum 29. Juni waren es nur noch zwei Wochen – noch konnten sie es schaffen. Bea hatte ihre elektronische Cash-Karte die ganze Zeit sorgfältig behütet. Das Geld auf ihrem Konto reichte locker für drei Flugbuchungen. Nachdem der Entschluss getroffen war, fühlte sie sich etwas erleichtert.

In etwa fünf Kilometer Entfernung flatterte ein kleiner Zettel an einer rostigen Laternenstange neben einer durchgesessenen Straßenbank im Wind. In diesem Moment löste er sich und wirbelte über den staubigen Straßenboden durch einen Wald aus Glasscherben und unförmigen Steingebilden davon.

~

»Die Population des Arbeitslagers ist ausnahmslos infiziert«, berichtete eine Nachrichtensprecherin. Flo zappte durch die TV-Programme. Bei dem Fernsehbild eines Vogels, der auf dem Ozean in einer klebrigen Öllache gelandet war, klickte er auf Standhologramm. Er verbrachte die nächsten Tage in seinem Zimmer, schlief viel, vor allem tagsüber. Nur zum Essen kam er hinunter. Oft starrte er nachts stundenlang auf den *Sternenhimmel* an seiner Zimmerdecke.

Christoph tauchte nicht wieder auf. In den Trümmern seiner Wohnung war er nicht. Kein Freund oder Bekannter, der noch am Leben war, hatte etwas von ihm gehört oder gesehen. Niemand sprach es aus, aber alle wussten: Die Chancen, ihn lebend wiederzusehen, standen schlecht. Was es noch schmerzhafter machte, war, dass Zohra den Verlust ihres Mannes nicht verkraftete. Ihre tolle Ausstrahlung, ihre Wärme, ihre Herzlichkeit – von alledem war immer weniger zu spüren. Auch ihre Konzentration ließ stark nach. Oft wirkte sie wie neben sich stehend, verwirrt, als hätte sie zu viel Alkohol getrunken.

Christoph und Zohra kannten sich erst zehn Jahre, aber sie hatten sich bereits sehr stark aneinander gewöhnt. Zohra, die frühere Diplomatin, die Aufsteigerin, die vor einem dreiviertel Jahrhundert aus einer Militärdiktatur geflohen und nach Deutschland gekommen war, und Christoph, der alte Haudegen. Erzieher war er gewesen, wie Raik. Er war einer von denen, die es in ihrem Beruf leicht hatten. Ein Wort von ihm und kein Jugendlicher hatte es mehr gewagt, frech zu werden. Eine natürliche Autorität, ein Fels in der Brandung. Und nun war er einfach verschwunden und Zohra drohte an dem Verlust zu zerbrechen. Die anderen sahen ihr Leid und nahmen die Gegenrollen ein. Karen ließ sich keine Verstimmung anmerken. Auch Raik versuchte, so gut es ging, die Form zu wahren. Nur manchmal, wenn er für sich alleine war und sicher, dass ihn niemand beobachtete, sank er erschöpft aufs Sofa oder an einem Türrahmen hinab. Er musste stark sein jetzt, denn neben Zohra gab es in der Familie ja noch einen, der die Hoffnung zu verlieren drohte, seinen Sohn Flo. Flo hatte den Gedanken begraben,

Bea lebendig wiederzusehen. Er aß nichts mehr und kam kaum noch aus seinem Zimmer.

Drei Tage vergingen. Nach und nach wurden die alles verschlingenden *schwarzen Löcher* in Flos Gesicht wieder zu Augen. Dann, mit einem Mal, schwang seine Niedergeschlagenheit in Aggression um, auch wenn man ihm seine Erregung von außen nicht ansah. Geladen wie eine durchgezogene Pumpgun, zappte er durch die Fernsehprogramme: Kriegsausbruch, Rüstungswerbung, Pandemiegefahr, Kontaminationsschutz – er konnte den ganzen Schmonz nicht mehr sehen und hören. Eine Informationssendung über das Aussterben der Dinosaurier brachte ihn wieder etwas runter. Donnernd schlug ein Asteroid mit einem Durchmesser von etwa 15 Kilometern in dem Gebiet ein, wo sich heute die mexikanische Halbinsel Yucatan befindet. Die Einschlagskraft entsprach etwa der von einer Milliarde Hiroshima-Bomben. Erdbeben der Magnitude 11 erschütterten damals den Planeten. Zahlreiche Tsunamis überrollten die Küstenregionen der umliegenden Landmassen. Alles Leben im Umkreis von 1.500 Kilometern wurde auf einen Schlag ausgelöscht. Der Aufprall des Geschosses schleuderte Staub- und Rußpartikel in die Atmosphäre, die den Himmel verdunkelten. Nahrungsketten brachen zusammen. Freigesetzte Schwefelgase dampften über den Planeten und ein Impaktwinter tötete alle Arten, die sich nicht an die höllische Umgebung anpassen konnten.

Flo atmete auf und lehnte sich entspannt zurück. Jaaa, freigesetzte Schwefelgase, Impaktwinter, die Auslöschung allen Lebens! Er war in den letzten Tagen zynisch geworden. Das tat gut. Heute, so führende NASA-Wissenschaftler, könnte so was wie damals zur Zeit der Dinosaurier nicht mehr passieren. Ein Asteroid ließe sich sprengen, abbremsen oder *wegschubsen*. Beispielsweise könnte ein Raumschiff eine Atombombe zu ihm bringen und in seiner Nähe zünden. Die Explosion würde dem kosmischen Geschoss einen Schlag erteilen und es so aus der Kollisionsbahn werfen. Flo zappte das Programm weg … man nahm ihm aber auch jeden Strohhalm.

WANTED!

Die Strahlen der Morgensonne streiften über die verdorrten Blätter der alten Eiche vorm Hause Nebel. Flo stand im Zimmer seiner Mutter am Fenster und spähte am Vorhang vorbei nach draußen, wo sich Karen und Raik mit zwei Polizisten unterhielten.

»Und Sie haben keine Vorstellung, wo er sein könnte?«, fragte einer der Beamten.

»Wir machen uns Sorgen«, erwiderte Raik.

Der Polizist blickte misstrauisch zur geöffneten Haustür. »Wir könnten Ihr Haus durchsuchen lassen.«

»Kommen Sie rein!«, erwiderte Karen. »Wir haben nichts zu verbergen!«

Der Polizist fixierte sie streng.

Sie ließ ihren rauen Charme in den Augen glitzern, so dass er nicht anders konnte, als zu lächeln.

Der andere Polizist gab seinem Kollegen einen auffordernden Klaps auf die Schulter.

Mürrisch ließ sich der dazu bewegen, wieder in den Wagen zu steigen. Sie fuhren davon.

Flo wartete in der Küche auf seine Eltern. Neben ihm saß regungslos Zohra. Sie warf Flo keinen Blick zu. Ihre Augen waren leer. Vor Flo tobte Draco über den Boden. Der Hund rannte verspielt immer wieder auf Flos Füße zu, bewegte seine Vorderläufe nach unten und schob die Schnauze angespannt nach vorn, als ob er sich zu einem kleinen Tier beugen würde, von dem er nicht wusste, ob es giftig war. Flo zuckte mit dem Fuß. Wie von der Tarantel gestochen, sprang Draco zurück und hopste dann begeistert hin und her. Raik und Karen betraten den Raum. »Was wollten die Polizisten?«, fragte Flo.

»Wenn du irgendetwas Schlimmes gemacht hast, sag es bitte jetzt«, entgegnete Raik.

»Was ist denn los?«, fragte Flo überrumpelt.

»Sie haben dich gesucht«, antwortete Raik ernst.

»Worum ging es denn?«

»Um den Mord an einer Frau namens Sibel Yigitoglu.«

»Was?!«, zischte Flo.

Sein Vater machte große Augen. »Du stehst unter Mordverdacht!«

Flo nahm seine weiteren Worte kaum noch wahr. Die Nachricht von Sibels Tod ging ihm unerwartet nah. Er hatte sie nicht persönlich gekannt, trotzdem war er sehr betroffen. Alles, was er über sie wusste, war, dass sie sehr liebenswert gewesen sein musste.

»Hast du gehört?«, fragte Raik energisch. »Du stehst unter Mordverdacht!«

Flo nickte, ohne Raik anzusehen … Mordverdacht, hm. Wie kam die Polizei auf ihn? Bevor sich alles in Schutt und Asche verwandelt hatte, mussten seine Fingerabdrücke überall in Sibels Wohnung gefunden worden sein. Das musste der Grund sein. Keine Frage, er konnte verdächtig erscheinen.

»Wie kommen sie auf dich?«, fragte Raik.

Flo erläuterte seine Vermutung. Die Überlegungen erschienen seinen Eltern plausibel. Er selbst hatte allerdings bereits wieder Bedenken. Mit dem Blick eines Fernsehdetektivs, der Zweifel an der allzu einfach erscheinenden Auflösung eines Falles hatte, stützte er sich mit den Armen vor den anderen auf den Küchentisch. Er wirkte auf einmal ganz wach und präsent. Scharf schaute er Raik in die Augen und fragte: »Aber warum sucht die Polizei einen Mordverdächtigen? Gerade jetzt! Die Stadt liegt in Schutt und Asche, ein Schwerverletzter nach dem anderen wird aus den Trümmern gezogen, auf den Straßen gehen sich die Leute an den Kragen, Frauen und Kinder werden vergewaltigt – und die Staatssicherheit fahndet nach einem popeligen Mordverdächtigen?«

Alle Blicke waren gebannt auf ihn gerichtet, sogar Zohra war aus ihrer Lethargie erwacht.

»Da kann was nicht stimmen«, sagte er. »Nicht mal der verwirrteste Kriminalkommissar würde in solchen Zeiten nach einem wackeligen Mordverdächtigen fahnden. Es muss um etwas anderes gehen.«
»Ach, nun mach dir mal keine Sorgen«, sagte Karen. »Wir haben sie abgewimmelt.«

Flo dachte im Stillen weiter über die Angelegenheit nach. Aus irgendwelchen Gründen kam ihm Sibels Wohnung in den Sinn. Es hatte etwas nicht gestimmt, als er das letzte Mal dort gewesen war. Einige Sachen fehlten: die Akte über die Kiemenmenschen und noch irgendetwas Weiteres. Was war es gewesen? Die Medusa war an ihrem Platz, ebenso das Bild mit dem grinsenden Chinesen und auch der Atlas. Er hatte keine Idee. Ihm kamen die merkwürdigen Schlüssel in den Sinn, die innen in der Tür von Sibels Wohnung gesteckt hatten. Er versetzte sich in die Lage eines Mörders. Wenn jemand es so hatte aussehen lassen wollen, als ob Sibel während der Ausschreitungen in der Olhuvelistraße mit der Wohnzimmerwand in die Tiefe gerissen worden wäre, ergäbe das Deponieren der Schlüssel in der Tür einen Sinn – als Teil einer Vertuschungsaktion. Die Schlüssel würden darauf hindeuten, dass das Opfer in der Wohnung gewesen sein musste, als das Bazooka-Geschoss einschlug. Der Plan hätte allerdings einen Haken gehabt: Sibels Leiche war nicht gefunden worden, weder in der Wohnung noch unten vorm Haus. Die Nachbarn würden das bestätigen. Käme jemand dahinter, wäre die Vertuschungsaktion missglückt. Der Plan war also nicht perfekt. Da wäre es vermutlich wesentlich geschickter, die Tat einem Unschuldigen anzuhängen – Fälle von Mördern, deren Opfer nie gefunden wurden, hatte es oft genug gegeben. Es müsste natürlich irgendein armer Tropf her, dem man die Tat in die Schuhe schieben könnte. Jemand mit einem Motiv. Flo kratzte sich an der Stirn. Er hatte direkt nach Sibels Verschwinden mehrere Tage in ihrer Wohnung verbracht und war später noch mal nachts dort gesehen worden. Motiv: Raubmord, schoss es ihm durch den Kopf. Er erinnerte sich auch an Fälle von Mördern, die einen Wohnungsinhaber umgebracht hatten, um in dessen Wohnung zu leben. Flo wäre ein gefundenes Fressen.

Von draußen drang ein Dröhnen ins Haus. Er schaute aus dem Fenster. Eine Schar Drohnen sauste direkt über das Häuserdach hinweg. Die Dinger jagten ihm jedes Mal einen Schauer über den Rücken. Auf einmal stieg ein Gefühl der Lächerlichkeit in ihm auf. Worüber dachte er da überhaupt nach? Er fühlte sich wie ein Matrose auf einem schnell sinkenden Schiff, der sich um die Trinkwasservorräte Sorgen macht. Mördersuche während des dritten Weltkriegs ... Pfff! Warum sollte sich der wahre Täter wegen seiner Nachforschungen Sorgen machen. Gab es überhaupt noch ein Gerichtsgebäude, in dem ein Mörder verurteilt werden könnte?

Wer war Mathew?

Bea stand an einem Geldautomaten. Sie hatten am Stadtrand ein unversehrtes Sparkassengebäude gefunden. Es war völlig überfüllt, unruhig warteten die Leute hinter ihr in einer langen Schlange. Beas Konto war gesperrt und sie kam nicht an ihr Geld. Sie hatte zwar noch einige große Scheine in ihrem Portemonnaie, aber für einen Flug über den Atlantik reichte das nicht. Der Apparat tutete. Während eines sich langsam steigernden Räusperkonzerts der anderen Kunden ließ sie ihre Karte auswerfen und ging. Bei einem Sparkassengebäude in einer Nebenstadt dann das gleiche Spiel.

Sie mussten umdenken. Sich auf den Flughäfen als blinde Passagiere durchzumogeln, war unmöglich. Wie konnten sie also stattdessen über den Großen Teich gelangen? Die Überfahrt mit dem Schiff dauerte zu lange. Mathew fiel der Atlantiktunnel ein, der von London nach New York führte. Vielleicht hätten sie dort eine Chance.
»Die Magnetschwebebahn?«, entgegnete Bea. »Puh! Ich weiß nicht … In 55 Minuten von London nach New York City, mit 8000 km/h? Das ist schnell, klingt aber nicht sehr einladend.«
Mathew zog die Mundwinkel nach unten und bewegte abwägend den Kopf hin und her. »Es wäre eine Chance. Und Großbritannien ist nicht kiemenfeindlich eingestellt. Vielleicht kommst du von dort aus sogar an dein Geld.«
Bea schüttelte den Kopf. »Glaub ich nicht.«
»Die Idee ist auf jeden Fall gut!«, sagte Mathew energisch.
Bea überlegte. Hatte er nicht recht? Die Idee war wirklich nicht so schlecht.

Sie schliefen noch eine Nacht drüber, dann fiel die Entscheidung für Großbritannien. Um zu dem Tunnel zu gelangen, müssten sie sich nach Frankreich durchschlagen und mit der Fähre nach England übersetzen. Ob sie dann wirklich durch den Tunnel gelangen könnten, war sehr fraglich, aber ihnen blieb keine Wahl.

Mit den öffentlichen Verkehrsmitteln kamen sie gut voran. Sie verließen die Stadt und fuhren im Bus durch ein ländliches Gebiet. Zu dritt saßen sie auf einer Zweierbank und wurden hin und her geschaukelt. Das Fahrtgeräusch des Busses war so leise, dass man meinen könnte, es sei der Klang der Stille. Nikolas und Mathew gönnten sich eine Mütze Schlaf. Nikolas' Kopf war an Mathews Brustkorb gesunken und Mathews Kopf an Beas Schulter. Bea schaute aus dem Fenster. Sie hatte keine Magenschmerzen mehr und das bereitete ihr ein bisschen bessere Laune. Bäume und Felder zogen an ihr vorbei. Momente verwuchsen mit der grünen Landschaft. Eine Frau auf der Bank vor ihr wandte sich ihr zu. Sie wollte ein Gespräch anfangen. Bea fragte sich, ob sie sich auf die Fremde einlassen sollte. Könnte sie ihr trauen? Die Frau warf einen misstrauischen Blick auf Mathews Hals. Finster wandte Bea sich von ihr ab und versuchte, ihren Fokus wieder auf die vorbeiziehende Landschaft zu richten. Der Blick der Frau lastete auf ihr. Keine Miene verziehen. Nichts anmerken lassen. Befangen öffnete sie das Fenster einen Spalt weit. Ein Luftstrom legte sich unangenehm um ihren Hals, wie eine Hand kurz vorm Zudrücken. Die Sommereindrücke verblassten. Sie dachte an die unheimlichen Pflanzen, die im Kiemenmenschenlager vor den Lagerhallen abgeladen worden waren – *Gelbe Zargonien*, hatte Mathew gesagt. Sollten die Kiemenmenschen an todbringenden Pflanzen arbeiten, so dass sie später sterbenskrank durch die Lagerhallen und die Gänge der Arbeitslager taumelten? Waren die Kameras da, um das Schauspiel aufzuzeichnen und den Leuten außerhalb der Lager dies als Seuchenausbruch zu verkaufen? Schauerlich pfiff der Fahrtwind vor dem Fenster. Bea musste an Frau Schwarz denken, die sich dem sozialen Tsunami entgegengestellt hatte. Das Einschlagen der Bombe blitzte in ihrem Kopf auf. Der Krater in der Straße, der zerrissene Asphalt, der wirbelnde Staub. Die tapfere Frau Schwarz war jetzt nur noch ein Gedanke. Wer war noch übrig von denen, die den Mut und die Kraft hatten, übermächtigen Autoritäten die Stirn zu bieten? Nahm man den Menschen ihre Sicherheit und ihren Wohlstand, fehlte nicht viel und ihre Welt brach zusammen. Drohe ihnen mit Gewalt, lass es einem Teil von ihnen so gut gehen, dass egal ist, was mit dem anderen Teil geschieht, dann werden Egozentrik und Duckmäuserei zu Tugenden erklärt und die Sadisten kommen zum Zug. Dann rauschen Drohnen am Himmel heran. Und wen trifft es? Leute wie Frau Schwarz, die bis aufs Blut für die gute Sache gekämpft haben. Fröstelnd schlang Bea die Arme um ihren Oberkörper. Zwei große Lkws, die Ladeflächen randvoll mit dürren Flüchtlingen, fuhren an ihnen vorbei. Wo sie wohl hingebracht wurden? In Wohnungen, in Asylbewerberlager, auf den Schwarzmarkt? In diesem Moment erwachte Mathew neben ihr. Sie war erleichtert, denn sie brauchte jemanden zum Reden. Mathew rieb sich den Schlaf aus den Augen. »Mathew?«, flüsterte sie, noch in Gedanken, ohne das Thema, das ihr durch den Kopf spukte, irgendwie einzuleiten. »… glaubst du, dass Kiemenleute besser sind als Menschen?«

»Moralischer?«, fragte er müde. Sie nickte. Er schüttelte entschieden den Kopf. »Nein!«

»Wieso nicht?«

Er legte vorsichtig Nikolas' Kopf an seinen Oberarm und verschränkte die Arme vor seiner Brust. »Erinnerst du dich noch an das Leben an den Orten, wo wir aufgewachsen sind?«

Sie schüttelte den Kopf.

»Abgeschottete Siedlungen. Wir hatten kleine Wohnungen und einige Einkaufsläden. Da wo ich war, gab es sogar ein Kino und ein Erlebnisbad. Als die erste Generation der Kiemenmenschen in die Pubertät kam, ging es langsam los. Die Teenies wollten raus und sehen, was die Welt zu bieten hatte. Je älter wir wurden, desto stärker wurde der Drang, in Freiheit und mit Würde zu leben. Auszubrechen war nicht einfach, dennoch schafften es einige, auch ich. Es war allerdings eine Sache, auszubrechen. Draußen unentdeckt zu bleiben, war eine andere. Man brauchte eine Bleibe, gefälschte Papiere, Führerschein, Massen an Kunsthaut und, und, und. Das alles erforderte vor allem eins: viel Geld. Und das hatten wir nicht. Wir fanden Wege. Fast jedes Mittel war recht. Einige nahmen kleine Kiemenmenschen mit raus und verkauften sie ... – Nein! Kiemenleute sind nicht moralischer als Menschen!«

Bea starrte ihn an.

»Hej, ich hab das nicht so gemacht!«, sagte er und lächelte etwas verunsichert.

Sie erwiderte sein Lächeln steif. Seine Worte hatten ihr einen Denkanstoß zu der wichtigsten Frage ihrer Kindheit gegeben – ihrer Herkunft. Es war nicht auszuschließen, dass die Leute, die sie an ihre Pflegeeltern Erkan und Margret verkauft hatten, Kiemenleute gewesen waren, die sich durch sie ein Leben in Freiheit erkauft hatten. *Perfect Child* – eine Scheinfirma von Kiemenmenschen? Vielleicht. Sie spürte Mathews Hand an ihrer Schulter. »Alles in Ordnung?«, fragte er.

Sie nickte, obwohl es nicht stimmte. Eine düster-blaue Regenwolke schob sich vor die Sonne und ließ ihr Gesicht ergrauen. Lohnte sich das alles überhaupt? Warum fuhren sie weiter? Es war ja doch überall das gleiche makabre Spiel. Wie zerstört man Gemeinschaft und Respekt vorm Leben in wenigen Jahren? Die Antwort erschien ihr wie ein sarkastisches *Expression-Posting* vor ihren Augen. *Follow the Link!*

1. *Wenn du ohne Freiheit und Würde groß geworden bist, behandle andere nicht besser, als du selbst behandelt worden bist.*
2. *Bist du als freier Mensch aufgewachsen, begebe dich in Abhängigkeit. Arbeite für die falsche Firma und/oder ordne dich den falschen Leuten unter.*
3. *Erst ich, dann die anderen!*
4. *Verdränge Fehler! »Ich hab nichts falsch gemacht! Das war der da!«*
5. *Sobald du alles hast, lass die Finger von heißen Eisen. Beiß nicht in die Hand, die dich füttert!*
6. *Vergrabe dein Ehrgefühl so tief es geht, damit dich das lästige Gewissen nicht quält!*

Ein Zitat aus dem Psychothriller *Sieben* rauschte ihr durch den Kopf. Der Film schloss mit einem inneren Monolog des schwarzen Kommissars Sommerset, nachdem er eine Mordserie aufgeklärt hatte. »Ernest Hemingway hat mal geschrieben: ›Die Welt ist so schön und wert, dass man um sie kämpft.‹ Dem zweiten Teil stimme ich zu.« Bea ließ ihren Blick über Mathews entspanntes Gesicht und seine Stirnkrater gleiten. Sie wusste nicht, was sie ihm vorwerfen konnte. Er war wie ein runder Stein, der kein Moos ansetzte. Jemand, der seine dreckige Wäsche nicht in aller Öffentlichkeit wusch. Flo war ganz anders. Ein eckiger Stein, der sich verkantete und liegen blieb, der Moos und Unkraut ansetzte und es dann mühsam wieder abschüttelte. Jemand, der seine dreckige Wäsche notfalls draußen in den Regen hängte, bis die Waschmaschine wieder funktionierte. Der einen mit seiner Liebe erstickte und dann mit seinem Leben wieder Raum zum Atmen schuf. Er war ihr noch immer so nah – so weit weg und dennoch so nah. Mathew hingegen saß direkt neben ihr, aber erschien fern wie ein Stern einer anderen Galaxie, wenn auch einer großen, prächtigen. Mathew, der Held? Er hatte sie mehr als einmal aus der Tinte gezogen. Er trotzte jeder Gefahr. Wo kam seine Verhaltensgröße her? Was machte ihn zu dem, der er war? In diesem Moment wandte er sich ihr wieder zu. Beas Augen leuchteten nachdenklich. »Mathew …«, flüsterte sie, »kann ich dich mal was Persönliches fragen?«

»Ja«, sagte er sanft.

Ihre unteren Augenlider zogen sich ein kleines Stückchen nach oben. »Wo ist eigentlich Nikolas' Mutter?«, flüsterte sie.

Seine Pupillen wurden klein.

»Lebt sie noch?«, setzte Bea nach.

Er schüttelte den Kopf.

»Hat sie Kiemen gehabt?«, flüsterte sie weiter.

Er antwortete nicht. Neben ihnen rieb sich Nikolas den Schlaf aus den Augen.

»Na, Kleiner!«, sagte Mathew. »Wach geworden?« Er nahm ihn in den Arm und drückte ihn fest an seinen großen Brustkorb.

»Jooo«, säuselte Nikolas. Beas Aufmerksamkeit war noch immer erwartungsvoll auf Mathew gerichtet, aber er beachtete sie nicht mehr. Die ganze Fahrt lang schaute er sie nicht mehr an. Bea war mit seinem inneren Rückzug nicht einverstanden. Was immer er erlebt hatte, er durfte diese Sache nicht in sich hineinfressen. Sie dachte über ihr eigenes Verhalten nach. Eine Zeile aus einem steinalten Oldie der Band *Massive Attack* erklang in ihrem Kopf: »You're the book that I've opened and now I've got to know much more.«

Die Sonne kam wieder hinter den Wolken hervor. Angenehm wärmten die Strahlen Beas Gesicht. Ihre Stimmung veränderte sich. Sie musste an den Sicherheitsbeamten denken, der sie aus dem Arbeitslager gerettet hatte, und an den alten Mann, der sie beim Fliegerangriff in den Luftschutzkeller gezogen hatte. Frische Luft drang durch den Spalt des Fensters und strich sanft über ihre Haut. Frisch prickelten die Gedanken in ihrem Kopf, wie bei einem guten Film, einer schönen Melodie oder beim Anblick eines hübschen Menschen. Wie ein Stück Schokolade. Sie würde Mathews Geheimnis lüften. Eigentlich fand sie ja, dass man einen schlafenden Löwen nicht wecken sollte. Ja, das sollte man eigentlich wirklich nicht tun. Ha, aber nicht diesmal. Ausnahmen bestätigten schließlich die Regel. Mathew musste sich auf was gefasst machen. Sie wandte sich der fremden Frau auf der Bank vor ihr zu und begann ein Gespräch. Die Frau war nett und aufgeschlossen, keine Spur von Misstrauen oder gar Bösartigkeit.

Phantomschmerz

Zohra ging allein zwischen Ruinen entlang. Das weiße Haar wurde vom Wind nach hinten gestreift, so dass ihre hellbraune Stirn in der Sonne glänzte. Unter den trotz ihres hohen Alters noch immer naturschwarzen Augenbrauen lugten dunkelbraune Pupillen hervor. Sie erschien präsent, aber ihre Aufmerksamkeit war nicht auf die Umgebung gerichtet. Unbemerkt wanderten Bilder der zerstörten Stadt an ihr vorbei: junger, zarter Efeu, der über einen Trümmerturm, den Rest einer großen Villa, wuchs. Ein kleiner Vogel, der am Wasser eines zur Hälfte zugeschütteten Swimmingpools nippte, ein zerfurchtes Parkstück, zum Teil noch grün, mit einer heil gebliebenen Kinderschaukel am hinteren Ende – Zohra sah das alles nicht. Die Hülle des ausgebrannten Hauses hinter der Kinderschaukel fiel ihr auf und Fensteröffnungen mit einem tiefen schwarzen Rand wie Augen, die von dem, was sie zunächst aus der Ferne beobachtet hatten, später selbst verschlungen worden waren. Zohra hielt an, kramte mit zitternden alten Fingern ein Geldstück aus ihrer Hosentasche und legte es sich auf die zusammengeführten Spitzen von Daumen und Zeigefinger. Dann schnipste sie es in die Luft. Das konnte sie noch ganz gut. Bei ihren Verhandlungen, früher, als Diplomatin im Außendienst, hatte sie das manchmal gemacht – nur in Ausnahmefällen, versteht sich. Surrend flog das Geldstück in die Höhe, wie ein kleiner, flirrender Ball. Kopf würde bedeuten, dass sie bliebe, Zahl, dass sie ginge. Sie wollte nicht warten, bis man Christophs Leiche gefunden hatte. Wenn man sie überhaupt finden würde. So was hatte sie oft genug erlebt. Manchmal fand man die Leute, manchmal nicht. Was zurückblieb, waren verstörte Freunde und Angehörige. So jemand wollte sie nicht sein. Sie war es oft genug gewesen. Nun war sie alt und gebrechlich. Von ihrem weiblichen Charme war nicht mehr viel übrig. Einer jungen hübschen Frau konnte man beim Weinen zusehen, aber einer zitternden alten, die kaum noch die Kraft hatte, sich auf den Beinen zu halten ... – Sie wollte dieser Familie kein Klotz am Bein sein. Sie überlegte, zurück in ihre Heimat zu gehen, in die Militärdiktatur, in der sie geboren worden war, die ihr im Blut lag, schon vor Deutschland, vor ihrer Karriere. Eigentlich erschien die Idee völlig abwegig. Sie hatte dort fast nichts mehr, keinen Besitz, keine Freunde, keine Familienangehörigen – bis auf einige Nichten und Neffen. Dennoch zog sie etwas zurück, etwas, das nach Heimat roch, das düster, aber vertraut war und auf merkwürdige Weise beruhigend. Es gab dort keine Unklarheiten. Gut und Böse waren leicht auseinanderzuhalten, die Fronten klar, Hoffnung eine angenehm leere Worthülse. Man machte weiter oder ließ es bleiben, lebte oder starb. Entscheidungen brauchte man nicht viele zu treffen. Sie wurden für einen getroffen. Wer sich nicht dran hielt, musste unmittelbar mit Konsequenzen rechnen. Das Leben wanderte langsam durch die Adern dort. Es war eintönig, bitter und steinschwer, aber immer spürbar. Viele konnten dort mit ehrlicher Dankbarkeit sagen: Ich freue mich, dass ich noch lebe. Dazu brauchte es keine Freiheit. Die Gefahr, die in der Luft lag, triebs rein. Zohra wünschte sich den Moment zurück, wenn die Hoffnung starb, Wut versteinerte und nach und nach zu Staub zerfiel, sich im Wasser alter Tränen löste, so dass sie sie sich direkt ins Herz injizieren konnte und Leben aus flüssigem Zement in die Adern ihres Körpers pumpte, bis es sie ganz erfüllte und zu Beton wurde, so dass sie keinen Schmerz, keine Sorgen und keinen Verlust mehr spürte.

Das Geldstück kam wieder herab und traf auf ihrem Handteller auf, aber sie zitterte so stark, dass es hinunterfiel. Es klirrte auf einen Stein und kullerte unter einen Busch. Mühsam beugte sie sich hinab und versuchte es zu finden. Sie kniete sich hin und tastete mit ihren Händen unter dem Busch im Staub herum. Faserige Blätter rieben ihr durchs Gesicht. Ein Ast drückte gegen den Kehlkopf. Sie schob sich weiter, nahm mit den Händen altes Geäst zur Seite und streckte ihre Arme so weit sie konnte. Brennnesseln verbrannten ihre Haut. Plötzlich spürte sie ein unangenehmes Stechen im Lendenwirbelbereich. Uh, fhfhfhf, ahhhh! Sie sackte mit dem Gesicht in den Busch und regte sich nicht mehr, einen Moment lang, dann schob sie sich mühsam wieder nach hinten ... ahhh, phfth! Sie spuckte Blätterstaub und Spinnenweben aus, presste ihre Hände auf den Boden und stemmte sich wieder hoch. Ihr Rücken schmerzte. Humpelnd machte sie sich auf den Rückweg. Ihre *Auswanderungsideen* legte sie vorerst auf Eis. Sie war zu alt für so was ... Bedeutungsloses Grün, eine nutzlose Schaukel, ein toter Swimmingpool, ein stummer Vogel, Efeu, der seine leblose Beute fest umklammerte und Zohra fragend anstarrte. Kein Strauch, kein Stein, keine Ruine blickte sie an *wie er* ... Und auf einmal wurde ihr klar, wie sehr sie ihn geliebt hatte, diesen alten, bärbeißigen, beherzten Mann, so sehr.

Blick über die eigene Schulter

Karen hatte Flo aus ihrem Arbeitszimmer geschickt, weil sie Mails schreiben wollte. Wo Raik und Zohra waren, wusste er nicht. Der Tag neigte sich dem Ende zu, rötlich drangen die letzten Sonnenstrahlen durch die Fenster. Im Haus war es düster. Er ging in die Küche und stellte den Wasserkocher an. Dann öffnete er einen Schrank und schaute nach Bechern. Keiner mehr da. Er guckte in der Spülmaschine. Da stand eine ganze Reihe davon, nebeneinander mit der Öffnung nach unten und kleinen Pfützen außen auf ihrem gewölbten Grund. Er holte sich einen heraus. Der Becher war noch warm. Flo griff einen Teebeutel, warf ihn hinein und wartete, bis das Wasser kochte. … Klick. – Er goss den Tee auf. Plötzlich spiegelte sich ein heller Lichtfleck auf dem glänzenden Metall des Wasserkochers, so dass er die Augen zukniff. Ihm war, als würde jemand mit einem Spiegel draußen vorm Küchenfenster stehen und die letzten Sonnenstrahlen hineinleiten. Misstrauisch warf er einen Blick über seine Schulter. Ruhig und still lag der Garten im Abendlicht. Wieder blitzte ein Lichtstrahl auf. Wo kam er her? Flo fixierte mit seinen Augen die Umgebung. In etwa fünfzehn Meter Entfernung erkannte er ein kleines Metallgerät auf dem dicken Ast eines Gartenbaumes. Es reflektierte die Strahlen der bald untergehenden Sonne. Das Gerät war etwa faustgroß und hatte die Form eines Stechinsekts. Er kannte diese Dinger. Wie hießen die noch mal? Es war eine von diesen kleinen Drohnen, die oft vom Militär als Späher eingesetzt wurden. Was wollte das Ding in ihrem Garten? Instinktiv bewegte er sich zur Seite in eine Zimmerecke, damit er nicht mehr im Blickwinkel des Gerätes stand. Was könnte die Späherdrohne hier zu suchen haben? Dass es sich um das Werk eines Spanners oder kleinen Hobby-Detektivs handelte, war sehr unwahrscheinlich. Diese Hightech-

Vehikel waren teures Militärgerät. Flo schlich über die Treppe nach oben in das Arbeitszimmer seiner Mutter. Sie war nicht mehr dort. Den Laptop hatte sie angelassen. Vorsichtig bewegte er sich zum Fenster und zog den Vorhang zu. Dann setzte er sich auf den Schreibtischstuhl. Warum könnte man ihm auf den Fersen sein? Wieso könnte er so wichtig sein? Er dachte an Sibel und das Fehlen der Akte über die Kiemenmenschen. Hatte sie zu viel herausgefunden und vermutete man nun, dass auch er zu viel wusste? Was könnte an Sibels Entdeckungen so verbergenswert sein? Die Existenz der Unterwasserstädte? Aber warum? Die Dinger machten den Braten doch jetzt auch nicht mehr fett. – Er brauchte mehr Anhaltspunkte. Hmm, da war doch noch etwas gewesen, das in Sibels Wohnzimmer gefehlt hatte … der Schreibtisch war da gewesen, ebenso die Medusa, das Bild mit dem grinsenden Chinesen, der Atlas und … – es hatte vielleicht auf dem Schreibtisch gestanden oder darüber gehangen … irgend so etwas … Flo stand auf dem Schlauch. Nachdenklich blickte er auf das Laptop-Hologramm vor sich und gab den Namen von Sibel in die Suchmaschine ein. Gleich der erste angegebene Link war ein Treffer: *»Sibel Yigitoglu: Forschung auf den Gebieten der …«* – Sibel hatte eine Homepage! Er schlug sich an die Stirn. Als er auf den Link klickte, erschien vor seinen Augen folgende Anzeige: »*Die Internetseite* http://www.sibelyigitogluozeanologieundastronomie.com *kann nicht geöffnet werden. Vorgang abgebrochen.*« – Eine Sperrung?

Hatte sie selbst ihre Homepage gesperrt oder war sie gesperrt worden?

Zwischenstück

Bea, Mathew und Nikolas nahmen den Weg über die Niederlande. Ein Hurrikan, der über die Küstengebiete gefegt war, hatte Teile des Landes unter Wasser gesetzt, weswegen die Fortbewegung mit öffentlichen Verkehrsmitteln nur teilweise möglich war. Zwei Tage lang mussten sie durch zum Teil knietiefes Wasser waten, dann ging es mit der Bahn durch Belgien: Antwerpen, Gent, Brügge. Sie überquerten die französische Grenze. Dunkerque, Gravelines, dann erreichten sie Calais.

Calais lag an der Straße von Dover, einer Meeresenge am östlichen Ende des Ärmelkanals, die vom Atlantik im Westen zu einem der Randmeere der Nordsee im Osten überleitete. Menschenmengen warteten vor dem Fähranleger auf die Überfahrt nach Dover. Die Ausläufer dieser Ansammlung zogen sich kilometerweit ins Land. Einige Leute zelteten vor der Fähre. Bea hatte sich schon gedacht, dass es viele sein würden – aber nicht so viele.

Sie würden lange auf einen Platz warten müssen. Die Zeit rann ihnen davon. Insgesamt standen ihnen zwei Wochen für die Reise nach Blanc Sablon zur Verfügung. Bereits an den ersten Tagen hatten sie viel Zeit verloren. Der Hurrikan hatte sie überrascht und sie mussten eineinhalb Tage bei einer fremden Familie in einem Bauernhaus verbringen. Der Weg bis zur niederländischen Grenze hatte sie einen weiteren Tag gekostet. Dann hatten sie den Fehler gemacht, die Niederlande auf direktem Weg zu durchqueren, und drei weitere Tage verloren. Noch ein zusätzlicher Tag bis Calais. Nun blieben ihnen nur noch fünf Tage bis zum 29. Juni.

Das Übersetzen nach Dover mit der Fähre erschien unmöglich. Alle Plätze waren auf unabsehbare Zeit ausgebucht und der Andrang auf die freiwerdenden Plätze gigantisch. Die Alternative war der Eurotunnel, der die Ortschaft Coquelles, 4,5 Kilometer südwestlich von Calais, mit der englischen Stadt Folkstone, etwa zehn Kilometer südwestlich der Stadt Dover, verband. Sie machten sich auf den Weg nach Coquelles, kehrten aber auf halber Strecke um, als sie erfuhren, dass der Ort zerbombt und der Eurotunnel gesperrt war. Die Fähre blieb ihre einzige Chance.

Inmitten der Menschenmassen vor dem Fähranleger warteten sie und hofften auf einen Glücksfall. Die Tage zogen ins Land. Kein vernünftiger Schlafplatz, wenig Essen, wenige Toiletten. Um die Kunsthaut an ihren Kiemen zu erneuern, nutzten sie zumeist die Nachtstunden. Ihre Reserven gingen zur Neige.

Tina

Alaaarm! Tina war da. Flo schlich zum Fenster und spähte am Vorhang vorbei. Raik und Karen rannten auf die Straße. Tinas Wagen stand am Straßenrand. Die Hintertüren wurden aufgerissen und zwei junge Stöpsel sprangen heraus – Tinas Jungs. Dann stieg Tina selbst aus. Ihr Mann Michael war nicht dabei. Wie Flo später erfahren sollte, war er beruflich an der französischen Küste unterwegs, weil er dort irgendetwas auf die Spur gekommen war.

Raik und Tina lagen sich überglücklich in den Armen. Freudig erregt schüttelte Karen den beiden Jungs die Hände. Dann wurden sie ernster. Bestürzt schaute Tina ihre Eltern an. Hatte sie noch gar nichts von Christophs Verschwinden gewusst?

Flo stieß in der Küche stumm zu den fünfen hinzu. Die Stimmung war gedrückt, keiner sagte ein Wort. Flos Begrüßung wurde ausgespart. Er fühlte sich fast ein bisschen missachtet. »Wo ist Zohra?«, fragte Tina.

»Macht einen Spaziergang«, erwiderte Raik.

»Wie kommt sie damit klar?«

Keiner antwortete. Die beiden Jungs Sefaro und Kjell, dreizehn Jahre alt, standen gelangweilt da. Es waren Zwillinge, keine eineiigen, man konnte sie gut auseinanderhalten. Flo hatte sie lang nicht mehr gesehen. Vorschnelle Schlüsse überkamen ihn. Die beiden taten, als betreffe sie das Verschwinden von Christoph nicht. Freche Jungs. Wussten die überhaupt, was das Wort Respekt bedeutete? Das waren bestimmt solche arroganten Bälger wie einige von denen, die ihm an der Schule das Leben schwergemacht hatten. Ängstlich spähte Flo zum Fenster und bewegte sich ein

Stückchen nach links. Er hielt sich immer so, dass man ihn vom Garten aus nicht gleich sehen konnte.

Sein Blick fiel auf Raik, der wie ein kleines Häufchen Elend dastand. Wenigstens einer, der der Situation angemessen Respekt zollte.

Karen mochte es nicht, wenn Raik so hilflos dastand. »Es macht keinen Sinn, sich zu grämen«, sagte sie laut. »Wir haben alles getan, was wir konnten.« Sie wandte sich zu Tina. »Toll sehen deine Jungs aus! Ganz toll!« Ein grimmiges Lächeln huschte über ihr Gesicht.

»Ja, die beiden haben sich ganz gut gemacht, nicht?«, erwiderte Tina.

Flo setzte sich kopfschüttelnd an den Tisch und blickte ungehalten von einem zum anderen. Zwei Minuten Gedenkzeit für Opa Christoph und dann verfiel Karen schon wieder in Loblieder über ihre Enkel. Und Tina ging auch noch drauf ein. Mann, Mann, Mann, die verhielten sich echt ein bisschen peinlich. Brummig vergrub er sein Gesicht in den Händen und rieb sich die Augen. Dann legte er die Arme auf den Tisch und ließ seufzend sein Kinn auf seine Handrücken sinken.

»Hallo, Flo!«, erklang die Stimme von Sefaro, oder Seff, wie Tina ihn immer nannte.

»Hallo!«, erwiderte Flo. Seff kam zu ihm und schüttelte ihm höflich die Hand. Dann kam auch Kjell. Schüchtern standen sie vor ihm.

Flo kratzte sich verlegen am Kopf.

Seff deutete auf Tina. »Peinlich, ne«, sagte er.

Jetzt beugte sich auch Kjell zu ihm. »Ist das noch normal, wie die sich verhalten?«

Wenn Flo sich nicht täuschte, hatte ein überraschend erwachsener, ironischer Unterton in der Stimme des Jungen gelegen. Er schmunzelte.

»Komm mal her, Kjell!«, sagte Tina. »Zeig dich mal deiner Oma.«

»Oah!«, raunzte Kjell. Tina warf ihm einen strengen Blick zu. Kjell grinste sie an, ein bisschen frech, aber nicht respektlos, eher keck, dann wandte er sich freundlich zu Karen.

Flo spähte vorsichtig zum Fenster hinaus.

Seff beugte sich fragend zu ihm. »Warum starrst du denn dauernd auf das Fenster?«

Flo fasste sich genervt an die Stirn. Wie sollte er dem Grünschnabel diese Sache erklären? »Ach«, sagte er, »ich muss ein bisschen aufpassen, hier schwirrt so 'ne Überwachungsdrohne rum.«

»Warum denn?«

Flo warf ihm einen verlegenen Blick zu. Peinliche Situation. Jetzt stand er vermutlich bald da wie ein blöder Spinner. »Weil jemand auf der Suche nach mir ist.«

Seff kräuselte die Stirn. »Wieso das denn?«

Flo antwortete nicht.

»Hast du was ausgefressen?«, flüsterte Seff.

»Nein«, antwortete Flo. »Aber jemand anderes. Und jetzt will ers mir anhängen.«

»Worum gehts denn?«

»Mord«, flüsterte Flo. Missmutig wandte er sich ab. Er war sich sicher, dass er jetzt verloren hatte. Von nun an war er der durchgeknallte Onkel.

Seff starrte ihn an. »Was? Eeecht?« Er führte die linke Hand zu seinem Kopf und tat, als ob er sich an der Stirn kratzen würde. Nebenbei lugte er unauffällig durch seine Finger in den Garten. Im hinteren Teil flatterte ein kleiner, braungrau gefiederter Vogel mit großem Kopf und kurzem Schwanz vor einem Baum auf und ab, ein Spatz – eine Seltenheit, fast eine Sensation.

»Booah, krass«, flüsterte Seff. »Ich glaub, da ist die Drohne.« Er schlich zu Kjell, tatschte ihm an die Schulter und flüsterte ihm etwas zu.

Kjell spähte unauffällig an Seff vorbei nach draußen.

Seff legte den Finger an seinen Mund und bat Kjell gestisch, die Sache für sich zu behalten.

Kjell nickte.

Flo starrte die beiden an. Na, das waren ja welche. Die Erwachsenen um sie herum hatten nichts bemerkt, bis auf Tina. Ihr Blick lag auf Flo. Neugierig funkelten ihre Augen. Er musterte seine Schwester, ihr vertrautes Gesicht, den kessen Blick, die kräftigen Unterarme. Sie sah wie immer gut aus, oder besser gesagt, interessant: schwarze Haare mit einigen blondierten Strähnen, ziemlich durcheinander gerade, weil sie sich darin herumgewühlt hatte. Dazu ein grellgrüner Nicki, kurzer schwarzer Rock, schwarze Leggins, mit Laufmasche, kräftige Waden, als ob ein Tennisball drinstecken würde. Sie sah aus wie eine Mischung aus seiner früheren Kollegin Frau Schwarz und einem völlig durchgeknallten Wrestler, dachte Flo belustigt.

Tina warf ihm ein anerkennendes Lächeln zu. Es war auf seine Konversation mit den Jungs bezogen. Er lächelte freundlich zurück.

Dover

Noch zwei Tage bis zum 29. Juni. Schlechtes Wetter zog auf mit Sturm, Regen und Hagel. Sie packten ihr Gepäck in zwei feste Müllsäcke um, die sie mit einer alten Zeltschnur zusammenzurrten.

Frühmorgens kämpfte Bea sich auf dem Weg von den Toiletten zu ihrer Schlafstelle am Kai entlang. Regen peitschte ihr um die Ohren. Neben ihr versuchte ein riesiger Katamaran anzulegen, was an den kleinen Metallbrücken nicht möglich war, also versuchte es der Kapitän direkt beim Kai. Gleichzeitig mit dem Wind kämpfend, machten Matrosen die Taue fest. Ab und zu durchdrang das Aufheulen der Motoren das Getöse des Sturms. Donnernd prallte die Schiffswand gegen die Kaimauer. Männer befestigten den Katamaran mit Extraseilen. Beas Blick fiel auf einen Matrosen, der nach einem Hüpfer über die Reling den Halt verlor und in den schmalen Spalt zwischen Boot und Kaimauer rutschte. Panisch klammerte er sich am Fuß eines Metallbeins der Reling fest. Aufregung, Geschrei, fünf Männer versuchten, das Schiff von der Kaimauer wegzudrücken – ein sinnloses Unterfangen. Ein weiterer machte es richtig und zog den Mann wieder hoch. Dankesgesten in den Himmel werfend, verschwand er mit seinen Rettern unter Deck. Beas Blick fiel auf das Tau, das er hatte festmachen wollen. Ein Ende war an der Reling befestigt, der Rest rutschte in diesem Moment über Bord und fiel den schmalen Spalt zwischen Schiffswand und Ufermauer hinab ins Wasser. Zwei Männer sprangen an Land und rannten über den Kai. Ein dritter stand an Bord und brüllte ihnen zu: »*Dépêchez-vous! Nous ne devons pas rester ici plus longtemps, sinon les réfugiés se précipiteront à bord! Dover attend!*« Bea hatte nur ein einziges Wort verstanden: Dover. Ihr kam eine Idee. Unauffällig beschleunigte sie ihre Schritte. Sie eilte über den Kai, dann zwischen

Zelten entlang bis zu einem Unterstand, wo Mathew und Nikolas in einem Knäuel von Menschen lagen. Mühsam quetschte sie sich an fluchenden Leuten vorbei und legte ihnen flüsternd ihre Idee dar.

Die drei ergriffen ihre Sachen, krochen aus dem Menschenknäuel hervor und rannten durch den peitschenden Regen. Beim Kai legten sie sich hinter einem kleinen Kontrollhäuschen auf die Lauer und beobachteten den Katamaran. Drei Männer standen an Bord Wache. Die beiden Matrosen, die Bea vorhin hatte wegrennen sehen, kamen gerade zurück. Bea, Mathew und Nikolas zogen sich die Schuhe aus. Dann holte Mathew ein altes Messer aus seiner Gesäßtasche. Er reinigte es notdürftig und begann vorsichtig, Nikolas die Kunsthaut vom Hals zu kratzen. Bea verstaute sorgfältig die Schuhe in den beiden Müllsäcken. Dann stülpte sie weitere Müllsäcke über ihr Gepäck. Sie drückte alle Luft aus den Beuteln, verschnürte sie fest und verknotete sie sehr sorgfältig. Als das getan war, entfernte auch sie sich ihre Kunsthaut.

Die drei Wachmänner standen noch immer am Schiffsrand und beobachteten das Ufer. Unbemerkt schlichen sich Bea, Mathew und Nikolas in einiger Entfernung zum Wasser. Sie hangelten sich am Rand der Kaimauer hinunter und ließen sich platschend hinabfallen. Das Geräusch ging im Unwettergetöse unter. Die Kaimauer entlang schwammen sie zum Boot, die beiden Plastiksäcke dabei hinter sich herziehend. Über ihnen waren die Matrosen an der Reling damit beschäftigt, die Leinen loszumachen. Bea spähte durch den Spalt zwischen Schiffswand und Kaimauer nach dem vergessenen Tau. Auf halber Länge des Schiffes hing es im Wasser. Sie tippte Mathew an und zeigte es ihm. Das Schiff knallte an die Kaimauer. Wasser schwappte ihnen über die Köpfe. Mathew fixierte mit seinem Blick das Tau. Schwer zu erreichen. Ein Matrose beugte sich über die Reling. Schnell tauchten sie ab. Sie schwammen unter das Schiff und warteten eine Weile, bis sich ihre Augen an das trübe Halbdunkel gewöhnt hatten. Dann gab Mathew Nikolas seinen Plastiksack und schwamm bis zur Mitte des Schiffsrumpfes. Von dort aus bewegte er sich vorsichtig zu dem sich keilförmig zuspitzenden Spalt zwischen Schiff und Kaimauer. Blubbernd krachte das Schiff gegen die Steinwand und trieb dann wieder ein kleines Stück zurück. Mathew drückte sich in der keilförmigen Öffnung unmittelbar unterhalb des engen Spaltes mit den Händen gegen Schiff und Mauer, damit er nicht vom Sog nach oben gezogen wurde. Einige Meter über sich machte er das verschlungene Ende des Taus aus. Obwohl es eigentlich lang genug war, reichte es nicht tief genug herab, da es sich an einem kleinen Vorsprung der Kaimauer verfangen hatte. Blubbernd wurde der Katamaran gegen die Wand gedrückt, dann trieb er wieder zurück. Mathew ließ sich mit dem aufsteigendem Wasser nach oben gleiten. Er griff das Seil und versuchte wieder abzutauchen, aber er hatte nicht genug Platz für Schwimmbewegungen. Stattdessen wurde er vom Sog an die Wasseroberfläche gezogen. Keuchend erschien sein Kopf genau im Spalt unterhalb der Reling.

Er stemmte sich links und rechts gegen die Wände und versuchte, sich nach unten zu drücken, doch die glitschigen Oberflächen boten keinen Halt. Wirkungslos rutschten seine Hände hin und her. Die Schiffswand kam auf ihn zu. – Das wars, tschüss Nikolas, tschüss Bea, es war schön mit euch, viel Glück, rauschte es ihm noch durch den Kopf. Für den Bruchteil einer Sekunde erkannte er den Vorsprung an der Kaimauer, an dem sich das Tau verfangen hatte. Er krallte seine Finger unter den Mauervorsprung, legte die Beine gestreckt aneinander und stieß sich kräftig nach unten. Kerzengerade schoss er in die Tiefe. Über ihm donnerte die Schiffswand an die Kaimauer. Wirbelnde Wassermassen ließen seinen Körper kreisen. Blubbern in seinen Gehörgängen …
Es dauerte eine Weile, bis er sich wieder gefangen hatte.

Er war noch heil. Neben ihm sank das Seilende herab. Vor Freude hätte er am liebsten aufgeschrien. Das Seilende in der Hand, schwamm er durch die Düsternis zurück zu Bea und Nikolas. Bea empfing ihn mit einem erleichterten Blick. Sie hatte Mathew nur im Spalt verschwinden sehen. Man sah ihr den Schock noch an. Gelöst nahm sie jetzt seinen Kopf zwischen die Hände, schaute ihm in die Augen und drückte ihn an sich. Nikolas dagegen hatte sich keine Sorgen gemacht und wunderte sich, was los war.

Zitternd machte Mathew sich an dem Seil zu schaffen. Mit seinen kräftigen Armen knotete er im Abstand von jeweils etwa zwei Metern große

Schlaufen hinein, die sich nicht zuzogen, so dass die drei sie sich gefahrlos unterhalb der Arme um den Körper schlingen konnten.

Der Katamaran legte ab. Galant tanzte das Schiff über die Wellen davon, mit drei äußerst ungewöhnlichen schwarzen Passagieren im Schlepptau, die sich unter Wasser seitlich an die Schiffswand drückten.

Junge, Junge!

Die Straßenlaterne warf den Schatten der alten Eiche auf die Straße vorm Hause Nebel. Gespenstisch knarrten die Äste des Baumes in der Nacht. Ein Marder sprang hinab und huschte über den Asphalt.

Man hörte leise Stimmen. Im Nachbarhaus brannte noch Licht. Hinter einem Fenster saßen einige Leute am Tisch und unterhielten sich. Vor ihnen standen ein paar Bierflaschen.

Kein Mensch schenkte einem schwarzen Wagen Aufmerksamkeit, der in diesem Moment an den Straßenrand rollte. Er hielt in einiger Entfernung vor dem Hause der Familie Nebel.

Flo lag schlaflos in seinem Bett. Geräusche im Dachgebälk, wohl das Trippeln eines kleinen Nagetiers. Ihm war etwas unheimlich zumute. War die Haustür verschlossen? Und wenn nicht? War Draco wachsam? Flo drehte sich auf die andere Seite. Ein leises, knarrendes Geräusch drang an sein Ohr. Was war das? Das Bett, das Dachgebälk? Da, schon wieder. Er rührte sich nicht und machte keinen Mucks. Die Holzdielen vor der Zimmertür knarrten. Er wagte es nicht, sich zu bewegen. Ein Luftzug, der über seinen Hals glitt, ließ seine Nackenhaare zittern. Auf dem Zimmerboden erschien ein Speer aus Licht, durch den eine Staubfluse schwebte. Die Tür hatte sich einen Spalt geöffnet. Wie zu Stein erstarrt, lag Flo da. Der Boden vor seinem Bett knarrte jetzt. Dann herrschte Stille. Als er gewahr wurde, dass jemand vorm Bett stand, stellten sich seine Nackenhaare auf wie Klappbajonette.

»Floo …«, flüsterte eine Kinderstimme. Er drehte sich überrascht um. Es war Seff.

Flo starrte ihn an. »Was ist?«

»Komm mal runter!«

»Wieso?«

»Da ist jemand vorm Haus.«

»Was?«, zischte er und richtete sich auf.

Seff gab ihm ein Zeichen, zu folgen. Mucksmäuschenleise schlichen die beiden aus dem Zimmer und huschten im Dunkeln die Treppen hinunter. Unten lag Kjell in der Dunkelheit vor dem Fenster zum Garten. Seff und Flo krochen zu ihm. Kjell deutete ihnen, vorsichtig zu sein, dann zog er sich ganz langsam an einem Heizkörper hoch. Seff und Flo taten es ihm gleich und lugten vorsichtig über den Fensterrahmen hinweg. Der Garten war düster. Flo konnte überhaupt nichts erkennen.

»Da«, flüsterte Kjell. »Hinter dem Busch.«

Flo strengte sich an. »Ich seh nichts.«

»Na daaa!«

Flos Blick fiel auf einen schmalen, frisch gepflanzten Baum im Nachbargarten, der sich knisternd hin und her wiegte. »Das ist ein Baum«, flüsterte er.

Kjell meinte nicht den Baum. Er wollte es Flo genauer zeigen und schlich durch die Terrassentür nach draußen. Seff folgte ihm. Flo grübelte noch darüber, was er da sah. »Das ist ein Baum!« ... Er bemerkte, dass die Jungs nicht mehr da waren. In diesem Moment robbten sie schon vorm Fenster über den Rasen. Schnell schlich er ihnen durch die geöffnete Terrassentür hinterher. Wie eine kalte Hand schob sich der Wind unter sein T-Shirt. Um ihn herum erhoben sich die düsteren Silhouetten der Bäume und Büsche. Ein Männerräuspern drang an sein Ohr. Dann Stille. Kalt kroch es ihm die Wirbelsäule hinauf. Wo waren die Jungs? Er schlich zur Hecke, die den Garten begrenzte, und kauerte sich in ihr tiefes Schwarz. Plötzlich vernahm er ein Knacken. Er hörte genauer hin. Atemgeräusche. Jemand stand auf der anderen Seite der Hecke.

Zwei kleine Schattenfiguren kamen auf Flo zugerobbt, Seff und Kjell. Flo machte Handzeichen, dass die beiden innehalten sollten. Sie blieben still liegen. Wieder ein Geräusch. Ein Reißen. Rrrrrrrrrrttsch. Es schien keine zehn Zentimeter von Flo entfernt zu sein. »Was ist?«, flüsterte Seff.

Flos Zeigefinger schnellte vor seinen Mund. Die beiden sollten ruhig sein.

Sie verstanden nicht, was er meinte.

»Was ist?«, flüsterte Seff erneut.

»Pssst!«, zischte Flo.

»Ist da wer?«, fragte Seff.

Flo gebärdete sich wie ein Wilder und fuchtelte mit den Armen, dass die beiden verschwinden sollten.

»Ist da bei dir jemand?«

Flo nickte energisch.

»Wie weit ist er weg?«

Flo zeigte mit seinen Fingern eine Entfernung von zehn Zentimetern. In diesem Moment vernahm er ein Plätschern. Dann erleuchtete ein Lichtstrahl sein Gesicht. Raik und Tina standen mit einer Taschenlampe auf der Terrasse und leuchteten zu ihnen hinüber. Flo kauerte vor der Hecke. Auf der anderen Seite stand schwankend der Nachbar, der pinkelte und nebenbei mit trüben Augen über die Hecke glotzte. – Er hatte wohl ein bisschen zu tief in die Flasche geschaut. Vor Flo lagen die beiden Jungs im Gras und blickten neugierig zu ihm auf. Er zeigte – vor Schreck wie erstarrt – noch immer mit seinen Fingern eine Länge von zehn Zentimetern.

»Öhhh, was macht ihr denn da?!«, rief Tina.

Flo nahm verlegen seine Hände hinunter, richtete sich auf und lächelte.

»Nicht die Größe machts!«, rief Tina den dreien grinsend zu.

Raik hielt ihr lachend die Hand vor den Mund.

Der Nachbar guckte mit besoffenem Kopf von einem zum anderen.

Das Trippeln eines Nagetiers. In einigen Metern Entfernung huschte der Marder vorbei. Er rannte über den kleinen Gartenweg zum Vordereingang des Hauses, kratzte an einem toten Ast am Straßenrand, aus dem ein Eichensplintkäfer hervorlugte, und machte sich auf die Suche nach einem warmen Plätzchen. Prüfend umschlich er den schwarzen Wagen, der am Straßenrand stand, und schnüffelte kurz an einer glimmenden Zigarette, die vor der Fahrzeugtür auf der Erde lag. Ein Geräusch schreckte ihn auf und er huschte davon.

Enzo

Als der Sturm sich gelegt hatte, wurden Bea, Mathew und Nikolas von einem Matrosen entdeckt und wenig später hochgezogen. Tropfend baumelten sie in ihren Seilschlaufen an der Schiffswand hin und her. An Mathew und Bea hingen die Müllsäcke mit ihrem Hab und Gut herab. Sie hatten sie sich an ihren Gürteln festgeschnürt. Nikolas jammerte, weil er sich die Haut am Schiffsrumpf aufgeschürft hatte. Mathew hatte sich seine Hand verknackst. Bea hielt sich den schmerzenden Bauch. Die drei hingen somit in jeder Hinsicht in den Seilen. Fünf Matrosen schufteten an der Reling: »*Ho! Hisse! Ho! Hisse!*« Zwei von ihnen beugten sich zu den dreien und zogen einen nach dem anderen an Bord. Einer deutete auf Mathews Hals und zupfte ihn an den Kiemen. »*Des hommes-poissons!*«, rief er. Bea musterte den Matrosen irritiert. Hatte er keine Angst, sich mit der Seuche anzustecken?

Sie wurden dem Kapitän vorgeführt, einem kleinen Mann mit schwarzem Schnauzbart. »*Bonjour*...«, sagte er. »*Vous avez de la chance que dans deux semaines c'est la fin du monde, sinon je vous aurais livrés!*« Sie verstanden kein Wort, bis auf *Bonjour*. Der Kapitän wandte sich den Matrosen zu. »*Cherchez-vous un endroit calme à bord! Vous ne vous ferez pas croquer!*« Die Worte des Kapitäns klangen nicht feindselig. Die drei wurden von den Matrosen auf das Deck geführt und an der Reling auf eine Bank gesetzt, pitschnass und tropfend. Bea verschränkte die Unterarme vor ihrem Bauch und begann, von Magenkrämpfen geplagt, auf und ab zu wippen. Nikolas zog sich seine Socken hoch, die ihm fast ganz von den Füßen gerutscht waren. Mathew öffnete seinen Müllsack und holte Nikolas' Turnschuhe heraus. Der Junge zog sie sich wieder an. Mühsam quetschte er die Treter über seine nassen Füße, dann stand er auf und drückte seine Fersen hinein. Wasser quoll aus seinen Socken. Matsch, matsch, so ging er vor Mathew und Bea auf und ab und lachte über das Geräusch seiner Schritte. Matsch, matsch. Ein Matrose, der vor ihnen das Deck schrubbte, schaute ungehalten zu dem herumalbernden Jungen. Seine Zigarette fiel ihm aus dem Mund und landete in einer Pfütze. »*Putain de merde!*«, fluchte er.

Bea und Mathew saßen ängstlich da.

Der Matrose blickte zu ihnen, ein rauer Bursche, größer als Mathew und breiter, mit unheimlich vernarbtem Gesicht und unsauber gearbeiteten Totenkopf-Tattoos auf den Unterarmen.

Schnell wandten sie sich ab. Bloß keine Angriffsfläche bieten.

Der Matrose schob sich mit der spröden Hand seine Wollmütze zurecht und kam auf sie zu. Er nieste einmal und rieb sich blinzelnd mit Daumen und Zeigefinger die Nase. Seine Mütze wackelte bei jedem Schritt hin und her. Ein Wunder, dass sie nicht dem Sturm zum Opfer gefallen war. »*Bonjour*!«, sagte er mit nasaler, trotzdem tiefer Stimme.

Nikolas schaute ängstlich zu ihm hinauf.

Ein Lächeln erschien auf dem – bereits zu Jugendzeiten von Akne vernarbten – Mondgesicht des Matrosen. »Darf isch abööön deine Platz?«, fragte er Nikolas.

Nikolas sah ihn schüchtern an, dann stand er auf und patschte verlegen weiter vor der Bank auf und ab.

»Wir nehmen mied euch zu Dövör!«, sagte der Matrose, rieb sich die Nase und setzte sich neben Mathew auf die Bank. »Abön Sie ein schwierigö Reise intör sich?«

Mathew nickte verunsichert.

»Jetzt wird ös bessör«, setzte er fort. »Isch versischerö ös Ihnön. Wir werdön Ihnön tuön nix.«

Mathew nickte.

»Mein Name is E…, E…, Enzo«, sagte der Matrose stotternd und hielt Mathew seine riesige Hand hin. Mathew griff sie. Seine Hand wirkte gegen Enzos Pranke wie eine Kinderhand. Jetzt streckte Enzo seine Walfischflosse Bea hin. Verblüfft griff diese sie und schüttelte sie freundlich. Merkwürdig, hatte denn hier niemand Angst, sich mit irgendwas anzustecken?

»Isch fahre zu meinö Fröundin«, sagte Enzo. »Sie ist Öngliesch.« Er schaute sie freundlich an. »Und Sie, öh? Wo wollön Sie in?«

»Wir wollen nach London«, antwortete Bea. »Und dann nach Kanada. Durch den Atlantiktunnel.«

»Ah, Atlantiktünnöl«, sagte er und beugte sich über Mathews Beine zu ihr. »Das ist ein Erlebnies! Wir haben bereits gefahren dursch die Tünnöl. Isch und meinö, öh …« Er legte seine Hand auf Mathews Bein. Bea musterte ihn irritiert. »Aber öh …«, sagte Enzo, »aben Sie … Kartöön?« Bea und Mathew warfen ihm einen fragenden Blick zu. »Kartöön, Sie b…, b…, brauchön Kartöön«, sagte Enzo. »Sonst Sie k…, könnön nüschd durch die Tünnööl …«

»Wir müssen die Karten noch kaufen«, sagte Bea.

»Oh!«, erwiderte Enzo. »Sie k…, k…, könnön keine K…, Kartön kaufön, es ist nix mehr da, öhhh, isch das w…, w…, weiß, w…, w…, w…, w…, w…, wegen …, öhöhh, öh, w…, w…, w…, öhh, hmm, öh … *Aujourd'hui cela n'est plus possible. C'est…*«

»Wie bitte?«, fragte Bea.

»Öh … ein paar Fröundö h…, hat…tön n…, noch Glück, a…, aber nun allös ist ausverkauft, öhh, wegen, öh …« Er stockte.

Sie schauten ihn fragend an.

»Wegen, öh …«

»Weswegen?«, fragte Bea.

Enzo ignorierte ihre Frage. »Aber ihr könnt kommen mied zu meinö Freundin. Ihre Muttör und ihr Vatör … wohnt ihhn, öh, Dartford, das ist, öh, südöstliesch von London.«

»Weswegen sind die Karten ausverkauft?«, hakte Bea nach.

Enzo stockte. Seine Augen quollen in seinem Mondgesicht auf wie Papierknüddel in einer Schale Wasser.

»Wegen dem Krieg?«, fragte Bea.

Auf einmal legte sich ein tiefernster Ausdruck auf das Gesicht des Hünen. »Abön Sie noch nix geört, öh?«, fragte er angespannt.

Sie schüttelten die Köpfe.

Enzo blickte zu Boden. Dann schaute er etwas gelassener wieder zu ihnen auf. »Ach, öh …«, sagte er. »Sie brauchen bössör nüschd zu wissön!«

Nun fragten sich Bea und Mathew ernsthaft, was los war.

»Vertrauön Sie mir!«, sagte Enzo. »Sie werdön ös noch früh örfahrön, abör zuvohr, öh, sie dringönd müssön durch die Tünnöl. Vielleicht isch kann Ihnön elfön.«

Eine große Welle ließ das Boot schwanken. Nikolas rutschte aus und fand sich auf dem Hosenboden wieder.

»Öpala!«, sagte Enzo. Er griff ihn am Oberarm, hob ihn wie eine kleine Puppe wieder hoch und stellte ihn auf die Füße.

Nikolas lachte.

La Plage des Blancs Sablons

»[…] Immer wieder werden Menschen bestimmter Rassen diskriminiert, ausgegrenzt, verfolgt und getötet. Mehr oder weniger oft werden die Täter ihrer gerechten Strafe zugeführt. Manchmal gelingt es ihnen, ihre Taten zu vertuschen. Manchmal ist ihr Vorgehen so gerissen und die allgemeine Verwirrung so groß, dass ein Massenmord von der Öffentlichkeit nicht als Vergehen erkannt wird […].«
[Auszug aus einem geplanten Beitrag von Radio Neukiel, der kurzfristig aus dem Programm genommen wurde.]

Innerhalb kurzer Zeitabstände war die *Gelbe Zargonie* in allen deutschen Arbeitslagern eingeführt worden. Ohne dass es großes Aufsehen erregte, ging ein Großteil der Kiemenmenschen an einer seltenen Pflanzenvergiftung zugrunde, was als Krankheitsausbruch getarnt wurde. Die Täter hielten ihr Handeln für berechtigt und ehrenvoll. Später würde kaum eine Chance bestehen, sie ihrer gerechten Strafe zuzuführen. Racheschwüre würden sich zum großen Teil in der Undurchdringlichkeit eines Waldes verlieren, in dem alle Bäume gleich aussahen. Die wenigen Überlebenden würden mit der Schmach leben müssen … – Oder doch nicht?

Draußen vorm Hause Nebel stand noch immer der mysteriöse schwarze Wagen, der in der letzten Nacht dort gehalten hatte. Die Scheiben waren getönt, so dass man nicht hineinsehen konnte.

Flo wusste nichts von dem Wagen. Er hatte im Moment völlig andere Sorgen. Angespannt saß er am Schreibtisch seiner Mutter. Eine Internetschlagzeile hatte sein Herz zum Rasen gebracht: Kaum ein Kiemenmensch im Neukieler Arbeitslager war noch am Leben. Flo hatte soeben eine Webseite mit einer vollständigen Namensliste gefunden, auf der verzeichnet war, wer tot war und wer noch nicht. Auf das Schlimmste gefasst, scrollte er die Liste runter. Die Namen waren alphabetisch sortiert. Er suchte zunächst an den Stellen, wo die drei stehen müssten. Dann ging er die ganze Liste durch. Er ging sie erneut durch. Und noch mal. Er konnte nicht glauben, dass Bea, Mathew und Nikolas nicht dabei waren. Konnte das ein Fehler des Listenerstellers sein? Bei einem fehlenden Namen wäre das vielleicht möglich gewesen, aber bei drei? Wohl eher nicht.

Sollten die drei noch leben? Vielleicht hatten sie ausbrechen können? Flo hielt die Wahrscheinlichkeit für gering, aber nicht für gering genug, dass seine Hoffnungen nicht wieder voll entfacht wurden. Er ärgerte sich, dass er Bea und Mathew nicht erzählt hatte, wo seine Eltern wohnten. Wenn sie ausgebrochen waren, konnten sie ihn vielleicht nicht finden. – Aber sie hätten ihn anrufen können, widersprach eine Stimme in seinem Innern, sie hätten ihn auf jeden Fall angerufen. Vielleicht hatten sie kein Handy, sagte er sich. – Aber sie hätten sich ein Handy leihen können, widersprach die Stimme. Schweiß rann über seine Stirn. Vielleicht hatten sie Angst, in Kontakt zu Menschen zu treten. Ja, das war möglich.

Flo beruhigte sich etwas. Es gab zumindest eine Chance, dass sie noch lebten. Wo konnten sie sein, wenn ihnen eine Flucht aus dem Lager geglückt wäre? Vermutlich hätten sie sich auf die Suche nach ihresgleichen gemacht. Flos Gedanken richteten sich auf den Notizzettel von Sibel: auf den 29. Juni.

Er überlegte, wie der Name des Ortes gewesen war, der unten auf dem Zettel gestanden hatte. *Weiße Sande* – so hatte er den Namen übersetzt. *Sable Blancs? ... Blancs Sable?*, rätselte er vor sich hin. Es fiel ihm wieder ein: *Blancs Sablon*. Er gab den Begriff in die Suchmaschine ein und las die Ergebnisse.

- *Blanc Sablon: Québec, Canada*
- *Tourism Lower North Shore: Blanc Sablon in the winter*
- *Blanc Sablon (Kanada, Québec, Côte-Nord), Städte und Dörfer der Welt*
- *Plage des Blancs Sablons, Strand in Le Conquet ...*

Sein Blick wurde schärfer. Er scrollte weiter.

- *Les Blancs Sablons, Strand mit anliegendem Campinglatz in Le Conquet*
- *La Résidence des Blancs Sablons: 15 Maisonettes, Locations de …*

Er klickte den Link an und las: »Hier, am Ende der Welt, werden Sie sich so richtig wohl fühlen! Die Residenz in der Bretagne, im malerischen Ort Le Conquet auf der Halbinsel Kermorvan, 400 Meter vom herrlichen Strand *Blancs Sablons* entfernt …«

Flo wurde kribbelig. *Blancs Sablons* war ein Strand, keine Gemeinde in Kanada, sondern ein Strand in *Le Conquet* in Frankreich.

Er gab *Le Conquet* bei einem Online-Kartendienst ein. Der Ort lag an der äußersten französischen Westküste. Gespannt zoomte er zurück, um zu schauen, wie weit es von Le Conquet zu *Punkt Nummer drei* war, auf den der Notizzettel von Sibel hingewiesen hatte. Er erinnerte sich noch gut, wo der Punkt lag, zwischen den Azoren und Island, ein bisschen zu den Azoren hin, zu der Seite der Küstengebiete von Großbritannien, Frankreich und Spanien. Wenn er den Cursor auf diesen Punkt setzte und ihn gerade nach rechts wandern ließ, gelangte er genau nach Le Conquet. Es hielt ihn nicht mehr auf seinem Stuhl. Aufgeregt begann er, im Zimmer auf und ab zu gehen. Die französische Westküste war nicht allzu weit weg. Und bis zum 29. Juni waren es noch drei Tage. Das könnte er schaffen. Er durfte sich allerdings keine falschen Hoffnungen machen. Die Chancen, Bea dort zu treffen, waren verschwindend gering. Sie könnte tot sein, sie könnte in Gefangenschaft geraten oder auf dem Weg zu dieser Gemeinde in Kanada sein. Und jede Einzelne dieser Möglichkeiten war wahrscheinlicher, als dass sie am 29. Juni an dem Strand in Frankreich auftauchen würde. Zudem müsste Flo seine Familie verlassen. Das musste er sich noch mal überlegen.

»Flooo!«, schallte der Ruf von Raik von unten die Treppen herauf. »Flooo, komm schnell!« Erschrocken sprang er auf und rannte nach unten. Er traf seinen Vater in der Küche an. Raik saß neben Karen, Zohra,

Seff und Kjell am Tisch. Tina ging aufgeregt mit ihrem Smartphone und einem Becher Kaffee in der Hand auf und ab. Sie telefonierte wegen ihrem Mann herum. Die Aufmerksamkeit der anderen lag auf dem Radio, in dem soeben eine wichtige Neuigkeit bekanntgegeben wurde. »Waffenstillstand! Es herrscht Waffenstillstand!«, schallten die Worte des Radiosprechers aus den Boxen. »Uns wurde mitgeteilt, dass eine wichtige Information an die europäischen Führungsmächte weitergegeben worden ist. Daraufhin ist es zu dem Waffenstillstand gekommen. Genaueres ist noch nicht bekannt. Natürlich bleiben wir für Sie dran. Und jetzt gehts erst mal weiter mit …« Flo durchfuhr ein warmer Schauer. Er hatte nicht mit einer so guten Nachricht gerechnet. Raik lächelte ihn an.

Draußen vor dem Haus rollte der schwarze Wagen mit den getönten Scheiben unbemerkt auf die Straße und fuhr davon.

»Verdammt, verdammt, verdaaaaammt!!!« Tina schleuderte die Kaffeetasse auf die Erde, so dass sie in hundert Stücke zersplitterte. Die anderen erschraken.
»Meine Güte! Was ist denn jetzt los?«, rief Karen. Tina rannte aus der Küche. Raik folgte ihr. Nach einer Weile kam er zurück.
»Was ist passiert?«, fragte Karen.
»Sie ist durchgekommen!«, erwiderte Raik. Die Neugier der anderen verwandelte sich in bittere Befürchtungen. Raik redete weiter. »Sie hat einen Franzosen erreicht, der Michaels Smartphone gefunden hat.«
Totenstille.
»Und was heißt das jetzt?«, fragte Seff.

Die Stimmung im Haus sackte von diesem Moment an stark ab. Das Verschwinden von Tinas Freund Michael – Seffs und Kjells Vater – drohte zum i-Tüpfelchen zu werden, das die Atmosphäre ins Depressive kippen ließ.
Weitere schlechte Nachrichten kündigten sich an: In Flo stieg still und unbemerkt bereits ein nächstes Anliegen auf, das seine Familie emotio-

nal alles andere als aufbauen würde. Er hatte daran denken müssen, was Bea ihm einmal über einen Albtraum von ihr erzählt hatte. Sie hatte an einem großen einsamen Strand gestanden und ins Wasser gehen müssen, allein. »Unrealistisch!«, hatte er entgegnet. »Ich wäre da gewesen, um Tschüss zu sagen.« Scherzhaft hatte er das damals gemeint. Nun stellte er sich vor, dass Bea am 29. Juni tatsächlich allein an einem großen weißen Sandstrand stand und ins Wasser ging.

Am nächsten Morgen watschelte er müde die Treppe hinunter. Er hatte kaum geschlafen und die Angelegenheit immer wieder im Kopf hin und her gewälzt, aber seine Entscheidung stand fest. Er wollte an die französische Küste fahren. Vor ihm watschelte Tina, die genauso müde aussah wie er. Die beiden betraten die Küche, wo die anderen am Frühstückstisch saßen. Das Radio lief. Flo war sich bewusst, dass seine Eltern nicht mögen würden, was er ihnen jetzt sagte. Die Frühstückenden schauten auf. Er wollte gerade das Wort ergreifen, da begann auf einmal Tina, die neben ihm stand, zu reden: »Ich muss euch was sagen!«

Raik und Karen schauten auf.

»Sie können Michael nicht finden«, setzte sie fort. »Ich werde losfahren und ihn suchen!«

»Was?«, zischte Raik. »Du willst nach … Frankreich fahren?« Tina nickte bedrückt.

»Und die Jungs?«, fragte Raik.

»Können sie hier bei euch bleiben?«

Seff und Kjell starrten ihre Mutter an.

Sie wandte sich ihnen kleinlaut zu. »Kommt gleich mal mit mir, ihr beiden, ja?« Sie wollte Seff und Kjell die Sache erklären.

Die Jungs nickten verzagt.

Raik schüttelte fassungslos den Kopf.

»Ich muss ihn suchen«, sagte sie leise. »Er hat sonst niemanden.«

»Tina …«, erwiderte Raik ernst. »Das macht keinen Sinn. Frankreich ist groß. Überlass das seinen Journalistenfreunden.«

»Er ist allein unterwegs.«

Raik war irritiert. »Du hast gesagt, sie wären zu mehreren gewesen!?«

»Weil ich wusste, wie ihr darüber denkt. Ich dachte, besser, ihr wisst es nicht!«

»Aber du weißt doch gar nicht, wo er ist!!! Willst du jede französische Straße einzeln durchsuchen?«

»Ich weiß, wo sein Smartphone gefunden worden ist.«

»Aha!?«, sagte Raik fast schon aggressiv. »Und wo?«

»In einem Ort, der Le Conquet heißt.«

Flo traute seinen Ohren nicht – Le Conquet, derselbe Ort? Hatte er sich verhört? »Le Conquet?«, fragte er aufgeregt.

Tina blickte zu ihm und nickte.

Flo starrte sie an. »Weißt du, wo genau?«

»Am Wasser«, sagte sie leise.

Flo wurde schlagartig hellwach. »Wo am Wasser? An einem Strand?«, fragte er.

Sie antwortete nicht und blickte wieder zu Raik.

In Flos Kopf ratterte es. Konnte es an der französischen Küste zwei Orte namens Le Conquet geben? Nein, bestimmt nicht. Es konnte kein Zufall sein. Michael war Enthüllungsjournalist. Vielleicht war er irgendeiner Sache, die in Zusammenhang mit den Kiemenmenschen stand, auf die Spur gekommen. Ein Kribbeln durchfuhr Flos Körper. Wieder ein Mosaikstein, der passte und darauf hindeutete, dass seine Theorie nicht nur ein Hirngespinst war.

Raik vergrub sein Gesicht in den Händen. »Das ist doch nicht wahr!«

»Psst!«, zischte Karen. »Seid mal still!« Sie verfolgte die Worte des Radiosprechers.

»Der Waffenstillstand war nicht von langer Dauer. Von der europäischen Westküste werden erneut Drohnenangriffe gemeldet … Soeben hören wir, dass es amerikanische Drohnen sind, die in Frankreich von Abwehrraketen getroffen wurden.«

Jetzt schaltete sich auch Karen ein. »Fahr da nicht hin!«, zischte sie energisch.

Raiks Blick blieb an Flo hängen, der neben Tina stand und immer unruhiger wurde. »Hast du auch noch was zu sagen?«, fragte er.

Flo antwortete nicht.

Raiks Augen wurden größer und größer. »Oh Gott!«, stieß er aus, so dass sich seine Stimme fast überschlug. »Bitte lass es nicht das sein, was ich denke!«

Karen nervte Raiks Gebaren. Sie mochte es nicht, wenn er sich von seinen Gefühlen übermannen ließ. Dann blieb auch ihr Blick an Flo haften, der immer bleicher wurde.

Flo fasste sich ein Herz und rückte mit der Sprache raus. Er erläuterte ihnen die ganze Angelegenheit detailliert.

Schon bald waren seine Eltern nicht mehr zu halten und unterbrachen ihn.

»Das ist jetzt wirklich völlig hirnrissig!!!«, schimpfte Karen.

Raik brachte nur ein entsetztes »Flo!!!« heraus.

Tina verteidigte Flo: »Es geht eben nicht anders!«

»Und wir? Was sollen wir sagen?«, entgegnete Karen. »Wir sitzen hier mit den Jungs, bis wir irgendwann nicht mehr euch, sondern einen Fremden am Telefon haben!«

Die vier gingen im Streit auseinander, aber Flos und Tinas Entscheidung stand fest. Sie würden sich auf den Weg machen. Jetzt waren sie nicht mehr jeder allein. Tina ging ins Wohnzimmer und sprach mit den Zwillingen, während Flo schon begann, seine Sachen zu packen. Raik und Karen diskutierten die Angelegenheit lautstark in der Küche. Zohra hielt sich aus allem heraus und setzte sich allein vors lautlos gestellte Holo-TV.

Später holten Raik und Karen ihre Kinder noch mal zu sich. Die beiden hatten die Sache ausführlich besprochen und wirkten überraschend verändert. Sie schlugen plötzlich andere Töne an. »Wir wollen uns nicht mit euch streiten«, sagte Raik. »Eigentlich können wir euch ja verstehen, auch wenn es für uns sehr schmerzlich ist. Es ist unübersehbar, wie ernst es euch ist.« Was er dann sagte, verblüffte die Geschwister. »Karen und ich haben die Sache noch mal durchgesprochen und ich sage jetzt in unserem Namen: Ihr könnt den Neunsitzer nehmen. – Wenn ihr schon gehen müsst, dann wollen wir euch wenigstens so gut es geht unterstützen.«

Karen pflichtete bei.

Flo und Tina konnten es fast nicht glauben. Ihre Eltern meinten es tatsächlich ernst ... Und es blieb dabei.

Emotionaler Ausnahmezustand im Hause Nebel. Nur Karen blieb innerlich einigermaßen stabil. Sie hatte sich bereits vor ein paar Tagen an die Installation einer kleinen Badezimmerecke im Schlafzimmer gemacht und ließ sich nun von der Arbeit in ihren Bann ziehen. Zohra saß mit den Zwillingen rund um die Uhr missmutig vorm Holo-TV. Nebenbei trank sie, wie jeden Abend, eine halbe Flasche Wein. Die Jungs saßen einfach nur da. Das Geschehen bedrückte sie und machte sie still. Auch Raik ging es nicht besonders gut. Erfolglos versuchte er, sich abzulenken. Eine Weile fiel er Karen auf den Wecker, weil er bei der Einrichtung der Badezimmerecke assistieren wollte, aber alles falsch machte, was er nur falsch machen konnte. Als sie ihn zu den Nachbarn schickte, um die große Kreissäge zu holen, kam er mit einer Flex, danach mit der kleinen Kreissäge, mit der sie dann vorliebnahm. Als er ihr später zum dritten Mal den Schlitzschraubenzieher reichte, obwohl sie um einen Kreuz gebeten hatte, kriegte sie zu viel und schickte ihn in die Küche zum Wischen. Flo vernahm ihr Gedonner noch durch eine Deckenwand und zwei Zimmerwände: »Meine Güte! Nun stell dich nicht so an! Das ist ja nicht zum Aushalten!« Raik hockte daraufhin den Rest des Tages regungslos in der Küche auf einem Stuhl und machte gar nichts mehr.

Niedergeschlagen saßen sie abends alle zusammen beim Abendbrot. Tina und Flo hatten ihre Sachen gepackt und in einem Straßenatlas alle Orte markiert, die Bombardements zum Opfer gefallen waren. Sie erklärten den anderen, welche Route sie einzuschlagen gedachten, und fragten sie nach ihrer Meinung dazu. Keiner antwortete. Raik begann zu zittern, während Karen sich darauf konzentrierte, eiskalte Butter auf ein Stück Brot zu schmieren, ohne dass sie die Scheibe in der Mitte durchrieb. Zohra nahm einen Schluck aus ihrer angebrochenen Weinflasche und gab sie dann geistesabwesend an Kjell weiter. Kjell stellte die Flasche weg und fragte Seff, ob er schon die Hausaufgaben gemacht hätte. Unter dem Tisch ließ Draco betrübt die Schnauze auf die Pfoten sinken. Dann passierte etwas, das seit Jahren nicht mehr passiert war. Ein Ereignis mit einschneidender Wirkung, zu gleichen Teilen erschreckend und herzergreifend, sanft und entsetzlich, erschütternd und ernüchternd: Raik begann zu weinen. Er saß einfach da, aß mit zittrigen Mundwinkeln schluchzend sein Abendbrot und ließ nebenbei dicke Krokodilstränen in seinen Schoß tropfen. Die Zwillinge warfen ihm verlegene Blicke zu. Zohra bekam vor Rührung rote Wangen. Karen zerfiel die Brotscheibe unter ihrem Messer und sie begann vor sich hin zu fluchen. Ungehalten streifte sie den Rest Butter an ihrem Teller ab. Dann wandte sie sich zu Raik, dabei hielt sie das Messer in der Hand wie der maskierte Meuchelmörder Jason aus *Freitag, der 13*. Tatsächlich hatte ihr Gesichtsausdruck eine gewisse Ähnlichkeit mit dessen unheimlicher durchlöcherter Maske. Es wurde mucksmäuschenstill im Raum. Alle starrten sie an. Dann platzte es aus ihr heraus. Klirrend schmiss sie das Messer auf den Tisch, krempelte sich die Ärmel hoch, kraulte sich verbissen die Kopfhaut, haute mit zu Berge stehenden Haaren einmal kräftig auf den Tisch, so dass Draco den Kopf unter seinen Pfoten vergrub, und sagte mit der Inbrunst eines Elches, der seit fünf Jahren keine Elchkuh mehr angerührt hatte: »Raik!«, dabei schauten ihre riesigen, zur Nase nach unten gezogenen Augen, als ob sie ihn verschlingen wollte. »Wir kommen mit!!!«

Raik starrte sie fragend an.

»Wir kommen mit!«, wiederholte sie.

»Wohin?«, flüsterte er.

»Na, an den Atlantik!«, antwortete sie.

Raik wusste nicht, wie ihm geschah. »Und … die Kinder?«, fragte er zögerlich.

»Die kommen ebenfalls mit!«, antwortete sie entschlossen. »Wir fahren mit, alle Mann! Die ganze Familie!«

»Geil!«, »Boah, krass!«, »Jawollski!«, riefen die Zwillinge durcheinander.

Raik sagte kein Wort. Die anderen taten es ihm gleich und hielten sich mit deutbaren Reaktionen zurück.

Die Zeit verstrich. Je länger die Idee in den Köpfen der Nebels wirkte, desto größer wurde der Wunsch jedes Einzelnen, die Reise in Angriff zu nehmen, aber keiner wagte es, seine Meinung kundzutun.

Tina und Flo wurden unruhig. Die Zeit rann ihnen davon. Irgendwann begann Zohra einfach ihre Sachen zu packen und die anderen taten es ihr gleich. Damit war es beschlossene Sache. Die Nebels würden sich alle gemeinsam auf die Suche nach den Liebsten von Tina und Flo machen.

29. Juni

Der Katamaran erreichte Dover. Man sah Anleger mit Menschen darauf, Fährbrücken und bunte Container. Im Hintergrund befanden sich steinerne weiße Felswände, zum Teil grün bewachsen – die weltbekannten Kreidefelsen von Dover. Darüber, auf der Bergkuppe, eine mittelalterliche Burg.

Am Kai, etwas abseits von den anderen Leuten, stand eine vornehme Frau. Sie winkte Enzo zu – es war seine Freundin. Einsam, aber aufrecht stand sie da. Mit den zerklüfteten Kalksandstein-Felswänden im Hintergrund sah es aus wie ein Caspar-David-Friedrich-Gemälde.

Der Katamaran fuhr die Anlegestelle an. Schutzkörper wurden zwischen Schiff und Anlegebrücken positioniert und Männer mit Signalwesten nahmen die Festmacherleinen in Empfang. Eine kleine Brücke wurde ausgefahren und alle gingen von Bord.

Enzo begrüßte seine Freundin Audrey, etwa 1,70 groß, etwas dicklich, mit eindringlichen schwarzen Augen und perfekten schwarzen Augenbrauen und Lidschatten. Offensichtlich verstand sie es sehr gut, mit Makeup umzugehen. Enzo stellte seine Freundin vor. Audrey konnte sich gut ausdrücken und war sehr nett. Nach einem ersten Wortwechsel auf Englisch spazierten sie alle gemeinsam über den Anleger zum Festland. Bea hätte nie gedacht, dass eine Frau wie diese Audrey jemanden wie Enzo anziehend finden könnte. Zwar waren sie beide keine Schönheiten, dennoch schlug Audrey Enzo im Aussehen noch um ein Vielfaches. Aber je länger sie die beiden betrachtete, desto plausibler wurde es. Beide verhielten sich zusammen unverkrampft und herzlich und machten einen außergewöhnlich aufrichtigen und ehrlichen Eindruck.

Die fünf erreichten die Parkplätze. Beim Auto angekommen, öffnete

Enzo sogleich die Türen und begann, drei zusätzliche Sitzplätze freizuräumen. Bea kam sich schrecklich aufdringlich vor, doch Audrey klopfte ihr beruhigend auf die Schulter. »*Don't worry, that's okay. My parents have a big house in Dartford.*«
»*We need to go to London!*«, sagte Bea.
»*Oh, that's okay! It's not far!*«

Dartford lag südöstlich von London. Während der Autofahrt erfuhr Bea, was Audrey beruflich machte. Sie war Versicherungskauffrau.
»Eine Sesselpupserin?«, entfuhr es Mathew, als er verstanden hatte, wovon die Rede war, fast schon empört.
Audrey sah zu Bea. »*What did he say?*«
»*Just another word for your job*«, antwortete Bea, lächelte besänftigend und dachte im Stillen, dass es wirklich verblüffend sei, wie gegensätzlich diese Frau und Enzo waren. Sie Bürofrau, er Seemann. Zudem war Audrey fast einen halben Meter kleiner als er. (Später würde Audrey Bea auf deren Frage, wie Enzo und sie das denn im Bett machten, auf Englisch erklären, dass nicht alles an Enzo so groß sei. Sie würden sehr gut zusammenpassen. – Und Bea würde sich fragen, ob sie Audrey falsch verstanden hätte.)

Die drei konnten bei Audreys Eltern unterkommen, denn deren Haus war geräumig, mit zwei Schlafzimmern, Gästezimmer, einem großen Wohnzimmer, einem Raum mit Theke und einer riesigen Küche. Merkwürdig war, dass alles aussah wie unbewohnt. Es gab kaum Möbel oder sonstige Gegenstände. Alles war leer. Sie hatten nicht mal einen Computer. Auch Handys und andere Elektrogeräte besaßen sie nicht mehr.
Enzo klärte die drei darüber auf, dass er und Audrey planen würden, gemeinsam mit ihren Eltern von hier wegzugehen. Sie hätten auf die Schnelle keinen Käufer für das Haus gefunden, deshalb hätten sie alles, was sie konnten, verkauft, um an Geld für die Reise zu gelangen. Bea dachte zunächst, sie hätte sich verhört. Was meinte er damit, von hier weggehen? Für immer? Wie konnte man so ein komfortables Haus un-

vermietet zurücklassen? Waren Audreys Eltern nicht bei Trost? Sie wollte wissen, was der Grund dafür sei. Erschrocken hielt Enzo sich die Hand vor den Mund, als ob er zu viel verraten hätte.

~

Bea fand ein Internetcafé und schrieb eine Nachricht an Flo. Sie warf einen Blick auf die Datumsangabe unten rechts im Computerhologramm: Heute war der 29. Juni, der Tag, auf den der Notizzettel von Sibel hinwies. Eigentlich hätten sie jetzt in Kanada sein wollen. – Das würden sie wohl nicht mehr schaffen. Ein Grund aufzugeben war das zwar nicht, aber ein Stimmungsdrücker schon, und zwar ein großer.

Dirty Road

Karen setzte den Blinker und bog rechts von der Autobahn ab auf eine Raststätte, wo sie vor einigen anderen Autos parkte. Der Rastplatz war überfüllt. Raik schob seine müden Knochen aus dem Wagen und humpelte zu dem Restaurant. Mist, dachte Flo, warum fuhren sie überhaupt noch weiter? Drei Tage waren sie unterwegs und nicht mal aus dem Land raus. Sie hatten so lange an der Fahrtroute geknobelt. Und dann ... Stau, Stau, Stau. Der 29. Juni war gestern gewesen. Sie hatten Raiks gesamten Geburtstag stehend auf der Autobahn verbracht. Flos Hoffnungen, Bea wiederzusehen, waren erneut dahin. Dennoch gab er nicht auf. Schließlich ging es nicht nur um Bea. Draco trottete über den Parkplatz. Tina nahm ihn an die Leine und ging mit ihm zu einem Waldstück, während Karen ein paar Brötchen vom Restaurant holte. Die Jungs spielten Frisbee. Nach einer Weile kam Raik zurück.

Sie machten sich wieder auf den Weg ... Stau, Stau, Stau. Dann nahmen sie die Landstraße. Bedacht mieden sie den Weg über die Niederlande. Sie durchfuhren zerstörte Städte, beobachteten plündernde und brandschatzende Menschen und hupten sich durch einen Tauschhandelmarkt. Sie fuhren mitten durch ein zerstörtes Cinemaxx-Gebäude und passierten im Schritttempo eine Gruppe von Leuten, die summend in einem Schutthaufen saß und vor einer überdimensional großen Glocke meditierte. Draco hielt die Schnauze aus dem Fenster, wedelte mit dem Schwanz und beteiligte sich mit besinnlichen Jaulklängen. Bei der Betrachtung all dieser zerstörten Gebäude hatte Flo auf einmal Ehrfurcht davor, dass all das einmal heil gewesen war: Kirchen verschiedener Bauformen und Religionen, Kinos, Theater, Parks, Schwimmbäder, Jugendzentren, Skatehallen. Ein buntes Nebeneinander, wie es nur entstand in einer Welt, wo Meinungen Bedeutung hatten und Leute, die sie vorbrachten, Respekt ernteten. Wo nicht allein die Anzahl der Vertreter einer Position zählte, sondern die Argumente. Nun war alles niedergemäht worden. Für ein paar Minuten kippte Flos angeschlagene Gemütslage ins Bodenlose. *Der Mensch war nicht gemacht für Ordnung*, überkam es ihn. Er brauchte Chaos, Dreck und Zerstörung, wie sich das Kind über das Zerschlagen des riesengroßen Bausteineturms freut. Niedermachorgien als Balsam für die geschundene Seele. Hinaus mit Regeln, Rechten und festen Rollen, herein mit Halbwahrheiten, Hass und Haltlosigkeit. Nicht mehr: *Wer backt die besten Brötchen?*, jetzt nur noch: *Wer hat die dicksten Eier?* Raus aus alten Bahnen. Sei nur noch dir selbst der Nächste! Tu nicht mehr als unbedingt notwendig! Wenn du deinen Pflichten nachkommst, dann nur mit einer Waffe am Kopf oder gar nicht! Soll er dich doch abknallen! Endlich Schluss. Ruhe für das gestresste Ich. Erholung für die überdrehten Sinne. Menschen waren unreife Geister in einem zu anspruchsvollen System. Verlorene Seelen für die Demokratie. Idioten, die Recht, Würde und Freiheit erst entdeckten, wenn es zu spät war.

Auf einmal war da dieser Passant, der Flo durch das Wagenfenster anstarrte. Das auffällige Gesicht riss ihn aus seinen Gedanken. Ein scharfer Blick, der selbstreflektiert wirkte, also scheinbar kein Verwirrter. Aber wie er ihn ansah: blutleer, erschüttert, hoffnungslos, umgeben von einer seltsamen Aura. Jemand, der alles verloren hatte? Ein armes Opfer des Krieges, das sich nun hilf- und wahllos nach außen richtete? Nein, so sah er nicht aus. Eher, als ob er wirklich etwas mitzuteilen hatte. Sein fragender Blick: Weißt du es auch? Ahnst du es? Nein? … Ahnst du es jetzt? Ich kann es dir leider nicht verraten. Du musst es selbst herausfinden.

Auch Raik hatte den Mann gesehen. Genau wie Flo hatte sein Ausdruck ihm Rätsel aufgegeben.

Sie fuhren weiter. Nun ging es besser voran. Dünn besiedelte Landschaften, die Straßen frei, der Stadtsmog verflogen. Weit geöffnete Fenster. Angenehmer Fahrtwind. Wehende Haare. Dann geschlossene Fenster. Ruhe. Ein blasser Sonnenuntergang. Nachteinbruch. Französische Grenze. Wieder ein Rastplatz. Keine Besucher. Nur ein einsamer, verlassener Toyota neben einem Toilettenhäuschen.

Sie fuhren die Nacht durch, wechselten sich am Steuer ab. Sanft aufputschende Elektrobeats aus dem Radio. Ruhig und gleichmäßig rauschte der weiße Mittelstreifen unter dem Wagen hinweg. Langsam bildeten die Häuser wieder klare Konturen. Ein kleiner Ort, eine alte Straße, kleine weiße Häuser, Gartenzäune, Gärten im morgendlichen Dämmerlicht. Kreativ gestaltete, verwunschene Gärten, durch die die Geister der Kinderfantasien streiften; dann wieder rechteckige, sorgfältig zurechtgestutzte Gärten ohne ein Unkrautpflänzlein, die jede Kinderfantasie im Keim erstickten; verwahrloste Gärten, in denen Taubnesseln, Disteln und Löwenzahn unter wuchernden Schlingpflanzen begraben lagen. Auf allen lag der gleiche magische Schimmer. Dann wieder freies Land, Hügel, Wiesen, Felder. Sie machten eine Pause auf einer großen Rasenfläche vor einem von Kornblumen umsäumten Feld. Vögel zwitscherten in den Bäumen und kündigten unaufdringlich pfeifend und schnalzend die aufgehende Sonne an.

Mit den ersten Sonnenstrahlen erreichten sie Le Conquet. Eine kleine französische Gemeinde mit knapp viertausend Einwohnern im Nordwesten der Bretagne, direkt an der Atlantikküste. Ein Urlaubsort mit einem kleinen Fischerei- und Fährhafen, Kirchen und Kapellen aus den letzten Jahrhunderten, einem Leuchtturm und zwei Forts aus der Mitte des 19. Jahrhunderts – Museumsstücke. Die Artillerie existierte nicht mehr. Alles friedlich, alles befremdlich unberührt. Sie fuhren die Straße weiter bis nach *Lanfeust*, hielten sich links Richtung *La Maison Blanche*. Grüne Hänge, kleine Klippen, dahinter der Ozean. Dann drei Sandbuchten, die sich zu einem breiten, feinsandigen, von flachen Dünen umgebenen Strand vereinten, *Les Blancs Sablons*.

Sie hielten an den Dünen und stiegen aus. Das Gras war niedergetreten. Viele Leute mussten hier gewesen sein. Alte Zeltleinen, Heringe, Flaschen, Feuerstellen und kohlige Holzscheite in kalter, staubiger Asche. Draco schnüffelte sich die Schnauze staubig.

In Flos Kopf schlug die Realität ein. Hier war weit und breit kein Kiemenmensch. Eigentlich war es ja schon vorher klar gewesen. Sie waren Tage zu spät. Dennoch war er niedergeschlagen. Alles an diesem Ort wies darauf hin, dass ein Treffen stattgefunden hatte. Vielleicht waren die Kiemenmenschen gemeinsam in den Ozean zu einer Unterwasserstadt gezogen. Vielleicht war Bea unter ihnen gewesen. Er würde es nie erfahren.

Auch Tina war bedrückt. Ängstlich wanderte ihr Blick über den Ozean. Wo war ihr Mann? War auch er an diesem Strand gewesen? Was könnte er hier gewollt haben?

Seff und Kjell wurden von der drückenden Stimmung angesteckt und standen mit gesenkten Köpfen zwischen den Erwachsenen. Tina warf ihnen einen einfühlsamen Blick zu. Das sollte nicht sein, die Kleinen sollten ihren Kopf nicht hängen lassen. Auf einmal wanderte ein belebendes Kribbeln durch Tinas Körper. Zum Trübsalblasen würden sie noch genug Zeit haben. Noch war nichts gewiss. Ein verschmitztes Lächeln huschte über ihr Gesicht. Der Strand war weiß und lang, das Wasser erstaunlich klar. Kaum Wellengang. »Los, los!«, rief Tina den Zwillingen zu und riss sich die Klamotten vom Leib. Sofort schwang die Stimmung bei den Jungs um.

Nackt rannten sie zum Wasser, Draco hinterher, vor ihnen umherspringend und bellend. Sie schwammen, tauchten, tobten, kletterten sich gegenseitig auf die Schultern, ganz schön freizügig für zwei pubertierende Jungs. Seff machte einen Handstand, versehentlich so, dass seine Hüfte dabei aus dem Wasser ragte. Tina konnte es nicht lassen und zupfte ihn am Dödel. Er tauchte wütend wieder auf. »Boah ey! Tiiina!«, schallte es bis zu den anderen hinüber.

Später fuhren sie einen nahegelegenen Campingplatz an. Er war kaum belegt. Früher war die Gegend mal ein begehrtes Touristengebiet gewesen, aber im letzten Jahrhundert war es einige Grad zu heiß geworden. Momentan jedoch war es angenehm mit frischer Luft und sanft wärmenden Sonnenstrahlen. Sie bauten ihre beiden großen Zelte auf, eins für die ältere Generation und eins für die jüngere. Flo ordnete sich freiwillig Letzterer zu.

Sie verbrachten die erste Nacht in ihren Zelten, dann die zweite, versuchten, sich zu erholen, und gingen jeden Tag an den Strand. Flo sprach mit Einheimischen, fragte, ob jemand etwas von dem Treffen mitbekommen hätte. Aber niemand hatte etwas gesehen. Er wanderte am Strand entlang. Ging in den Ort.

Auch Tina war oft unterwegs und auf der Suche. Sie traf sich mit dem Mann, der Michaels Smartphone gefunden hatte. Flo ging als Übersetzer mit. Der Mann war noch jung, fast noch ein Jugendlicher. Verwegen sah er aus, mit Baseballkappe, vielen Ohrringen und drei Piercings allein am rechten Nasenflügel. Von ihm erhielten sie wertvolle Informationen. Er hätte beobachtet, wie eine Menge Leute in den Ozean gekrault sei, gute Schwimmer, schnell wie Fische. U-Boote seien aufgetaucht. Die Schwimmer seien auf die Brücken geklettert und eingelassen worden. Dann seien die Boote in den Ozean getaucht. Das Handy habe er gefunden, als er danach an der Küste entlanggelaufen sei.

»Am Plage des Blancs Sablons?«, fragte Tina aufgeregt.

Der Einheimische schüttelte den Kopf. »*Un peu plus loin le long de la côte.*«

Flo übersetzte: »Ein Stückchen weiter die Küste runter.«

Aufgeregt zwinkerte der Einheimische ihnen zu, bereit, weitere Auskünfte zu geben. Er erschien aufrichtig. Weitere Fragen hatten sie nicht.

Später unterhielten Tina und Flo sich allein und überlegten, was Michal passiert sein könnte. Hatte er das Kiemenmenschentreffen entdeckt? War ihm etwas zugestoßen? War er aus dem Weg geräumt worden, damit er nichts verraten konnte?

»Vielleicht ist er selbst ein Kiemenmensch!«, sagte Flo.

Tina lachte mechanisch. »Nein, nein. Das wüsste ich schon.« Sie gingen wieder zurück zu ihrer Familie.

Die Tage zogen ins Land. Flo blieb meist länger am Strand, manchmal bis in die Nacht, Ausschau haltend. – Nach was? Das wusste er nicht. Vielleicht nach seiner Hoffnung. Hier waren sie nun, und weder Bea noch Michael hatten sie gefunden …

Noch harrten sie aus.

Die Macht der Verdrängung

Die Lage in Frankreich und auf der ganzen Welt entschärfte sich. Nach einigem Hin und Her wurde das endgültige Ende des Krieges offiziell verkündet. Man sagte, die Staatsoberhäupter hätten sich die Hände geschüttelt.

Aufruhr, Getöse, Fliegerstaffeln mit Flaggen: »*La Paix!*«, »*Freeedom!*«, Luftakrobaten, tollkühne Flugstunts über dem Ozean. Feiernde Menschenmassen mit sandigen Füßen. Tina und Kjell tobten im Wasser. Seff spazierte in einiger Entfernung an der Strandmeute entlang. Mittendrin standen Karen und Zohra und unterhielten sich in gebrochenem, schlechtem Englisch mit einer Fremden über die Typen der Flugzeuge. Ein Kunstflieger rauschte über sie hinweg. »It's, öh, a Burton Pitts 12!«, sagte Karen.
»*No, no, no, Pitts Flash 7!*«, übertönte sie die Fremde.
»*How important things like this can become in times of freedom!*«, kommentierte Zohra neunmalklug.
Teilnahmslos saßen Raik und Flo im Sand und betrachteten das große Schauspiel, das sich um sie herum ereignete. Raik fragte: »Kannst du das glauben: Frieden? So auf einmal?«
Flo schwieg.
Ein fremdes Pärchen stapfte vor ihnen über den Strand, jung, makellose Figuren. Als die beiden Flo und Raik sahen, schauten sie gleichzeitig zu ihnen herab, fast synchron, wie eingeübt, und offenbarten dabei ihre Gesichter, die schockierend finster aussahen, leblos mit leeren Augen und schwarzen, wulstigen Augenrändern, wie aus Knete. Direkt hinter den beiden schrie jemand vor Freude aus vollem Bauch: »*La Paaaiiix!*«

Das Pärchen ging ohne die geringste Reaktion auf den Freudenschrei weiter.

Die Sonne wanderte zum Horizont. Letzte Kunstfliegerfiguren verzierten den Himmel, dann zogen die Piloten ab. Flo und Raik saßen noch immer da. Um sie herum begannen die Leute nach und nach ihre Sachen zusammenzukramen, klopften sich den Sand vom Körper und machten sich auf den Heimweg. Es wurde leer. Auch Karen, Zohra, Tina und die Zwillinge machten sich auf den Weg. Sie ließen ihre beiden wie zu Statuen erstarrten Anverwandten in Ruhe und gönnten ihnen eine Auszeit.

Flo und Raik warfen sich keinen Blick zu, dennoch schien es, als würden sie still miteinander kommunizieren. Ihre Gedanken waren noch immer bei dem Pärchen, das an ihnen vorbeigelaufen war und so finster wirkte. Flo brach das Schweigen als Erster.

»Warum haben die beiden so geguckt?«

»Mich schauen dauernd irgendwelche Leute so an«, entgegnete Raik. »Ich kann diese Blicke einfach nicht einordnen … Etwas stimmt nicht!«

»Ja …«, bestätigte Flo.

Eine Weile schwiegen sie.

»Aber was?«, sagte Flo dann, einfach um das Gespräch voranzutreiben. – Die Frage lag beiden auf der Zunge.

»Ich hab da so eine Theorie«, sagte Raik.

Flo kräuselte die Stirn. »Die hab ich auch. Meine ist allerdings noch unausgereift.«

»Meine eigentlich auch«, entgegnete Raik. »Wenn mans genau nimmt, handelt es sich nur um eine Zusammenstellung von Fragen.«

»Was für Fragen?«, wollte Flo wissen.

»Fragen, die ich schon lange hab. Warum zum Beispiel wurde die Existenz der Kiemenmenschen über vierzig Jahre verschwiegen? Die Geheimhaltung muss unglaublich kostspielig gewesen sein. Ich meine … stell dir das mal vor, keiner durfte etwas wissen. Bestimmt ist der ein oder andere der Angelegenheit auf die Spur gekommen. Da müssen Bestechungsgelder geflossen sein und, und, und.«

»Ja … und?«, fragte Flo.

»Ich frage mich, wofür das alles?«, antwortete Raik. »Es war doch eigentlich absehbar, dass alles irgendwann auffliegt. Aufgeschoben ist nicht …«

»So läuft es ja oft«, unterbrach ihn Flo. »Ein passendes Sprichwort dazu ist vielleicht, den Wald vor lauter Bäumen nicht mehr zu sehen. Etwas läuft schief, Köpfe müssen rollen, einige wollen ihre Haut retten, alles geht durcheinander. Und wenn eine Mannschaft sich erst mal aus den Herzen der Leute gespielt hat, wird es für jeden schwieriger, noch fair und klug zu spielen.« Flo dachte noch mal über seine Worte nach. Dann korrigierte er sich selbst: »Aber nichtsdestotrotz muss ich dir auch irgendwo recht geben. Die Regierung hat sich durch die Geheimhaltung selbst die Abseitsfalle gestellt. Unsere Politiker waren doch keine Dummköpfe. Merkwürdig ist das.«

»Meine Nase sagt mir …«, Raik stockte.

»… dass es da noch einen weiteren Grund für das Verschweigen gegeben haben muss«, ergänzte Flo.

Raik nickte.

Sie sagten eine Weile nichts. Dann brachte Raik die nächste Frage auf den Tisch.

»Warum ist es den USA und China so wichtig, die Kiemenmenschen zu retten?«

Flo wollte einen Einwand erheben, aber Raik übertönte ihn. »Mir ist klar, dass es nicht *nuuur* um die Kiemenmenschen ging«, sagte er. »Es ging auch um die Vermeidung der Ausbreitung einer Diktatur. Und bei den USA könnten auch einfache Imagegründe eine Rolle gespielt haben, nach dem Motto: Seht her, wir sind ein sozialer Staat … Aber bei China?«

»Die Drohnen haben die Kiemenmenschenlager verschont«, ergänzte Flo.

»Genau«, entgegnete Raik. »Es macht den Eindruck, als wären die Kiemenmenschen den USA und China wirklich sehr wichtig!«

»Und was folgerst du daraus?«, fragte Flo.

Raik blickte auf den Ozean. »Vielleicht haben die Kiemenmenschen eine größere Bedeutung, als wir denken. Vielleicht sind sie nicht nur ein überflüssiges Produkt der Genindustrie, das keine Aufgabe mehr hat. Und vielleicht war ihr Abtauchen in den Ozean keine Flucht vor den Menschen!«

»Warum sind sie dann abgetaucht?«, fragte Flo.

Raik antwortete nicht.

Flo wollte nicht drängeln. Er griff eine Hand voll Sand und ließ sie sich durch die Finger rieseln. »Hast du noch mehr Fragen auf Lager?«

Raik grübelte nach und sagte: »Wieso war die Polizei auf der Suche nach dir?«

Die letzten Sandkörner rieselten durch Flos Finger. »Hast du schon eine Idee, warum?«

»Ich hab das Gefühl, sie haben Angst gehabt, dass du irgendwas weißt, was nicht ans Licht kommen sollte«, antwortete Raik.

»Denke ich auch«, bestätigte Flo.

»Im Radio haben sie gesagt, dass irgendeine wichtige Information an die europäischen Führungskräfte weitergeleitet worden ist«, ergänzte Raik.

»Stimmt«, sagte Flo. »Ich erinnere mich. Das war merkwürdig.«

Raik nickte nachdenklich und etwas bedrückt. »Hast du eine Idee, was du wissen könntest, das niemand sonst wissen darf? Vielleicht irgendwas in Zusammenhang mit dieser Wissenschaftlerin«, sagte Raik, »dieser Sibel. Du hast gesagt, sie sei Forscherin gewesen.«

Flo nickte.

Raik zupfte sich nachdenklich an den Stoppeln seines Dreitagebarts. »Was waren eigentlich ihre Fachgebiete?«

Flo griff erneut eine Hand voll Sand. »Ozeanologie und Astronomie!«

»Ha! Astronomie!«, rief Raik. »Das hab ich mir gedacht!« Dann wurde er auf einmal ganz still.

Flo warf ihm einen durchdringenden Blick zu.

Ihre Augen trafen sich. *Denkst du das Gleiche wie ich? Erklärst du mich nicht für bescheuert?*

Entschlossen ließ Flo den Sand aus seiner Hand fallen und rieb sich die Hände sauber. »… Sag es!«

»Was?«, fragte Raik.

»Du hast was gedacht! Was war es?«, drängte Flo.
»Der Gedanke klingt einfach zu haarsträubend und, äh, lächerlich«, entschuldigte sich Raik.
Flo bestand auf eine Antwort. »Sag es trotzdem!«
»Okay!«, gab Raik nach. »Erkläre mich aber bitte nicht für verrückt, es ist nur ein Gedanke. Äh … hmm … äh … was wäre, wenn dieser Asteroid, von dem damals die Rede war, doch im Anflug auf die Erde wäre?«
Flo nickte. »Ja …, ich hab da auch drüber nachgedacht.«
Schweigen.

~

Bea, Mathew und Nikolas lagen im Gästezimmer des Hauses von Audreys Eltern im Bett. Sie waren bedrückt. Es gab keine Karten für den Tunnel mehr, außerdem war er für die nächsten Monate völlig ausgebucht. Der Andrang war gigantisch, schlimmer noch: Heute hatte eine Menschenmenge den Bahnhof der Magnetschwebebahn gestürmt und sich gewaltsam Zutritt zu verschaffen versucht. Polizisten hatten Tränengas einsetzen müssen. Bea verstand das Verhalten der Menschen nicht. Der Krieg war doch vorbei, aber dennoch wollten so viele Leute nach Amerika und waren bereit, fast alles dafür zu opfern. Warum? In diesem Moment öffnete sich die Zimmertür. Bea erkannte Enzo. Er knipste das Licht an und setzte sich neben der Tür auf einen Stuhl. Er erschien erschöpft. Das grelle Licht ließ Bea die Augen zusammenkneifen. Müde richtete sie ihren Oberkörper auf. Neben ihr schlugen Mathew und Nikolas die Augen auf.

»*Grande faveur*, öhhh …«, sagte Enzo und winkte ihnen mit drei Papierscheinen zu.
Bea blinzelte zu den Scheinen.
»… Kartöön!«, sagte Enzo.
Die drei starrten ihn an. Eine Weile herrschte Stille.
»Für den Tunnel?«, fragte Bea dann.
Enzo nickte.

Bea stieg aus dem Bett, ging zu Enzo, griff nach einer der Karten und schaute sie sich genauer an. Es war ein Ticket für den Atlantiktunnel, für den 3. Juli, 17:30 Uhr. Das war morgen. Bea konnte es nicht glauben. Sie kam sich vor wie in einem schlecht konstruierten TV-Film. Hatte er jemanden dafür umgebracht? »Wo hast du die Karten her?«, fragte sie.

Enzo lächelte.

Bea gab nicht nach. »Wo hast du die Karten her?«, fragte sie erneut.

Das Lächeln wich aus seinem Gesicht. »Sie sünd, öhhh ... von ... öhhh ... uns«, sagte er.

Mathew und Nikolas kräuselten gleichzeitig die Stirn.

Bea traute ihren Ohren nicht. »Von euch?«, fragte sie.

»Öhhh, oui!«

»Ihr wollet auch nach Amerika?«

»Oui!«

»Wieso habt ihr nichts gesagt?«

»Jedör at Göeimnies«, entgegnete Enzo trocken.

Bea tat sich schwer, seine Geheimnistuerei hinzunehmen.

»Was ist der Grund?«, drängte sie.

»Geduuld, Geduuld, meinö Liebö, es ist noch sehr früh für zu lüften.«

»Was zu lüften?«

Mathew unterbrach Bea und fragte Enzo: »Mit wem wolltet ihr fahren? Mit Audreys Eltern?«

Enzo nickte.

»Und jetzt nicht mehr?«, fragte er weiter.

»Für uns ist die Reise nüschd mehr so wichtieg«, erwiderte Enzo und atmete einmal tief durch. Hinter ihm kam Audrey in den Raum und legte ihre Hand behutsam auf Enzos Schulter. Enzo wischte sich mit seinem totenkopfverzierten Unterarm ein paar Schweißperlen von der Stirn. Audrey streichelte ihm beruhigend den Nacken.

Die Szene rührte Bea. Ganz langsam begann sie etwas zu ahnen, etwas Düsteres. Sie fragte nicht weiter.

~

Flo und Raik saßen noch immer am Strand, jetzt im Halbdunkel. Sie diskutierten ihre Theorie.

»Ja!«, sagte Flo. »Die ganze Geheimniskrämerei, die vielen Amerikaflüchtigen, das scheint schon alles einen Sinn zu ergeben. Aber es gibt einen Haken!«

Raik wurde neugierig.

Flo rieb sich das Kinn. »Wenn ein Asteroid früh genug erkannt wird, kann er abgewehrt werden. Nur die wenigsten Asteroiden haben mehr als einen Kilometer Durchmesser, kaum einer mehr als zehn. Und die Idee, dass wir mit einem anderen Planeten kollidieren, ist nun wirklich zu haarsträubend. Nehmen wir mal an, dass deine Theorie stimmt, dann sind seit der Entdeckung über vierzig Jahre verstrichen. Es kann mir niemand erzählen, dass es nicht möglich ist, in einem solchen Zeitraum so ein Ding aus der Bahn zu werfen. Ich habe Sendungen darüber im Holo-TV gesehen. Ein Raumschiff bringt eine Atombombe zu dem Asteroiden, zündet sie in seiner Nähe und schubst ihn dadurch aus seiner Bahn. Schon eine minimale Abweichung reicht und er verfehlt die Erde.«

»Klingt plausibel«, sagte Raik. »Aber lass uns doch trotzdem mal annehmen, ein gigantischer Asteroid wäre im Anflug auf die Erde und nicht mehr abzuwehren. Das wäre ohne Frage eine Erklärung für den Mord an dieser Sibel und dafür, dass sie dich gesucht haben.«

Flos Augen glitten über den Ozean. »Wenn Sibel ein Regierungsgeheimnis an die Öffentlichkeit hatte bringen wollen, wäre das ein Mordmotiv, das kann man nicht abstreiten.«

»Und aus Angst vor einer Massenpanik greift die Regierung ein«, sagte Raik strikt.

»Theoretisch plausibel«, bestätigte Flo. »Aber der Haken bleibt.«

»Schon klar, einen Asteroiden kann man abwehren.«

»Und selbst wenn es schwer wäre, ihn abzuwehren«, gab Flo zu bedenken. »Es würde keinen Sinn machen, die Sache zu verschweigen. Im Gegenteil, es wäre klug, alles öffentlich zu machen, um alle Kräfte zur Abwehr zu bündeln und Ideen zu sammeln. Ein Verschweigen würde nur dann Sinn machen, wenn wirklich das Ende aller Tage bevorstünde.«

Ein ungutes Gefühl überkam Flo. Er hatte mal einen Albtraum gehabt, in dem von allen Richtungen große Dampfwalzen auf ihn zurollten. So fühlte er sich jetzt.

Raik regte sich auf. »Das passt doch alles vorn und hinten nicht! Das macht mich wahnsinnig!!!«

Flo grinste steif. »Du hast Probleme! Statt dich deines Lebens zu freuen, ärgerst du dich, dass die Theorie mit dem Asteroideneinschlag nicht zutrifft.«

Sie lachten und versuchten mit ihren Augen die Dämmerung zu durchdringen. Es war niemand mehr da. Sie waren allein.

»Ach …«, stöhnte Raik. »Genug gesponnen!«

»Ich hab auch genug«, sagte Flo. »So viel Denken bin ich gar nicht mehr gewöhnt.«

Schweigend schauten sie in die Ferne.

Es war fast dunkel. Düsterrot hob sich der Himmel vom Ozean ab. Finstere Wolken bildeten verschlungene Figuren. Flo fand, dass sie aussahen wie geschmolzene Gesteinsbrocken mit einem Feuerschweif. In diesem Moment fiel ihm auf einmal ein, was in Sibels Wohnzimmer gefehlt hatte, als er das letzte Mal dort gewesen war: Es war das Poster, das über dem Schreibtisch gehangen hatte. Es hatte etwa zwei Dutzend grauer gesteinsähnlicher Körper gezeigt, die majestätisch im gleißenden Licht der Sonne glänzten. »Die Macht der Verdrängung« hatte darüber gestanden. Jetzt wurde ihm klar, worum es sich bei dem Bild gehandelt hatte. Es war die Fotografie eines großen Asteroidenaufkommens aus dem All.

»Raik!«, sagte er laut.

»Was ist?«, fragte Raik beklommen.

Flo brach ab, als hätte es ihm die Sprache verschlagen.

»Was ist?«, wiederholte Raik.

Keine Antwort.

»Nun sag doch endlich!«

Stockend schoben sich die Worte aus Flos Mund. »Einen Asteroiden kann man abwehren! … Was ist mit Dutzenden?«

Tunnelblick

Es war so weit. Enzo und Audrey fuhren Bea, Mathew und Nikolas zum Atlantiktunnel. Sie hatten vier Tickets dabei und Vollmachten von Audreys Eltern, dass sie freiwillig verzichteten. Das übrige vierte Ticket wollte Audrey abgeben. In Beas Kopf rumorte es. Was um Himmels willen verschaffte ihnen diese unbeschreibliche Ehre? Mögliche Antworten machten sich in ihrem Kopf breit und keine war erbaulich. Nun verspürte sie auf einmal selbst den Drang, Stillschweigen zu wahren, um Nikolas nicht zu beunruhigen.

Sie erreichten den Bahnhof. Schwerbewaffnetes Polizeiaufgebot vor dem Eingang. Enzo holte ihr Gepäck aus dem Kofferraum. Er hatte den dreien zwei Taschen und einen Rucksack für ihre Sachen geschenkt. Zu fünft betraten sie den großen modernen Gebäudetrakt. Er wirkte mit seinen Gleisen und den Sicherheitskontrollen wie eine unentschlossene Mischung aus Bahnhof und Flughafen. Menschen eilten an ihnen vorbei oder warteten mit ihrem Gepäck. Überall standen Sicherheitsbeamte. Unter Beas aufgeräufeltem Kragen lugten ihre Kiemenbögen hervor, aber das war hier nicht schlimm. Die Engländer hatten nichts gegen sie. Angespannt stellten sie sich an eine der langen Schlangen vor den Check-in-Points. Als sie dran waren, ließen sie die Karten auf Bea, Mathew und Nikolas umschreiben. Sie hatten Glück, es gab keine Probleme.

Dann hieß es Abschied nehmen. Sie umarmten sich alle herzlich und Bea und Mathew bedankten sich nochmals. Ein letztes Lächeln huschte über Enzos Gesicht, dann wandten er und Audrey sich zum Gehen. Sie drehten ihnen den Rücken zu und schlenderten Arm in Arm davon. Enzo streckte dabei noch mal seine Linke nach oben und winkte. Die

Geste hatte etwas merkwürdig Resigniertes, teilnahmslos schwangen die auf seinen Unterarm tätowierten Totenköpfe über seinem Kopf hin und her. Sie blitzten Bea an wie finstere Vorboten der Apokalypse. Auf Wiedersehen, mein lieber Enzo, dachte sie. Ich werde dich nicht vergessen.

Sie kamen ohne Weiteres durch die Scanner und Gepäckkontrollen und gaben ihre Sachen auf. Von Problemen keine Spur. – Endlich mal. Nikolas freute sich auf die Magnetschwebebahn. Er steckte Bea und Mathew mit seiner guten Laune an. Aufgeregt wanderten sie inmitten der Menge zur Röhre. Nun ging es bald los. Bea hatte den Tunnel ja eigentlich immer unheimlich gefunden. Eine mit Stahlseilen am Meeresboden verankerte schwimmende Röhre, in der sich eine Magnetschwebebahn mit mehrfacher Schallgeschwindigkeit in einem Vakuum bewegte. 5600 Kilometer in 55 Minuten. Wie sich das wohl anfühlen würde?

Während sie auf die Bahn warteten, redete irgendein französischer Obdachloser auf sie ein. Er war schätzungsweise fünfzig, hatte weiße lange Haare und unheimliche kleine, zuckende Pupillen. Vermutlich war er auf Droge. Er hatte Beas Kiemen gesehen und sich zu ihnen gesetzt. Nun gestikulierte er aufgebracht mit seinen Händen vor ihren Gesichtern. Nikolas warf ihm befremdete Blicke zu. Unangenehmer Kerl. – Arme Engländer. London war Sammelstelle für die merkwürdigsten Ausländer geworden. »*Des hommes-poissons!*«, sagte der Fremde immer wieder. »*Des hommes-poissons! … Un grand, grand, grand rassemblement! Un très grand nombre d'hommes-poissons! Ils vont dans la mer au Conquet! Un grand rassemblement au Conquet.*«

Bea wandte sich genervt ab. Der Typ brabbelte vielleicht einen Unsinn. *Grand rassemblement au Kokä* – das war bestimmt der Name von irgend so 'ner Designerdroge. Endlich, da kam die Magnetschwebebahn. Lautlos rauschte sie heran und öffnete ihre Türen. Bea griff Mathew und Nikolas am Arm und zog sie mit sich. Sie wollte möglichst schnell weg von diesem Verrückten, nicht dass er sich in der Bahn noch neben sie setzte. Schnell drängelten sie sich an den Fahrgästen vorbei und ließen das Fluchen der Leute über sich ergehen.

Sie schoben sich auf ihre Plätze. Mathew und Nikolas saßen in der Mitte des Abteils, Bea auf der anderen Seite des Ganges an der Seitenwand neben einer jungen rothaarigen Frau mit großer Hornbrille. Zwischen ihnen wurde der merkwürdige Typ mit den zuckenden Pupillen von der Menschenmenge vorbeigeschoben. Er hatte Bea gleich wieder im Visier. »*Grand rassemblement au Conquet!*«, rief er. Dann verschwand er aus ihrem Blickfeld.

Bea wandte sich zu ihrer Sitznachbarin. »Ein Verrückter!«, sagte sie und hielt sich verlegen die Hand vor den Mund. – Sie hatte ganz vergessen, dass die Fremde nicht ihre Sprache sprach. »Öh, öh … *Bonjour!*«, setzte sie nach.

»Hallo!«, erwiderte die Rothaarige. »Machen Sie sich keine Gedanken, ich bin hier auch fremd.« Sie schob sich ihre Hornbrille zurecht.

»Oh!«, erwiderte Bea und lächelte. Ein Schrei hallte den Gang entlang bis zu ihnen. »*Grand rassemblement au Conquet!*«

»Ein Verrückter«, sagte die Rothaarige und lächelte.

Eine Stunde später rauschte die Magnetschwebebahn lautlos über den Grund des Atlantiks. Die Passagiere saßen zurückgelehnt in ihren Sitzen und genossen das Erlebnis, innerhalb von zwanzig Minuten auf fünftausend Stundenkilometer beschleunigt zu werden. Ohne ein Zittern steckten die Kotztüten in den Zeitschriftentaschen an den Rückseiten der Sitze.

Formlos

Aus einem Leserbrief der *Monthly Times*, USA, 28.6.2109:

»[...] *saw a group of three men firing with guns on a gillman. The gillman fell dead on the floor. I asked the men why they had done it. They answered that the gillman could have run away, instead of standing there and looking dumb [...]*.«

Radiosprecher, 1.7.2109, 13:32 Uhr:

»[...] Bisher sind 521 Todesfälle bestätigt worden. In fünf von acht im Land befindlichen Kiemenmenschenlagern ist die Population vollständig der Viruserkrankung erlegen [...].«

Ernst-Fleißmann-Lexikon, Ausgabe von 2098:

»**Asteroiden**: Kleinplaneten, Planetoiden, kleine planetenartige Körper, die in der Mehrzahl zw. Mars u. Jupiterbahn die Sonne umkreisen. A., die in die Erdatmosphäre eindringen und dabei einen Leuchtschweif erzeugen, werden auch als Meteoriten bezeichnet.«

Fernsehnachrichtensprecherin, 4.7.2109, 19:31 Uhr:

»[...] Der mit einem Durchmesser von 13,7 Kilometern größte Brocken, der Aaron-Silverland-Asteroid, schlägt im Indischen Ozean auf [blinzelt], zwei weitere, mit über sieben Kilometer Durchmesser, ebenfalls im Indischen Ozean und in Jemen. Kleinere Nickel-Eisen-Asteroiden treffen Indien und Italien. [räuspert sich] Die Nickel-Eisen-Asteroiden sind zwar wesentlich kleiner, ihre Einschlagskraft ist aber wegen ihrer größeren Dichte verheerender. Es ist der NASA gelungen, dreizehn der Asteroiden durch Bomben zu verlangsamen oder aus der Bahn zu werfen. Die restlichen elf [kratzt sich am Kopf] befinden sich weiterhin auf Kollisionskurs. Eine Evakuierung ist laut Angaben der NASA nicht zielführend [zögert], da die Erde bereits von den direkten Auswirkungen vollständig betroffen sein wird [überlange Pause].

Vermutlich sind vor langer Zeit durch eine Kollision in der Oort'schen Wolke – einem Gebiet im äußersten Bereich des Sonnensystems, in dem sich Gesteins- und Eisenkörper unterschiedlicher Größe angesammelt haben – Asteroiden in das Sonnensystem geschleudert worden. Eine Ansammlung dieser Körper passierte die Sonne in geringem Abstand, zerfiel dabei in etwa zwei Dutzend Körper aus Gestein und Metall und wurde auf Kollisionskurs mit der Erde gebracht. Seitdem bewegen sie sich in einer elliptischen Bahn um die Sonne und kommen uns nun von Tag zu Tag näher […].«

Fernsehinterview mit Frau Träger von der NGP, 4.7.2109:

[…]
Reporter: Wie lange ist bereits bekannt, dass die Asteroiden auf Kollisionskurs mit der Erde sind?
Träger: Seit ihrer Entdeckung durch Aaron Silverland.
Reporter: … den Leiter des Projektes der Marsbesiedlung, der vor vierzig Jahren Selbstmord begangen hat.
Träger: Genau.
Reporter: Warum wurde der Asteroidenschauer verheimlicht?
Träger: Demokratie beruht auf dem Gedanken des Fortbestehens. Würden Sie noch wählen gehen, wenn Sie wüssten, dass der

	Wahlausgang bereits in einigen Monaten völlig bedeutungslos sein wird? Würden Sie sich noch an rechtliche Grundsätze halten, wenn Sie doch nicht mehr für Straftaten verurteilt werden könnten?
Reporter:	Die Wahrheit ist verschwiegen worden, um die Demokratie zu schützen?
Träger:	Genau davon spreche ich.
Reporter:	Die Progressive wusste nichts von den Asteroiden?
Träger:	Der Progressive lagen keine Informationen über die Katastrophe vor, nein. Ihr Handeln war davon völlig losgelöst. Nur ausgewählte Parteien und Einzelpersonen waren eingeweiht.
Reporter:	Selbst einer nachrückenden Regierungspartei haben Sie also das Geheimnis verschwiegen!
Träger:	Bei der Progressiven handelte es sich um Bürger mit rassistischer Neigung, die eine Partei gegründet haben. Man überlegt sich zweimal, solchen Leuten alles zu erzählen!
Reporter:	Durch Ihr Vorgehen haben Sie das Volk entmündigt.
Träger:	… für einen guten Zweck.
Reporter:	Glauben Sie wirklich, dass die Menschheit nicht genug Reife entwickelt hat, um auch in schwierigen Situationen Disziplin zu wahren? Wir leben in einer aufgeklärten Gesellschaft. Sogar Psychologie ist inzwischen fest im schulischen Fächerkanon verankert, von der siebten Klasse an.
Träger:	Ich bin Politikerin. Dinge stellen sich aus der Innensicht anders dar als von außen. … Glauben Sie, dass das Volk noch hinter den Politikern gestanden hätte, wenn die Pläne der Regierung öffentlich gemacht worden wären?
Reporter:	Sie spielen auf massive Investitionen von Geldern in Projekte wie die Unterwasserstädte an?
Träger:	… zum Beispiel, ja, ein vernünftiges Projekt, um den Fortbestand der Menschheit zu ermöglichen.
Reporter:	… den Fortbestand der Kiemenmenschen, meinen Sie.
Träger:	So kann man es auch ausdrücken.

Reporter: Die Erschaffung der Kiemenmenschen und der Unterwasserstädte bedeuteten großen Verzicht und finanzielle Nachteile für die gesamte Weltbevölkerung.
Träger: Genau! Hätten wir die Sache publik gemacht, wäre das alles nie zustande gekommen.
Reporter: Durch Ihre Verheimlichungsstrategie haben Sie die Bürger entmündigt. Sie haben sie behandelt wie Geisteskranke, Trunksüchtige oder Drogenabhängige.
Träger: Der Vergleich ist drastisch.
Reporter: Aber nicht unzutreffend. Haben Sie nicht daran gedacht, dass diese Entmündigung negative Folgen haben könnte?
Träger: Die Folgen sind relativ angesichts einer Katastrophe, wie sie uns bevorsteht.
Reporter: Ein großer Krieg ist ein relatives Übel?
Träger: Es galt, das Überleben der Menschen zu sichern.
Reporter: … das der Kiemenmenschen!
Träger: Ja!
Reporter: Sie sagen also, angesichts einer solchen Katastrophe ist es okay, wenn der Zweck die Mittel heiligt.
Träger: [nickt verlegen]
Reporter: Wenn ich richtig informiert bin, sind Sie ursprünglich in die Politik gegangen, um genau das zu vermeiden?
Träger: Eine Sache stellt sich immer anders dar, wenn man involviert und direkt betroffen ist.
Reporter: Rückgratlosigkeit, Bestechlichkeit und Korruption sind ein annehmbares Übel?
Träger: [zögerlich] Nein!
Reporter: Was heißt das? Wollen Sie Ihre Aussage zurücknehmen?
Träger: [belustigt] Ja, ich habe einen Fehler gemacht!
Reporter: Und Sie wollen sich Führungsperson nennen?
Träger: Sie haben doch nun das Ende auch vor Augen. Was denken Sie? Werden Sie bis zum Schluss rechtschaffend und gut bleiben, wenn sich doch alles in Schutt und Asche verwandeln wird?

Reporter:	Gibt es keine Chance mehr, die Asteroiden abzuwehren?
Träger:	Nein! Es ist noch eine Woche bis zur Kollision und wir haben keine weiteren Raumschiffe zur Abwehr auf den Weg gebracht. Unsere Ressourcen sind erschöpft.
Reporter:	Glauben Sie, dass es der richtige Weg ist, den Menschen Angst zu machen?
Träger:	Es ist die Wahrheit!
Reporter:	… Warum haben Sie die Asteroideneinschläge jetzt bekanntgegeben?
Träger:	Wir haben gehofft, dass das drastische Vorgehen gegen die Kiemenmenschen eingestellt wird und dass die gegnerischen Weltmächte daraufhin ihre Militärstreitkräfte zurückziehen.
Reporter:	Sind Sie tatsächlich der Meinung, dass allein die Hatz auf die Kiemenmenschen Auslöser des Krieges gewesen ist?
Träger:	Nicht nur, aber sie zu retten, war für China und die USA ein wichtiger Grund, um anzugreifen. Bedenken Sie: Die Kiemenmenschen sind die Einzigen, die überleben werden.
Reporter:	Was erhoffen Sie sich weiterhin von der Bekanntgabe der bevorstehenden Katastrophe?
Träger:	Die meisten Bürger wussten noch nichts davon. Vielleicht gelingt es uns, die Abgrenzung der Kiemenmenschen aus einem neutralen Blickwinkel zu überdenken. Das Ganze war purer Rassismus.
Reporter:	Sie glauben also nicht, dass die Kiemenmenschen die ersten Überträger von HHV-10 waren?
Träger:	Das spielt für uns nun keine gewichtige Rolle mehr.
Reporter:	Geben Sie trotzdem eine Antwort?
Träger:	Okay. … Wir sind nicht sicher, ob die Kiemenmenschen etwas mit dem Ausbruch der Seuche zu tun haben. Es könnte sein. Die Wahrscheinlichkeit ist sogar relativ hoch. Aber eins steht fest: Studien belegen, dass die Übertragungsrate von HHV-10 sich in den letzten Monaten durch sie nicht nennenswert erhöht hat. Außerdem wurde die Gefährlichkeit der

Krankheit in den Medien auf hochgradig kriminelle Weise verfälscht. Ich weiß, dass meine Worte nach allem, was passiert ist, sehr stark an Glaubwürdigkeit eingebüßt haben. Nichtsdestotrotz sage ich Ihnen jetzt mit reinem Gewissen und bester Absicht: Das Internet wurde systematisch zur Verbreitung von Fehlinformationen genutzt. Ganze Homepages öffentlicher Institutionen sind bis in kleinste Details gefälscht worden. Auf diese Weise ist in Umlauf geraten, dass die WHO Seuchenstufe vier ausgerufen hätte, obwohl es sich in Wirklichkeit um Seuchenstufe drei gehandelt hat. Zudem ist verbreitet worden, die Mortalitätsrate nach Krankheitsausbruch läge bei 70 Prozent. Die Wahrheit ist, dass HHV-10 nur in den seltensten Fällen tödlich ist. Das Virus kann erfolgreich behandelt werden.

Reporter: Eine letzte Frage. Am 9. Juli um 17:36 Uhr werden die Asteroiden einschlagen. Das ist genau in einer Woche. Was raten Sie der Bevölkerung für diese Woche?

Träger: Ich rate, jegliche Arbeit für die Progressive einzustellen und im Land zu bleiben.

Reporter: Viele Menschen versuchen, nach Amerika zu gelangen. Halten Sie ein solches Verhalten für sinnvoll?

Träger: [schüttelt energisch den Kopf]

Reporter: Frau Träger, wir danken Ihnen für dieses Gespräch.

Der Himmel über dem Ozean

Löcher … Löcher in … Löcher in die … Löcher in die Luft … Löcher in die Luft starren.
Ohne … Ohne Halt … Ohne Halt des … Ohne Halt des nächsten … Ohne Halt des nächsten Tages … Ohne Halt des nächsten Tages harren.
… schrieb Flo auf ein Blatt Papier.

Er tippte mit der Stiftspitze an seine Unterlippe. Hmmm …

Liebe … Liebe bezahlt … Liebe bezahlt man … Liebe bezahlt man nicht … Liebe bezahlt man nicht mit … öh *… Liebe bezahlt man nicht mit Goldbarren.* Pfff.
Verdruss … Verdruss lässt … Verdruss lässt sich … Verdruss lässt sich immer … Verdruss lässt sich immer aus … Verdruss lässt sich immer aus der … Verdruss lässt sich immer aus der Welt … Verdruss lässt sich immer aus der Welt karren.

Er zerknüllte das Papier und warf es in den Müll.

Die Nebels hatten die schlechten Neuigkeiten heute in den Nachrichten erfahren. Sie wollten das Ganze jedoch noch nicht so richtig glauben. Trotzig setzten sie ihre nächsten Tage genau so fort, wie sie es ohnehin getan hätten, und blieben noch ein bisschen am Atlantik. Was auch kommen würde, wieso deshalb die Pläne ändern?

~

Auch Bea, Mathew und Nikolas hatten die Nachricht über die Asteroideneinschläge inzwischen mitbekommen. Bea war geschockt, wohingegen Mathew nahezu kalt zu bleiben schien. Er betrachtete die Angelegenheit mit störrischer Ruhe und sah sie als Herausforderung. Sein Sohn verhielt sich nach seinem Vorbild. Es galt für sie, sich auf das Wesentliche zu konzentrieren. Wo befanden sie sich inzwischen? Sie hatten ihr Ziel vorerst erreicht und standen am Strand. Allerdings hatte Bea ihr Portemonnaie in der Bahn liegen lassen. Vermutlich war es inzwischen wieder durch den Tunnel zurück nach Großbritannien gerauscht. Das war mehr als ein Wermutstropfen. Sie hatten kein Geld mehr, nix zu essen, nix zu trinken, konnten sich kein Boot leihen, kein Flugzeug mieten und kein Koordinatengerät kaufen. Sollten sie einfach in den Ozean tauchen? Sie könnten sich nicht orientieren. Sie wussten ja nicht mal, ob der Punkt, den sie anpeilen wollten, der richtige war. Im Gegenteil, sie hatten sogar Zweifel daran. Aber ihnen blieb keine Wahl. Bis zum 9. Juli waren es noch drei Tage. Umkehren konnten sie nicht mehr. Bea stand am Strand und blickte auf den Ozean. Hatte sie die falsche Entscheidung getroffen? Melancholisch sah sie sich um und schaute nach Mathew und Nikolas. Sie saßen etwa hundert Meter hinter ihr am Rand der Dünen. Bea blickte auf den Ozean. – Wie die Wellen an der Küste aufwallten und sich überschlugen, so tat es seit einigen Tagen in ihrem Kopf die Vergangenheit mit Flo. Die Straßen, auf denen sie gefahren waren, sie hatten ausgesehen wie er. Die Gärten, die an ihnen vorbeigerauscht waren, sie hatten gerochen wie er. Und der Blick auf den Himmel über dem Ozean ... hinter dem Horizont lächelte er sie an und erfüllte alles mit Leben.

Auch Flo stand am Strand. Es war später Nachmittag. Er hatte die anderen bei den Zelten klammheimlich verlassen, weil er allein sein wollte. Vor ihm erstreckte sich der Ozean. Was befand sich auf der anderen Seite? Kanada, Neufundland, Québec, die Gemeinde Blanc Sablon. Gestern Nacht hatte er hier am Strand gehockt und ein Gedicht für Bea geschrieben, einen kleinen Vierzeiler. *Den Blick über den Horizont über all die Tiefen, ungetrübt seit lang her ...* – Dabei war es gar nicht so lange her, aber es fühlte sich so an.

Er wandte sich vom Ozean ab und schlenderte den Strand entlang. Wellen, Sand und Steine ... Steine – ab und zu wurden sie vom Wasser bewegt, klackerten übereinander und rieben sich ab. Die Kiesel unter ihnen waren auch mal solche Steine gewesen und hatten sich dann abgerieben, lauter kleine Teilchen, jedes von ihnen mit einer eigenen, unbedeutenden Geschichte, begraben im Sand. Die Kiesel würden sich weiter gegenseitig abreiben, bis nichts mehr von ihnen übrig war. Flo dachte an Bea. Er würde sie nicht wiedersehen. Schwärmerei raus, Realität rein. Tschüss Geliebte, wir haben eine schöne Zeit gehabt. ... Es funktionierte nicht. Eine Träne lief seine Wange hinab. Er wischte sie ab und spazierte weiter den Strand entlang.

Sein Blick fiel auf eine Frau, die in einiger Entfernung vor ihm am Wasser stand. Sie sah so ähnlich aus wie Bea. Etwas schmaler im Gesicht, einen etwas kugeligeren Bauch, etwas brauner, mit längeren Haaren, aber sonst wie sie. Viele Frauen, die er hier sah, erinnerten ihn an Bea. Oben bei den Dünen saß ihr Freund mit einem kleinen Jungen.

~

Als der weißhaarige Mann in der Magnetschwebebahn ein letztes Mal »*Grand rassemblement au Conquet!*«, geschrien hatte, sagte die Rothaarige mit der Hornbrille, neben der Bea saß: »Ein Verrückter.« Sie lächelte dabei und stellte sich vor.

Sie begannen sich zu unterhalten. Die Rothaarige war Französin, konnte drei Sprachen, fließend. Bea hatte gefragt, ob sie wüsste, was dieser merkwürdige Mann gerufen hätte. Er habe etwas von einem großen Treffen in Le Conquet geschrien, hatte sie geantwortet, und hinzugefügt, dass Le Conquet ein Ort an der französischen Küste sei. Bea war über ihre Worte ins Grübeln gekommen. Ein Treffen an der französischen Küste? Und hatte der weißhaarige Mann nicht dauernd »*des hommes-poissons*« gesagt? Hatte vielleicht doch irgendwo ein Funken Logik in seinem Kopf gesteckt? Während ein Steward vor ihnen in der Bahn stand und ihnen die Sicherheitshinweise vortrug, hatte sie noch mal den Notizzettel von Sibel aus ihrer Hosentasche gekramt. Ihr Plan hatte die ganze Zeit schon einen Haken gehabt. Auf dem Zettel stand »Blancs Sablon«, mit s, ein französischer Name. Angestrengt hatte sie gegrübelt, war alles noch mal durchgegangen. Dann waren die Botenstoffe wie Mini-Asteroiden in ihre Gehirnzellen eingeschlagen. Sie hätte fast laut aufgeschrien. Punkt Nummer eins konnte nicht richtig sein. Völlig unmöglich. Es hätte ihr viel früher einfallen müssen. Jeder Schuljunge hätte darauf kommen können, jedenfalls wenn er sich mit Druck auskannte. Punkt Nummer eins lag im Westen des Nordatlantiks, im Gebiet der Tiefseeebene, die sich in einer Tiefe von 4000 bis 6000 Metern am Ozeangrund erstreckte. Um den Druck in der Tiefe grob zu bestimmen, konnte man für jeweils zehn Tiefenmeter ein Bar berechnen. In 100 Meter Tiefe herrschte entsprechend ein Druck von zehn Bar, in 1000 Meter Tiefe ein Druck von 100 Bar und in 4000 bis 6000 Meter Tiefe ein Druck von 400 bis 600 Bar. Das war zu viel. In solchen Tiefen konnten Kiemenmenschen nicht überleben. 307 Bar waren die Grenze. Tiefer kamen sie nicht. In logischer Folge musste Punkt Nummer eins die falsche Wahl sein. Stattdessen rückte nun Punkt Nummer drei in die nähere Wahl, im Osten des Nordatlantiks, am Rand des Mittelatlantischen Rückens, zur Seite der europäischen Küstengebiete hin. »*Un grand rassemblement au Conquet.*« – Der Schrei hämmerte nachträglich in ihrem Kopf. Sie machte ihren Gurt los, sprang auf und lief zu Mathew. Die Leute um sie herum erschraken, eine Frau schrie auf … – Als sie sah, dass Bea nur zu Mathew wollte und keine Bombe umgebunden hatte, beruhigte sie sich wieder. Bea erklärte Mathew die Angelegenheit, redete auf ihn ein, schrie in ihn hinein, dass sie hier falsch wären und die Bahn verlassen müssten. Er und Nikolas waren so eingeschüchtert, dass sie gleich getan hatten, was sie sagte. Zu dritt waren sie wieder aus der Bahn raus, hatten vorm Eingang gestanden und die Sache noch mal diskutiert. Die Magnetschwebebahn hatte sogar noch auf sie gewartet. Der Mann mit den weißen Haaren hatte sie durch ein kleines Fenster beobachtet und mit roten Wangen mitgefiebert. Dann hatten sie sich für Frankreich entschieden.

Das größte Problem auf dem Rückweg war die Meeresstraße von Dover gewesen. Vermutlich wären sie jetzt noch unterwegs, wenn sie nicht so ein Glück mit dem Tunnel gehabt hätten. Per Zufall waren sie durch die Stadt Folkstone gekommen und hatten mitbekommen, dass der Eurotunnel wieder geöffnet hatte, der Folkstone mit Coquelles in Frankreich verband. Sie hatten zu den ersten Hundert Passagieren gehört, die wieder durch den Tunnel gefahren waren. Allerdings hatte Bea vor lauter Begeisterung dann leider ihr Portemonnaie im Zug liegen lassen. Während ihr gesamtes Geld durch den Tunnel zurück nach Großbritannien gerauscht war, hatten sie sich trampend auf den Weg zur westfranzösischen Küste gemacht, nach Le Conquet. Beim ersten Sandstrand, an dem sie vorbeigekommen waren, hatten sie sich absetzen lassen.

~

Flos Schritte wurden schneller. Der Mann, der vor den Dünen hockte, war Mathew. Die Stirnkrater waren unverkennbar, die erkannte er aus hundertfünfzig Meter Entfernung. Flo begann zu rennen.

Bea sah einen Mann auf sich zurennen. Ein Verrückter, dachte sie … oh nein, jetzt drehten alle durch … – Oder war es doch kein Verrückter? Wie von selbst setzten sich ihre Beine in Bewegung … War er das … war er es wirklich? Jetzt rannte auch sie. Der Sand unter ihren Füßen begann zu fliegen. Das konnte nicht sein! Unmöglich! – Bea und Flo trafen sich auf halber Höhe und fielen sich so schwungvoll in die Arme, dass sie gleich wieder auseinandergerissen wurden und im Sand landeten. Mathew und Nikolas suchten – als Bea losrannte – aus irgendeinem Impuls heraus zunächst erschrocken den Strand nach Verfolgern ab. Dann fiel Mathews Blick auf ein sich wild umarmendes Knäuel aus Bea und einem anderen Menschen im Sand, und seine Stirnkrater verwandelten sich in ein blühendes Rosenbeet. Nikolas begann vor Aufregung zu hüpfen. Dann rannten auch sie hinzu und fielen dem *Flo-Bea-Knäuel* in die Arme.

Freudestrahlend und ausgelassen gestikulierend schlenderten die vier den Strand entlang. Sie tauschten sich aus und erzählten, wie es ihnen jeweils ergangen war. Aus Flo sprudelte es nur so heraus.

Sie erreichten den Zeltplatz, dann ihre Zelte und den Rest der Nebel-Familie. Alle waren da. Großes Hallo, leuchtende Augen, Neugier und Kennenlernenfreude. Kein Funken von Missmut, trotz freiliegender Kiemen. Stolz standen sie alle da und stellten sich höflich vor, Karen, Raik, Zohra, Tina … Draco auf seine Art, indem er Nikolas fast über den Haufen sprang. Beas froher Blick. Das Beste waren Nikolas' Augen, als er die Zwillinge sah: schüchtern, gespannt. Seff und Kjell schüttelten ihm kumpelhaft die Hand.

Sonnenuntergang. Die Zwillinge und Nikolas spielten Frisbee. Draco sprang nach der Scheibe. Die Erwachsenen saßen vorm Zelt und unterhielten sich ernst über die bevorstehenden Ereignisse. Noch drei Tage bis zum 9. Juli. Sie überlegten, wie Bea, Mathew und Nikolas auf den Ozean gelangen könnten. Bea holte den Zettel mit den Koordinaten hervor, lernte sie auswendig und schrieb sie noch mal ab. Flo legte das Koordinatengerät auf den Tisch und deutete auf den Zettel. »Es müsste möglich sein, an ein Boot zu kommen«, sagte er. »Aber zu Punkt Nummer drei sind es etwa 1500 Kilometer und uns bleiben nur noch knapp drei Tage. Angenommen, wir machen uns morgen auf die Suche und finden ein Boot, dann bleiben uns vielleicht noch … hm … sagen wir mal, zwei Tage für die Fahrt … also 48 Stunden! Wir brauchen aber ein schnelles Boot.«

»Oder ein Flugzeug«, ergänzte Raik und deutete auf Karen.

»Ich könnte euch hinfliegen«, sagte Karen. »Aber es ist hier, glaub ich, wesentlich leichter, an ein Boot heranzukommen als an ein Flugzeug!«

Mathew lachte. »Der Ausstieg ist auch leichter!«

»Wie schnell fährt so ein Boot?«, fragte Flo.

»Die sind schneller, als man denkt«, erwiderte Karen. »Ich weiß, dass ein normales Passagierschiff es auf mehr als 30 Knoten bringen kann, das sind über 60 Stundenkilometer.«

Flo rechnete: »Zehn Stunden, 600 Kilometer; 20 Stunden, 1200 Kilometer … plus 300 Kilometer, also noch mal … etwa fünf Stunden, macht insgesamt 25 Stunden?«

Karen rechnete nach und nickte.

»Das ist machbar«, sagte Raik. »Ich denke, ein Boot wäre die beste Lösung. Hier in der Gegend gibt es eine Menge davon. Brauchen tut sie ja keiner mehr. Wir können einfach die Häfen an der Biskaya-Küste abklappern.«

Die anderen stimmten zu.

Am nächsten Morgen ging es los. Nicht alle konnten mitkommen. Zohra, Tina und die Zwillinge blieben auf dem Campingplatz.

Es ging Richtung Süden, die Bucht der Biskaya hinab. Sie fuhren einen Hafen nach dem anderen an. Saint-Nazaire, Les Sables-d'Olonne, La Rochelle, Rochefort, Royan, Bordeaux, Bayonne.

An ein Boot zu kommen, stellte sich als schwieriger heraus, als sie zuvor gedacht hatten. Sie sahen sehr viele, aber meist waren sie verriegelt und verrammelt. Die Häfen waren verlassen, denn kaum ein Mensch arbeitete noch. Hier und dort trafen sie jemand bei einem Boot, aber nie bei einem passenden. Mit Segelbooten konnten sie nichts anfangen und Boote, die es nicht auf zwanzig Knoten brachten, waren zu langsam. In Royan trafen sie einen hilfsbereiten Mann bei einem modernen Elektro-Speedboot. Flo unterhielt sich mit ihm auf Französisch und übersetzte es den anderen.

Flo selbst konnte so ein Speedboot fahren. Er hatte es zumindest schon mal getan, mit Karen. Aber das war lange her. Zudem war das Boot klein und nicht für lange Fahrten über den Ozean gemacht. Sie bräuchten viele Akkus. Der Mann sagte, er habe genug, sie seien aber nicht geladen. Einen Tag bräuchte das schon noch. Flo ließ sich seine Telefonnummer geben.

In Bordeaux lag ein Wasserflugzeug im Wasser, aber es war keine Menschenseele weit und breit zu sehen. Der Tag verstrich. Die weitere Suche blieb erfolglos.

Abends saßen sie wieder mit den anderen bei ihren Zelten. Noch zwei Tage. Morgen würden sie es noch mal in Bordeaux versuchen. Vielleicht könnten sie den Besitzer des Wasserflugzeugs ausfindig machen. Die Alternative war das Speedboot. Sie riefen den Mann an, der ihnen seine Telefonnummer gegeben hatte. Er war bereit, ihnen sein Boot zu vermachen. Die Akkus seien morgen geladen. Er könne mit ihnen zum Hafen kommen. Sie willigten dankbar ein und vereinbarten einen Termin.

Am nächsten Morgen standen sie um 6:00 Uhr auf und fuhren zunächst wieder nach Bordeaux. Noch immer lag das Wasserflugzeug im Hafen, aber nach wie vor war niemand zu sehen.

Um 10:00 Uhr trafen sie in Royan den Besitzer des Speedboots. Er zeigte ihnen das Boot genauer. Es hatte über 1000 PS und war 270 Stundenkilometer schnell. Ein komplett geschlossenes Verdeck überdachte vier Sitzplätze. Das Boot war einem Porsche nicht unähnlich, nur dass es statt Rädern einen V-förmigen Bootsrumpf und statt Türen Einstiegsluken hatte, die sich nach oben aufklappen ließen. Im engeren Sinne war es kein echtes Speedboot, besonders der V-förmige, gebogene Bootsrumpf war untypisch, da ein solcher verhältnismäßig tief in das Wasser eintauchte und die Reibungsfläche erhöhte. Mit Blick auf eine Fahrt über den Ozean war das allerdings nicht schlecht, da das Boot so etwas sicherer im Wasser lag. Der Mann hatte vier Akkus dabei. Wenn sie Glück hätten, würden die bei ca. 250 Stundenkilometer jeweils drei bis vier Stunden halten. Flo rechnete es durch: eine Stunde, 250 Kilometer; drei Stunden, 750 Kilometer. Zwei Akkus also für 1500 Kilometer. Es müsste hinkommen, aber für Hin- und Rückfahrt bräuchte man alle vier Akkus. Er wollte mit dem Mann ins Boot steigen, um sich erklären zu lassen, wie man es fuhr. Bea hielt ihn am Ärmel fest. »Aber Flo, du musst uns nicht fahren! Das kann Mathew machen!«

Mathew nickte.

»Ich fahre euch!«, setzte Flo dagegen.

»Aber Flo …«

»Ich hab so ein Ding schon mal gefahren«, unterbrach Flo ernst. »Das ist nicht so einfach. Das Boot hat vier Sitzplätze. Und ein bisschen Platz für die Akkus ist auch noch da. Das wird schon klappen!«

Flo war fest entschlossen.

Bea und Mathew erklärten sich schließlich einverstanden.

Der Mann demonstrierte Flo, wie man den Akku einsetzte. Dazu sprang er aufs Bootsheck, öffnete eine kleine Klappe und schob die schwere Batterie hinein. Er zeigte Flo genau, wie man sie anschloss, und ließ sie ihn selbst einmal auswechseln. Auch Mathew war dabei. Dann öffneten sie die Einstiegsluken und betraten das Boots-Cockpit. Der Mann wies Flo auch hier ein und fuhr mit ihm ein paar Proberunden. Bea, Mathew und Nikolas saßen währenddessen am Kai und ließen ihre Beine im Wasser baumeln. Karen und Raik fuhren zu einem Supermarkt und besorgten etwas zu essen.

Später war es dann so weit. Sie verstauten acht Wasserflaschen, vier große Brötchentüten, ein paar Äpfel und einige Packungen Müsliriegel im Boot. Raik gab Flo ein Handy. Dann bedankten sie sich herzlichst bei ihrem Helfer und verabschiedeten sich. Der Abschied war kurz. Sie machten kein großes Aufheben davon, keiner wollte den Teufel an die Wand malen. Raik und Karen hofften, ihren Sohn am nächsten Tag wohlauf wieder empfangen zu können.

Flo und Mathew schlossen die Luken und winkten den anderen ein letztes Mal durch die Fenster zu. Dann steckte Flo den Zündschlüssel ein und startete. Langsam setzte sich das Boot in Bewegung. Raik und Karen standen noch lange am Kai, so lange, bis das Boot nicht mehr zu sehen war.

Mathews Geheimnis

Sie durchquerten das küstennahe Gebiet ohne das kleinste Problem. Das war in diesen Gefilden nicht selbstverständlich, denn Royan lag am Golf der Biskaya und das Gebiet im Dreieck Brest, Biarritz und La Coruña war bekannt für schlechte Seebedingungen. Gründe dafür waren in erster Linie die Westwinde und der in Küstennähe besonders flache Meeresboden. Die kräftigen Winde trieben das Wasser in Landesrichtung und der sich erhebende Meeresboden bremste es ab, so dass sich die Wellen aufsteilten. Zudem konnte das Wasser von den Küsten der Biskaya zurückgeworfen werden, so dass für kleine Boote gefährliche Überlagerungen entstanden. Aber die vier hatten Glück. Still und ruhig lag der Ozean vor ihnen. Ein Navigationssystem im Bordcomputer erleichterte ihnen die Fahrt. Sie hatten die Zielkoordinaten eingegeben, Flo brauchte nur der vorgegebenen Linie auf dem Bordcomputer zu folgen. Eine große weiße Wasserschneise hinter sich herziehend, rauschten sie mit 250 Stundenkilometern hinaus in die Weite des Ozeans.

Die Sonne knallte herab. Sie durchquerten einen endlos erscheinenden Wald aus Windrädern. Rauschend zog das Boot halbkreisförmige Wasserschneisen zwischen den weißen Giganten. Danach sank der Ozeangrund unter ihnen von einigen hundert Meter Tiefe im Bereich des Kontinentalschelfs über Kontinentalhang und Kontinentalfuß in Tiefen von über 4000 Metern ab.

Zur gleichen Zeit fuhren Raik und Karen zurück nach Le Conquet zum Campingplatz. Das Radio lief, es kamen die Nachrichten. Die Worte des Sprechers schockten sie, denn es gab eine Hurrikanwarnung. Karen rief

Flo an, aber der hatte kein Netz. Die beiden änderten die Fahrtrichtung und fuhren erneut Bordeaux an.

Flo drückte auf die Tube. Zwischendurch machten sie Pause, öffneten die Luken, tranken und aßen. Flo und Mathew wechselten den ersten Akku aus. Bea und Nikolas nahmen ein kühlendes Bad, danach setzten sie sich vorne auf das Boot und ließen die Beine im Wasser baumeln. Flo fand das unheimlich. Er hatte panische Angst vor Haien. Obwohl er im Trockenen saß, zog er die Füße näher an seinen Körper. »Du hast zu viele Filme geguckt«, sagte Bea.
»Kann sein«, erwiderte er und zog seine Füße noch näher an sich.
»Haie greifen keine Menschen an«, sagte sie. »Du musst ihnen ruhig in die Augen schauen und darfst nicht übereilt wegschwimmen, dann halten sie respektvoll Abstand.«
»Hm«, summte Flo und umschloss mit den Fingern die Zehen.
Sie fuhren weiter. Das Wetter blieb schön, die See ruhig. Sie dachten an ihre schönen, zusammen verbrachten Zeiten. Flo wurde sich schmerzvoll bewusst, dass ihre letzten gemeinsamen Stunden angebrochen waren.

Karen und Raik waren auf dem Weg nach Bordeaux. Sie wollten versuchen, einen Rettungshubschrauber zu organisieren. Karen erinnerte sich, eine besetzte Station der Küstenwache gesehen zu haben. Vielleicht würde man ihnen helfen. Es ging ja nur noch um Flo, nicht um die in der Öffentlichkeit verhassten Kiemenmenschen. Der Hurrikan würde den Weg ihres Sohnes noch heute Abend kreuzen. In dem kleinen Boot hätte er so gut wie keine Chance.

Als Flo, Bea, Mathew und Nikolas einen Großteil ihres Weges hinter sich gebracht hatten, erhoben sich vor ihnen am Horizont die Hänge einer schwimmenden Stadt. Städte in diesen Gefilden waren nicht am Grund verankert, sondern bewegten sich frei in den Warm- und Kaltströmen der Ozeane. Auf ihnen konnten bis zu fünfzigtausend Menschen leben, Nomaden der Meere. Flo hielt auf die schwimmende Stadt zu und fuhr an ihrem Ufer entlang. Nutztiere grasten auf den grünen Hängen. Vor ihnen sah man ein Wellenkraftwerk, dahinter Solar- und Windkraftwerke. Einige Leute standen am Ufer und winkten dem Boot zu. Nikolas starrte noch lange auf ihre kleinen Konturen, bis sie mit den grünen Hängen verschmolzen. Langsam verschwand die Insel hinter ihnen in der Weite des Ozeans. Unter ihnen begann der Meeresgrund sich wieder zu erheben. Der Fuß des Mittelatlantischen Rückens verdickte die Erdkruste.

Dep -1,242, lat 47.98992, lon -24.25781. Mit Erreichen ihres Ziels nahm ihre Glückssträhne ein Ende. Vor ihnen wurde es schwarz. Der Hurrikan zog auf. Blitze züngelten über den Himmel, es grollte und donnerte. Sie hatten Glück im Unglück, denn noch war der Wellengang nicht allzu hoch. Flo stellte den Motor ab. Unkontrolliert tanzte das Boot auf den Wellen. Bea, Mathew und Nikolas zogen sich bis auf die Unterwäsche aus. Flo saß still am Steuer. Eine Welle ließ ihn einmal kurz vom Sitz abheben. Bea krabbelte zu ihrem Freund und setzte sich ihm zugewandt auf seinen Schoß. Er wollte etwas Passendes sagen, aber es verschlug ihm die Sprache. Eine Weile schwiegen sie. »Na los!«, sagte Flo dann erstaunlich gefasst. »Auf gehts! Ich wünsch euch viel Glück!«

Sie blieb regungslos auf ihm sitzen.

»Bea!«, ermahnte Flo. »Ihr müsst jetzt aus dem Boot raus!«

Bea schluchzte.

Mathew und Nikolas warfen ihr einen irritierten Blick zu. Wollte sie jetzt eine lange Abschiedsszene machen? Der Himmel wurde schwärzer und schwärzer. Flo lehnte sich in seinem Sitz zurück und verschränkte die Arme.

Bea sagte leise: »Ich kann aber noch nicht gehen.«

Flo fühlte sich auf einmal etwas beklommen. »Wieso nicht?«, fragte er.

»Weil es da noch etwas gibt, was ich dir sagen muss«, antwortete sie.

Er schaute sie ernst an, ahnend, was jetzt kommen würde. – Er mochte keine Klischees. »Ich liebe dich auch«, flüsterte er etwas taktlos.

Sie beugte sich auf einmal energisch vor und packte ihn am Kragen. »Mann, duuu!« Dann lehnte sie sich tief durchatmend wieder zurück.

Er schaute sie gerührt und fragend an.

Sie zwinkerte. »Wenn dus nicht wissen möchtest, dann erzähl ichs dir eben nicht!«

Nun war er doch neugierig geworden. »Was ist es denn?«

Sie sah ihm in die Augen. Er konnte ihren Blick nicht deuten. In Beas Augen spiegelte sich eine völlig unvereinbare Mischung aus Unsicherheit, Vorfreude und Dominanz. Was sollte das? Musterte sie ihn, um herauszufinden, ob er es wert war zu erfahren, was sie ihm sagen wollte? Oder hatte sie Angst davor, wie er auf ihre Worte reagieren würde?

Plötzlich nahm sie entschlossen seine Hand und legte seine Handfläche behutsam an ihren Bauch.

Er fragte sich, was das sollte.

Sie blickte ihn wieder an. Jetzt war ihr Blick ein bisschen ängstlich.

Ihr Bauch war dicker als sonst, ja, das fiel ihm auf, aber … – oh nein – seine Augen wurden größer und größer. War sie …

»Ich bin schwanger«, sagte sie ernst.

»V…, v…, von mir?«, stotterte er.

Sie hätte ihm am liebsten eine geklatscht. »Ja, von dir!«

Flo sank steif in seinen Sitz zurück.

Sie starrte ihn an.

Er schüttelte hilflos den Kopf. Bea hatte ihn überrumpelt. Er wusste überhaupt nicht, wie er reagieren sollte …

»Und jetzt?«, fragte er mit zitternder Stimme.

»Jetzt müssen wir uns verabschieden«, antwortete sie fest.

Flo schluchzte. Kraftlos beugte er sich zu ihr, schniefte und umarmte sie. Es tat gut, sie zu spüren.

Sie umarmten sich lang und innig. Dann machten sie sich widerwillig voneinander los und Flo verabschiedete sich von Nikolas und Mathew. Eine Welle erfasste das Boot und riss es ein Stück mit sich. Flo landete in Mathews Armen. Sie hatten nicht mehr viel Zeit. Bald würden sie die Luken nicht mehr öffnen können, ohne dass das Boot volliefe. Es war an der Zeit zu gehen. Bea nahm das Koordinatengerät und Flo öffnete die Luken. Getöse, dunkle Wolken, pfeifender Wind, Gischt. Ein Schwall Wasser ergoss sich in seinen Schoß … brrrrr. Schnell hüpften die drei aus dem Boot. Flo warf Bea eine Kusshand zu – wie Raik es immer getan hatte, als Flo noch ein Kind gewesen war. Dann musste er die Luken wieder schließen. Still saß er da und schaute aus dem Fenster. Er konnte die Köpfe der drei schon nicht mehr sehen. Leise heulte der Sturm.

Bea, Mathew und Nikolas fassten sich an den Händen. Mit kurzen, schnellen Beinschlägen hielten sie sich an der Oberfläche. Wasser schwappte ihnen über die Köpfe. Um ihre Ohren herum heulte, rauschte und spritzte es. Ein letztes Mal gab die See den Blick auf das Boot frei, dann verlor es sich im tobenden Ozean. Ängstlich suchend wanderte Beas Blick über die Wellengipfel. Sie spürte Kälte in sich aufsteigen.

Wind heulte ihnen um die Ohren. Wasser peitschte ihnen ins Gesicht. Ungemütlich war es hier. Trotzdem wollten sie noch nicht abtauchen. Dies waren ihre letzten Atemzüge. Fest spürte Bea Mathews Hand und, auf der anderen Seite, Nikolas' Hand. Bea beobachtete, wie Mathew seinen Sohn fragend ansah, ob alles in Ordnung wäre. Der Kleine nickte gefasst. – Was für ein Vertrauen er hatte! Sie schaute wieder zu Mathew. Er erschien ihr sehr gefasst. Ein Ruhepol inmitten der schäumenden See. Seine friedvollen Augen, seine Stirnkrater, geprägt von Schmerz und Trauer, jedoch kraftvoll und voller Symbolik wie alte Schlachtfelder, über die Gras gewachsen war. Und auf einmal stiegen die Fragen zu Mathews Vergangenheit wieder in ihr auf. Sie konnte die wie von selbst aufkeimenden Gedanken nicht wegdrängen. Dies war die letzte Gelegenheit, sie würde vielleicht nie wieder mit Mathew darüber sprechen können. Wie waren seine Stirnkrater entstanden? Was war mit seiner Frau passiert? Hatte sie Kiemen gehabt? War sie vielleicht in die Hände der falschen Menschen geraten?

»Wollen wir?«, rief Mathew prustend durch den Sturm.

»Noch nicht!«, rief sie zurück. Sie kämpfte sich zu ihm, drückte ihre nasse Haut gegen ihn und paddelte sich mit kleinen schnellen Beinschlägen nach oben, so dass ihr Mund sein Ohr erreichte. »Ich muss noch was wissen!«, prustete sie durch das Windgesäusel.

»Was musst du noch wissen?«, fragte er.

»Was ist mit deiner Frau passiert?«

Wie die Sonne hinter zerrissenen Wolken verschwunden war, so verschwand die Ruhe aus seinen Augen. Wasser wusch durch sein Gesicht. Ruckartig wandte er sich ab, blickte zu Nikolas, dann wieder zu ihr, ohne mit der Wimper zu zucken, trotz der schäumenden See. Er nickte, schien bereit, es ihr zu sagen. Nun würde sie endlich erfahren, was ihn zu dem gemacht hatte, der er heute war.

»Hat sie Kiemen gehabt?«, fragte sie.

»Nein«, sagte er.

»Woran ist sie gestorben?«

Mathew schaute ängstlich zu Nikolas. Unbeteiligt schwamm der Junge im schäumenden Wasser. Er konnte nicht hören, was sie sagten.

Mathew drückte seinen Mund direkt an Beas Ohr. Klar und deutlich vernahm sie seine Worte. »Kiemenleute können Kinder von Menschen gebären«, flüsterte er. »Umgekehrt geht das nicht. Ich hatte das nicht gewusst. Sie starb bei der Geburt.« Er ließ von ihr ab und wandte sich zu Nikolas. »Kleiner! Bist du bereit?«

Nikolas nickte.

Mathew zählte mit seinen Fingern bis drei. Dann tauchten sie ab.

Bea blieb noch an der Oberfläche. Wie eine Welle, gefüllt mit Feuerquallen, waren ihr Mathews Worte ins Gesicht geschwappt. Hätte er den Tod seiner Frau verhindern können? So wie es aussah, trug er sogar die Schuld daran. Er war ihr auf einmal so nah wie nie zuvor, näher als ihr lieb war. Seine Unvollkommenheit umschlang sie wie eine alte Anakonda. Gestank von Zeit drang ihr in die Poren. Seine Waghalsigkeit entsetzte sie, seine stoische Ruhe schnürte ihr die Luft ab, seine Hilflosigkeit fraß sie auf. Puh, gar nicht so einfach. Doch es war keine Zeit mehr. Wo waren die beiden? Bea ließ ihre Gedanken los und glitt in die Tiefe. Ein betäubendes Blubbern in ihren Ohren, dann Ruhe. Vor ihren Augen schillerte es düsterblau. Das Koordinatengerät erleichterte ihr das Tauchen, weil es so schwer war. Sie erkannte die Umrisse von Mathew, der mit Nikolas vor ihr tauchte. Mit einem kräftigen Beinschlag ließ sie sich auf Mathews Höhe gleiten und tastete nach seinem Arm.

Nebeneinander und Hand in Hand rauschten die drei hinab in die Dunkelheit.

~

Raik und Karen hatten Bordeaux erreicht. Sie fuhren am Hafen vorbei. Zwei Motorboote zogen mit Seilen das alte Wasserflugzeug zur Seite, um den Anlegeplatz für ein Schiff freizumachen. Raik und Karen hielten an, stiegen aus und gingen zum Kai, wo eine Frau die Aktion koordinierte. Es gelang ihnen, auf Englisch mit ihr zu sprechen. Das Flugzeug gehörte der Frau. Aufgeregt brachten Karen und Raik ihr Anliegen vor.

Ein Wal

Flos Abschiedstrauer war vorerst verflogen. Im Moment gab es für ihn nur eine Richtung, zurück zu seiner Familie. Nervös versuchte er das Boot zu starten, doch ohne Erfolg. Zitternd zog er den nassen Schlüssel aus dem Zündschloss und rieb ihn an seiner Hose ab. Sein Blick fiel auf den Bordcomputer. Rechts unten bemerkte er ein blinkendes Batterie-Zeichen. Der Akku musste wieder gewechselt werden. Scheiße, bloß keine Zeit verlieren, denn die Wellen türmten sich immer höher auf. Er griff nach dem Ersatzakku auf der Rückbank, öffnete die Luken und kletterte durch das peitschende Wasser zum Heck. Zitternd stellte er die Batterie ab und öffnete die Klappe. Eine Welle riss das Boot mit sich. Flo packte mit der Linken den Akku und krallte sich mit der Rechten an der Öffnung im Heck fest. Wasser rauschte über das Boot und spülte ihn fast mit sich. Mühsam zog er sich wieder zu der Öffnung. Es gelang ihm, die Akkus auszutauschen. Schnell schlug er die Klappe wieder zu. Eine Welle riss das Heck ruckartig in die Höhe. Er wurde vom Boot katapultiert und landete in fünf Meter Entfernung im tobenden Wasser. Der ausgewechselte leere Akku schlug nur knapp neben seinem Kopf ein. Eine weitere Welle trieb das Boot von ihm weg. Er wollte hinschwimmen, aber mit seinen Klamotten schaffte er es nicht. Schnell zog er die Füße an seinen Körper, öffnete die Schnürsenkel seiner Schuhe und streifte sie ab. Die Strömung ließ ihn einmal über Kopf kreisen. Prustend tauchte er wieder auf. Er streckte den Kopf nach oben und nahm japsend einige große Atemzüge. Dann fixierte er das Boot, das in diesem Moment noch weiter von ihm wegtrieb. Erneut nahm er einen tiefen Atemzug, tauchte ab und schwamm ein Stück unter Wasser. Armzug, Beinschlag, Armzug, Beinschlag, Armzug, Beinschlag. Er tauchte wieder auf und schnappte nach

Luft. Wo war das Boot? Da, direkt hinter ihm. Es trieb plötzlich auf ihn zu. Schützend hielt er seine Arme über den Kopf. Ein stechender Schmerz durchfuhr seinen rechten Ellbogen. Der Versuch aufzuschreien. Wasser drang tief in seine Luftröhre. Das Boot war über ihm. Wild mit den Armen rudernd, tastete er sich unter dem auf und ab schmetternden Rumpf entlang, schaffte es bis zum Rand und durchbrach die Wasseroberfläche. Er würgte und kotzte Wasser. Das Boot verschwamm vor seinen Augen. Er fing sich wieder. Entkräftet klammerte er sich an einen Vorsprung der Bootswand, erreichte die Einstiegsluke und griff blind zu. Mit einem Verzweifelungsschrei zog er sich hoch und kletterte an Bord. Schnaufend schloss er die Luken.

Er fand sich auf dem Fahrersitz wieder. Das Wasser am Boden reichte bis über seine Knöchel. Sein Ellbogen schmerzte, seine Hand blutete. Ein Schlitz zog sich durch den Hautlappen zwischen Daumen und Zeigefinger.

Bedrohlich schwankte das Boot zur Seite. Es stand jetzt längs zu den Wellen, so dass es kippen konnte. Eilig griff er nach dem Zündschlüssel. Er steckte nicht mehr im Schloss. Oh nein. Flo tastete vor seinen Füßen im Wasser – kein Schlüssel. Er stellte das Licht an und begann, das Boot zu durchsuchen.

Der blasse Schein des Koordinatengerätes war die einzige Lichtquelle, die Bea, Mathew und Nikolas hatten. Nach etwa hundertfünfzig Metern war es um sie herum schwarz geworden. Ihre Herzschläge wurden langsamer. Sie spürten, wie ihre Brustkörbe zusammengedrückt und die letzten Luftblasen aus ihren Körpern gepresst wurden. Ihre Lungen wurden ausgewrungen wie nasse Schwämme. Gleichzeitig schüttete ihre Gehirnrinde körpereigene Opiate aus. – Sie fühlten sich gut. Langsam tauchten sie weiter. Allein das Koordinatengerät verriet ihnen die richtige Richtung. Vor ihnen befand sich nichts als das tiefe Schwarz des Ozeans.

Bereits ein paar hundert Meter tiefer wäre ihre Reise fast zu Ende gewesen. Sie trafen auf einen Feind, mit dem sie nicht gerechnet hatten: Öl. Der Lichtschimmer des Koordinatengerätes hatte es ihnen verraten, sonst wäre es um sie geschehen gewesen. Eine schwarze Wand lag direkt unter ihnen. Bei aller Vorsicht, die jetzt geboten war, ärgerten sie sich, dass ausgerechnet diese natürliche Ressource des Planeten noch nicht vollständig ausgeschöpft war. Sie tauchten horizontal an der Ölwand entlang. Jeder Ausläufer der ekelhaften Brühe hätte ihnen die Kiemen verkleben können.

Flo wurde im Boot hin und her gerissen. Er sagte zu sich, dass er bis zum Schluss stark bleiben und kämpfen würde, so lange, wie noch ein Funken Leben durch seine Adern floss. Er sagte sich, dass er notfalls im Gehen sterben würde … – aber nicht auf der Suche nach einem Zündschlüssel! Verdammt. Eine mächtige Welle hob das Boot in die Höhe. Er wurde kurz an die Außenwand gepresst, schleuderte durch den Innenraum und schlug unsanft gegen eine der Einstiegsluken. Benommen richtete er sich wieder auf und stieß sich den Schädel an der Kopfstütze des Fahrersitzes. Mit dem Rumpf nach oben tanzte das Boot in den Wellen.

Bea blickte auf das Koordinatengerät: *dep 1376,497, lat 47.98402, lon -24.25416*, leuchtete es vor ihr. Nachdem sie das Ende der Ölschicht erreicht hatten, tauchten sie nun bereits eine ganze Weile senkrecht an ihr hinab. Beas Muskeln brannten. Sie war das Tauchen solch langer Strecken nicht gewöhnt und sie hatte nicht genug gegessen. Sie mochte gar nicht daran denken, wie es Nikolas ging. Hoffentlich überstand der Kleine diese Tortur. Die Strecke am Öl entlang erschien ihr endlos. Irgendwann hatten sie es geschafft. Bea hätte nie gedacht, dass sie sich mal so freuen würde, das Leuchten von Tiefseefischen zu sehen. Viele von ihnen konnten durch chemische Prozesse Licht erzeugen, es diente zur Beleuchtung der Umgebung, zur Partnersuche oder zum Anlocken von Beutetieren. Tief unten begann es vereinzelt blau und blaugrün zu blitzen und zu funkeln. Die Lichter verrieten Bea, dass sie die Ölschicht hinter sich gelassen hatten. Jetzt konnten sie sich wieder ganz auf die Standortbestimmung konzentrieren. Sie machten eine kurze Pause – Nikolas war erschöpft. Bea gab ihm das Koordinatengerät. Es war schwer genug, um den Kleinen nach unten zu ziehen. So brauchte er nicht mehr aktiv zu tauchen und konnte ein bisschen ausruhen.

Die Nacht war hereingebrochen. Noch immer tobte der Sturm. Das Boot wurde von den Wellen hin und her gewälzt. Flo rollte durch seine eigene Kotze. Er konnte nicht mehr. Schon als Kind hatte er nie in Karussells gehen mögen, nicht mal in die Schiffschaukel hatte er sich getraut. Er würgte. Ein Himmelreich für eine Schiffschaukel. Das war das Ende. Auf der Suche nach dem Zündschlüssel in der eigenen Kotze erstickt – besser gings nicht.

Unter Bea, Mathew und Nikolas begann es verstärkt blaugrün bis rötlich zu leuchten. Eine Ansammlung tausendfachen, betörenden Glitzerns kam näher und näher. Bea kam sich vor, als würde sie im Weltall auf die blau, grün und rot gefärbte Milchstraße zufliegen. In Wirklichkeit handelte es sich um die leuchtenden Tentakel einer Staatsqualle der Gattung *Erenna*. Staatsquallen konnten bis zu zehn Meter lang werden. Ihre Tentakel verfügten über eine Vielzahl von Seitenarmen, die von giftigen Nesselzellen übersät waren. Bea wusste, dass das Gift einiger Staatsquallenarten so wirksam war, dass es zum Zusammenbruch des Herz-Kreislauf-Systems und somit zum Tod führte. Die Tiere erzeugten mit ihren Leuchtorganen rhythmisch pulsierendes Licht und lockten so Fische an. Beas Blick fiel auf Nikolas, der vom Gewicht des Koordinatengerätes in die Tiefe gezogen wurde. Er hatte seine Hand von Mathew gelöst und rauschte genau auf die glitzernde Falle zu. Mit kräftigen Beinschlägen holten sie ihn ein. Sie erreichten ihn kurz vor der Qualle und zogen ihn zurück. Dann schwammen sie einen großen Bogen um das Viech herum. Bea nahm das Koordinatengerät wieder an sich.

Flo lag halb ohnmächtig im Boot. Er rührte sich nicht. Neptun hatte ein Einsehen gehabt. Die See war wieder ruhig, der Sturm vorbei, aber Flo war so schlecht, dass er sich nicht mehr bewegen konnte. Regungslos lag er im kalten Wasser. Die Bootsarmaturen kreisten verschwommen vor seinen Augen. Dann fiel er in den Schlaf. Langsam, aber stetig kroch Kälte in seinen Körper. Er atmete Sauerstoff ein und Kohlendioxid aus. Die zur Verfügung stehende Atemluft ging zur Neige.

Sie erreichten den Grund. Bea spürte ihr Herz schlagen und das Blut durch ihre Adern wandern. Ihr Brustkorb hatte sich komplett zusammengezogen, die Rippenbögen traten hervor wie bei einer Magersüchtigen. Obwohl das Wasser keine vier Grad mehr hatte, war ihr warm. *dep 2987,344, lat 47.98992, lon -24.25781*, so leuchtete es auf dem Koordinatengerät. Sie hatten ihr Ziel erreicht. Doch wo war die Stadt? Ein ätzender Geruch lag im Wasser. Bea spürte, dass etwas sie am Arm berührte. Die Tiefe um sie herum war in Bewegung. Sie nutzte das Koordinatengerät wie eine Taschenlampe und leuchtete um sich. Ihr Blick fiel auf eine weiße Masse, die von etwa einen halben Meter langen Fischen überdeckt war. Die Fische sahen aus wie Schleimaale. Bea wunderte sich. Normalerweise waren diese Aale nur in bis zu etwa zweitausend Meter Tiefe zu finden. Schleimaale waren Aasfresser. Sie hatten weder Augen noch Kiefer. Hornzähne, die auf dem Vorderende des Zungenknorpels saßen, bildeten einen Raspelapparat, um Nahrung abzureißen. Ihr Kopf verfügte über Drüsen, in denen ein Sekret gebildet wurde, das ihnen zur Verteidigung diente. Diese Fische waren äußerst widerstandsfähig. Bea hatte in weniger tiefen Gewässern einmal einige eingefangen und sie mit an die Oberfläche genommen, um sie zu studieren. Einen Tag lang hatte sie sie in der Gefriertruhe aufbewahrt. Als sie sie wieder herausgeholt hatte, lebten sie noch immer. Kein Wunder, dass gerade diese Lebensform nicht ausgestorben war. Beas Blick fiel auf die weiße Masse, die sich wie eine Mauer um sie herum auftürmte. Sie erkannte riesige Rippenknochen, die aus der Masse ragten. Jetzt wusste sie, warum so ein widerlicher Geruch im Wasser lag. Sie befanden sich inmitten eines halbverwesten Walkadavers. Ein Loch, das in ihn hineingefressen worden war, legte den Grund frei, auf dem sie standen. Der Kadaver musste sich im ersten Stadium des Verwesungsprozesses befinden, im *Stadium der mobilen Aasfresser*. Es hieß so, weil in dieser Phase ganz unterschiedliche Aasfresser angezogen wurden, die an diese Art von Nahrung angepasst waren.

Beas Blick fiel auf einen leuchtenden Punkt im Wasser. Langsam schwamm er in etwa einem Meter Entfernung an ihr vorbei. Was war das schon wieder für ein Lebewesen? Der Leuchtpunkt verschwand für kurze Zeit, dann kam er wieder zurück. Sie fixierte den kleinen Leuchtorganismus mit ihren Kiemenmenschen-Pupillen. Um was handelte es sich? Eine Ansammlung von klitzekleinen leuchtenden Ruderfußkrebsen? Ja, das mussten Ruderfußkrebse sein. Wie konnten sich die Miniorganismen so schnell fortbewegen? Das war unmöglich, selbst wenn sie noch so guten Sex hatten. Bea schaute genauer hin. Direkt hinter den Ruderfußkrebsen befand sich ein schwarzer runder Fleck, der einmal hin und her zuckte.

Plötzlich war da etwas Unheimliches. Bea hatte das Gefühl, dass sie etwas durch die Leuchtkrebse hindurch anstarrte.

Auf einmal wusste sie, was sich da vor ihr befand. Ihr war bekannt, dass Ruderfußkrebse sich gerne auf den Augen einer bestimmten Fischart niederließen, auf denen des Grönlandhais. Der Grönlandhai wurde bis zu sieben Meter lang und konnte mehrere tausend Meter tief tauchen. Das Leuchten der Ruderfußkrebse auf seinen Augen diente ihm zum Ködern von Nahrung. Es leitete die neugierige Beute direkt zu seinem Maul.

Der Leuchtpunkt umrundete sie. Wie erstarrt trieb Bea im Wasser. Mathew hatte die Gefahr bereits erkannt. Er schob sich zwischen sie und das Leuchten. Schützend nahmen sie den kleinen Nikolas in ihre Mitte. Bea spürte, wie das Wasser sich bewegte. Wieder fiel ihr Blick auf die Ansammlung von Ruderfußkrebsen direkt vor ihr, keinen Meter entfernt. Sie sah die Konturen des Hais im Schein des Koordinatengerätes. Er schlängelte sich um sie herum, ein Riese. Bea spürte keine Angst mehr. Der Rabauke traute sich viel zu nah an sie heran. Wie konnte man so einem sieben Meter Burschen Respekt beibringen? … Das Leuchten entfernte sich ein Stück, bis es etwa zehn Meter weit weg war. Dort verharrte es eine Weile. Dann setzte es sich wieder in Bewegung … und kam auf sie zu, immer schneller. Es raste auf sie zu. Bea hielt das Koordinatengerät wie eine Taschenlampe vor sich. Der Kopf des Hais tauchte aus der Dunkelheit auf. Er riss sein Maul auf und messerscharfe Zähne stachen hervor. Die Zähne würden an Bea vorbeirauschen, aber sein Auge war gleich genau vor ihr.

Fest umschloss sie das Koordinatengerät mit den Fingern und rammte es mit aller Kraft in die leuchtenden Ruderfußkrebse. Eine glitschige Hautwulst drückte sich um ihre Faust. Für einen Moment steckte ihre Hand in der Augenhöhle des Hais fest. Dann stieß sie ein gewaltiger Schlag zur Seite. Sie schleudert durch das Wasser. Mathew hielt sie fest und wurde mitgerissen. Unkontrolliert wirbelten sie davon. Sie hielten sich fest umschlungen.

Es dauerte eine Weile, bis sie sich wieder gefangen hatten. Bea spürte Mathews festen Griff. Er schien okay zu sein. Sie tasteten nach Nikolas. … Wo war er? … Nikolas? … Ein Schock durchfuhr sie. … Nikolas???

… Da! Sein Kopf. Dann seine Hand. War er in Ordnung? Energisch tasteten sie seinen Körper ab. In diesem Moment trat Nikolas ihr versehentlich mit dem Fuß gegen den Kopf. Seine Arme umschlangen ihren Oberschenkel. … Ja, er war okay. …

Sie rückten dicht zusammen. Wo war der Hai? In einiger Entfernung sah Bea das leuchtende Koordinatengerät in Schlangenlinien über dem Ozeangrund davonsausen. Bald war es aus ihrem Blickfeld verschwunden. Sie griff Mathew und Nikolas an der Hand und zog sie mit sich. Sie mussten weg von hier.

Am Ende von Tag und Nacht

9. Juli
Sonnenstrahlen wurden von dem gewellten Bootsrumpf reflektiert, der einsam und verlassen im Ozean dümpelte. Flo schlug die Augen auf. Er wurde schnell wach. Die Luft war dünn. Jeder Atemzug löste stärkere Panik aus. Spärliches Licht drang durch die Fenster. Es stank nach Kotze und ihm war bitterlich kalt. Er musste dringend hier raus. Zitternd versuchte er die Luken zu öffnen, schaffte es aber nicht, da das Wasser sie zudrückte. Vielleicht gab es eine Notöffnungsfunktion. Mühsam robbte er durch das knöcheltiefe Wasser nach vorne, beugte sich nach oben und öffnete den Staukasten. Einige Sachen plumpsten ihm entgegen, unter anderem das Bordbuch. Er holte es aus dem Wasser und wischte es notdürftig ab. Zitternd blätterte er durch die nassen Seiten. Sie waren verklebt und rissen teilweise entzwei. »Service« … »Funktionen« … Flo wurde nervös. Die Seiten ließen sich nicht auseinanderbringen. Verdammt. Er riss einen ganzen Haufen heraus, legte ihn ins Staufach und blätterte weiter. Da: »Sicherheit«. Mühsam kratzte er Seite von Seite und las sich ein. Hoffentlich brauchte er für die Notöffnung nicht den Bordcomputer, denn der war außer Funktion. Das Buch wies auf einen Notfallhebel im Fußraum hin. Er fand ihn, drückte einen zusätzlichen Entsicherungsknopf und betätigte den Hebel. Zentimeter für Zentimeter öffneten sich die Luken, stufenweise. Er konnte nicht gleich hinaus. Wasser drang in das Boot. Nicht allzu viel, da die gestaute Luft es aufhielt. Als die Luken sich weit genug geöffnet hatten, schwamm er nach draußen. Sonnenstrahlen funkelten ihm durch das Wasser entgegen. Er tauchte auf. Frische Luft umwehte seine Ohren. Mühsam kletterte er auf den treibenden Bootsrumpf, der durch die unter ihm angestaute Luft an der Oberfläche blieb. Der Ozean

war still, Flos Gesicht hingegen weiß wie ein Laken. Zitternd richtete er sich auf und blickte zu allen Seiten. Um ihn herum nur Wasser. Die Luft war warm. Schlotternd zog er sich die nassen Klamotten vom Leib und ließ prickelnde Sonnenstrahlen an seine Haut.

Hand in Hand schwammen Bea, Mathew und Nikolas durch die schwarze Tiefe. Die einzigen Orientierungspunkte, die sie ohne das Koordinatengerät noch hatten, waren der Ozeangrund und vereinzelt aufblitzende Lebewesen. Bea fühlte sich schwach und zerbrechlich. Bloß nicht drüber nachdenken. Einfach weiter, immer weiter und Mathews Hand nicht verlieren.

Flo lag rücklings auf dem Boot, die Arme von sich gestreckt. Wie es aussah, würde er das große Abschlussfeuerwerk noch miterleben. Mühsam stützte er sich auf seine Ellbogen. In der Ferne rauschte ein kleines Flugzeug am Himmel vorbei. Er unternahm keinen Versuch, sich bemerkbar zu machen. Die paar Stunden würde er es auch noch alleine aushalten. Hoffnung war gefährlich in solchen Situationen, der Wahnsinn zu nah.

Das Flugzeug schlug einen Haken und flog auf ihn zu, ein Wasserflugzeug. Es kam näher … und näher … und landete dreißig Meter von ihm entfernt. Die Tür öffnete sich und Raik streckte seinen Kopf heraus. Karen saß am Steuerknüppel. Die Abschrift von Sibels Notizzettel hatte ihnen die richtigen Koordinaten verraten. Sie hatten das Zielgebiet weiträumig umkreist, bis sie Flo entdeckten.

Flo wusste, dass er sich eigentlich gigantisch freuen müsste, aber er war so erschöpft, dass es ihm nicht mehr gelang. Geisterhaft verzerrten sich seine weißblassen Gesichtszüge zu einer entsetzlich anmutenden Grimasse. Mühsam richtete er sich auf und winkte Karen und Raik zu. Er zog sich bis auf die Unterhose aus. Mit staksigen Beinen stand er da und sammelte ein paar Sekunden Kraft. Gleich würde es kalt werden … Zitternd ließ er sich in das Wasser gleiten. Er fühlte sich, als ob er nach einem Saunagang in das Tauchbecken glitte, nur dass sein Körper nicht so stark aufgeheizt war. Japsend begann er durch den Ozean zu schwimmen. Bitte schlag weiter, Herz, bitte, nur noch ein paar Minuten. Leise zischte es aus seinem Mund, immer schneller. Er arbeitete gegen seine Schnappatmung an. Die Muskeln verkrampften sich. Die Armzüge wurden schwach und kurz. Er schluckte Wasser, hustete, schmeckte den Geschmack von Blut. Der Schlitz an seiner Hand hatte sich wieder geöffnet. Eine schmale Blutspur führte an seinem Körper entlang durch das Wasser. Er hörte Karen rufen: »Bleib ruhig! Du hast es gleich geschafft!« Ihm wurde schlecht. Verzweifelt kämpfte er sich weiter und erreichte das Flugzeug. Mit letzter Kraft packte er eines der großen Luftpolster. Dann sah er Karens kräftigen Unterarm. Mit ihrem Klempner-Schraubzwingen-Handgriff zog sie ihn hoch und drückte ihn an sich. Ihre Stimme erschien ihm fast schon unwirklich kraftvoll und unbeschwert. »Na, mein Flo! Das ist ja eine Freude!« Prustend hing er in ihren Armen und lächelte sie verzerrt an. Karens Gesicht strahlte so klar und schön im Sonnenlicht, dass es ihm wie ein surreales Abbild vorkam. War sie es wirklich oder träumte er? Raik erwartete Flo im Flugzeug. Vater und Sohn umarmten sich. Flo zitterte noch. Er spürte Raiks Wärme. Ja, die beiden waren echt. Das hier passierte wirklich. Raik gab ihm ein Handtuch für seine blutende Hand und eine Decke. »Hier! Reib dich trocken und hüll dich in die Decke!« Dann reichte sein Vater ihm eine Thermoskanne mit Tee und eine Tüte mit belegten Brötchen. Karen saß bereits wieder hinterm Steuer und warf einen Blick auf ihre Uhr. »Wir müssen uns beeilen!«, sagte sie. »Vielleicht schaffen wir es noch rechtzeitig zurück.« Flo lächelte blass. Er wusste nicht, wie er sich fühlen sollte. Eigentlich war seine Spielzeit ja schon um gewesen. Nun ging es in die Verlängerung. Noch immer war ihm bitterlich kalt, aber gleichzeitig angenehm warm ums Herz. Es tat gut, die beiden wiederzuhaben.

Tropfend erhoben sich die Luftpolster des Wasserflugzeugs in die Höhe und rauschten in den blauen Himmel.

Bea schwamm über den Ozeangrund. Sie konnte nicht sagen, wie lange sie schon unterwegs waren. Stunden? Tage? Mathew drückte ihre Hand, zweimal. Sie hielten an, ließen sich auf den Grund sinken, machten Pause.

Ob es hier irgendwo eine Stadt gab? Beas Hoffnung begann mehr und mehr zu schwinden. Das Wasser änderte langsam seine Temperatur. Anscheinend befand sich eine warme Quelle in der Nähe. Etwas Hartes, Scharfkantiges berührte ihren Knöchel. Sie tastete vorsichtig mit dem Fuß danach, um herauszufinden, was es war. Dabei stieß sie auf die Öffnung einer kleinen Röhre von etwa einem Zentimeter Durchmesser. Um ihren Fuß herum befand sich eine ganze Ansammlung davon. Vermutlich handelte es sich um die Behausungen von Bartwürmern. Bartwürmer gehörten zu den sogenannten röhrenbauenden Ringelwürmern, es waren kleine Würmer, die in winzigen Röhrchen lebten. Sie waren nicht gefährlich – so hoffte Bea zumindest. Genau sagen konnte sie das nicht. Sie spürte, wie das Wasser wärmer wurde. Bartwürmer befanden sich oftmals in der Nähe von *hydrothermalen Quellen*, wo Wasser aus dem Meeresboden trat, das mit Methan oder Schwefelwasserstoff angereichert war. Bea musste an *Schwarze Raucher* denken. Das waren hydrothermale Quellen, aus denen das Wasser mit bis zu 400 °C quoll. Nicht sehr beruhigend. Wegen des hohen Drucks konnte das heiße Wasser aus den Schwarzen Rauchern nicht verdampfen. Wenn es sich bis auf 100 °C abgekühlt hatte, traten gelöste Metalle und Mineralien aus. Durch die Reaktion des schwefelhaltigen Wassers mit den Metallen kam es zu einer Schwarzfärbung – deshalb der Name. Das schwefelwasserstoffhaltige Wasser aus den Schwarzen Rauchern war für normale Menschen hochgiftig. Ein hoffnungsspendender Gedanke keimte in ihrem Kopf auf, als ihr einfiel, dass sie in den Forschungsunterlagen von Sibel gelesen hatte, dass das Blut der Kiemenmenschen besonders viel Hämoglobin enthielt, damit sie auch in schwefelwasserstoffhaltigen Gewässern ausreichend Sauerstoff aufnehmen konnten. In der Nähe der Schwarzen Raucher, bei Temperaturen um die 30 °C, konnte sich eine Vielzahl lebendiger Organismen ohne Sonnenlicht bilden. Die Orte waren ein Quell des Lebens, das allein aus der Energie des Erdkerns entstand. Wenn eine Unterwasserstadt gebaut worden war, dann mit Sicherheit in der Nähe solcher Orte, damit die Einwohner nicht verhungerten. Bea drückte Mathews Hand wieder kräftiger, richtete sich auf und zog ihn und Nikolas mit sich. Noch war nicht alle Hoffnung verloren. Vorsichtig schwammen sie weiter.

Das Flugzeug steuerte auf die Küste zu. Vor ihnen lag *Les Blancs Sablons*. Sie landeten im flachen Wasser. Auf den Dünen konnten die anderen sie erkennen. Seff und Kjell jubelten und kamen über den Strand auf sie zugerannt. Karen, Raik und Flo ließen das Flugzeug treiben und sprangen von Bord. Das Wasser reichte ihnen bis zur Hüfte.

Seff strahlte vor Freude. »Alter, ihr seid so …« Er stockte, denn er hatte am Himmel einen kleinen Feuerstreifen gesehen, der in diesem Moment erlosch. Sein Lächeln verschwand und er schloss den Satz ab mit einem leisen, bedrückten »… krass …«. Karen schaute auf ihre Uhr. 17:04 Uhr. Eine halbe Stunde zu früh. Der Feuerstreifen musste ein Vorläufer gewesen sein.

Auf den Dünen standen Zohra und Tina auf und kamen zu ihnen. Draco bildete die Vorhut. Sie trafen sich am Wasser. Tina umarmte sie alle herzlich und gab Flo einen dicken Schmatzer auf die Wange. Zohra hielt sich erst mal zurück. Erschöpft ließ Flo sich in den warmen Sand sinken. Über ihm zischte ein weiterer kleiner Feuerball durch den Himmel. Draco kam ängstlich winselnd mit eingekniffenem Schwanz zu ihm und kauerte sich an seine Beine. Der Hund spürte, dass etwas nicht stimmte. Auch Seff und Kjell setzten sich bedrückt daneben. Der Rest stellte sich im Halbkreis davor. – Alles andere als eine normale Begrüßung, aber das war in dieser Situation auch nicht anders zu erwarten. So saßen und standen die Nebels da, schauten in den Himmel und warteten ab.

Nach und nach mehrten sich die kleinen Himmelsfeuer, kleine Kometen, die in der Atmosphäre verglühten. Bald würde es so weit sein. Vor zwei Wochen hatten die Wissenschaftler die genauen Koordinaten und die Reihenfolge der Einschläge bekannt gegeben. Als Erstes sollte ein sieben Kilometer durchmessender Gesteinsbrocken Jemen treffen. Bereits der zweite würde sehr nah bei ihnen einschlagen, in Italien. Der dritte im Indischen Ozean und der vierte in Indonesien. Die restlichen sieben würden sie wohl nicht mehr erleben. Flo hatte in seinem Leben manches Mal an den Tod gedacht. Ab und zu hatte er Selbstmordgedanken gehabt, manchmal sogar Mordgedanken. Am häufigsten hatte er sich vorgestellt, dass er heldenhaft sein Leben für eine andere Person opfern würde. Je älter er wurde, desto unangenehmer war ihm die Vorstellung eines Todeskampfes geworden. Nur bei Bea hatte es sich anders angefühlt. Der Gedanke, für sie zu sterben, hatte ihm nie Angst gemacht. Aber das waren nur Gedanken. Besorgt blickte er in den Himmel.

Einige Minuten später war es so weit. Mit über zweihunderttausend Kilometern pro Stunde drang ein sieben Kilometer durchmessender Brocken in die Erdatmosphäre ein, wobei diese als Widerstand so gut wie keine Rolle spielte. Innerhalb von zwei Sekunden traf er mit unverminderter Geschwindigkeit am Rande Saudi-Arabiens auf die Erde. Das Geschoss durchschlug die Erdkruste und verwandelte große Teile Jemens in einen Krater. Die obersten acht Kilometer des Erdgesteins wurden zigtausende Kilometer ins All geschleudert. Sofort stieg die Temperatur am Einschlagpunkt auf über 50.000 °C. Innerhalb von Sekunden bildete sich ein sich ausdehnender Feuerball, zehn Mal heißer als die Sonnenoberfläche, der über die Arabische Wüste, Äthiopien, Sudan und Somalia hinwegrauschte. Alles in einem Umkreis von tausendfünfhundert Kilometern ging in Flammen auf.

Flo sah in den Himmel. Er bemerkte etwas, das aussah wie gigantische Polarlichter. Es handelte sich um von elektrischen Teilchen erzeugte Effekte – Vorzeichen einer extremen Veränderung. Unsichtbar und lautlos jagte ein *elektromagnetischer Puls* um die Welt und zerstörte sämtliche Elektrogeräte. Irritiert tippte Karen auf ihre Uhr. Sie war stehen geblieben.

Der nächste Asteroid drang über Ägypten und Libyen in die Erdatmosphäre ein. Er zischte über das Mittelmeer hinweg und verwandelte den italienischen Stiefel in eine gigantische Einschlagschneise. Dieser Asteroid war kleiner als der erste, seine Zerstörungskraft jedoch sehr viel größer, denn er bestand nicht aus Gestein, sondern aus Nickel und Eisen.

Ein Erdbeben holte die Nebels von den Füßen, bis auf Karen. Flo war sofort wieder auf den Beinen. Raik stützte sich hoch und eilte zu Zohra, um ihr aufzuhelfen. Die Zwillinge blieben vor Schreck wie erstarrt auf dem Boden sitzen. Draco rannte winselnd von einem zum anderen. Als Raik sich zu Zohra hinabbeugte, baute sich gerade hinter ihm über den Dünen ein roter Schatten auf. Flo schaute genauer hin. Ein Feuerstreifen lag über dem gesamten Horizont und wurde schnell größer. Flo wollte sich nichts anmerken lassen. Auch Karen hatte es bemerkt, sie warf Flo einen Blick zu. Raik musterte die beiden aufmerksam, dann warf auch er unauffällig einen kurzen Blick hinter sich und griff Zohra etwas fester. Auf einmal war Tina bei Flo. Sie umschlang seinen Kopf mit dem Arm. Dann beugte sie sich zu ihren beiden Jungs. Ein monströses Brummen lag in der Luft. Auf den Dünen wurde ein Baum entwurzelt und flog auf sie zu. Ohrenbetäubendes Dröhnen. Flo schaute zu Zohra, die sich auf ihr Knie stützte und Raik an der Hand fasste. Sie richtete sich auf, die rote Wand direkt hinter ihr. Neben ihr stand Raik und warf Karen, Flo und Tina mit finsterem Blick eine Kusshand zu. Dann wurden sie von der Feuerwalze überrollt ...

Bea trieb regungslos auf dem Ozeangrund, die anderen neben ihr. Sie fühlten sich zu schwach, um sich zu bewegen. Eine Erschütterung durchfuhr die See. Der Meeresgrund bebte. Mathew schob Nikolas zwischen sich und Bea und umschloss die beiden schützend mit seinen Armen. Die Wassermassen gerieten in Bewegung. Von der Strömung wurden die drei davongerissen. Sand wirbelte ihnen um die Ohren. Mathew hielt sie zusammen. Verzweifelt hielt Bea Nikolas fest umklammert. Er rutschte an ihrem Körper hinab. Mathew packte ihn und zog ihn wieder hoch. Es wurde wieder ruhiger. Sie sanken hinab, landeten auf dem Grund und lagen einfach nur da.

Die Minuten vergingen, es wurden Stunden. Langsam legte sich der aufgewirbelte Sand. Beas Blick fiel auf einen kleinen runden Lichtfleck, der auf sie zukam und größer wurde. Ein Hai!? – Nein, der Fleck kam nicht näher. Sie hatte es sich nur eingebildet. Leben kehrte zurück in ihre Adern. Sie richtete sich auf und tastete nach Mathew und Nikolas. Die beiden bewegten sich. Einen nach dem anderen zog sie wieder hoch. Was war das für ein Lichtfleck dort in der Ferne? Eine Unterwasserstadt? Oder handelte es sich um das Leuchten eines gigantischen Anglerfisches, der sie mit dem riesigen Leuchtorgan am vordersten Stachel seiner Rückenflosse zu seinem überdimensionalen Maul köderte? Sie würden es herausfinden. Wenn es ein Anglerfisch wäre, würden sie ihm seine Rückenflosse abbrechen und hätten eine gute chemische Leuchtfackel. *Positive thinking*, dachte sich Bea, das war der Trick.

Während Bea, Mathew und Nikolas sich weiter über den Ozeangrund kämpften, schlug der letzte und größte der Gesteinsbrocken aus dem All, der Aaron-Silverland-Asteroid, im Indischen Ozean ein. Das Wasser minderte seine Einschlagskraft nicht. Das kosmische Geschoss riss ein Loch von etwa hundert Kilometern in die Erdkruste. Innerhalb weniger Augenblicke kollabierte der Krater. Wasser und Gestein schossen von allen Seiten in die Tiefe. Der Einschlag löste Erdbeben der Amplitude 12 und 13 aus. Tsunamis von bis zu tausend Meter Höhe jagten mit über fünfhundert Stundenkilometern über den Indischen Ozean und überrollten die Küstenregionen der umliegenden Kontinente.

Niederkunft

Langsam wurde das Leuchten stärker. Es war nicht das Leuchten eines Tiefseewesens. Es war das Leuchten von Tausenden von Tiefseewesen. Ein gigantisches Feuerwerk grüner, blauer und roter Blitze. Sie schwammen genau darauf zu.

Ein paar Bartel-Drachenfische schossen an ihnen vorbei. Bea erkannte sie an den Leuchtorganen hinter den Augen. Bartel-Drachenfische waren nicht länger als fünfzig Zentimeter. Sie hatten einen langgestreckten Körper mit großem Kopf und einem Maul, aus dem dolchförmig rückwärtsgekrümmte Zähne ragten.

Es wurde heller um sie herum, denn die enorme Masse der phosphoreszierenden Tiefseefische erhellte den Grund. Ihr Blick fiel auf einen Schwarm Anglerfische mit ihren Riesenzähnen und den Leuchtbällen vorm Maul. An den Bäuchen erkannte Bea kleinere Fischchen. Das mussten die Männchen sein. Durch die Chemikalien der Weibchen angezogen, bissen sich die zehnmal kleineren Männchen an ihrem Bauch fest und verwuchsen mit ihnen. Bea konnte Mathews und Nikolas' verzerrte Gesichter erkennen.

Sie schwammen weiter. Etwas Großes, Dunkles versperrte ihnen den Weg. Um was handelte es sich nur? Bea erkannte es und erschrak – ein Riesenkalmar. Noch sahen sie nur seinen Körper. Er maß etwa zwei bis drei Meter. Jetzt traten seine gigantischen Arme hervor. Wie alle ihrer Art besaßen die Riesenkalmare zehn Arme, wovon zwei zu Tentakeln umgebildet waren, die sie reißverschlussartig zu einem einzigen kräftigen Greifarm vereinen konnten. Die Arme waren um die Mundöffnung gruppiert. Riesenkalmare waren Jäger. Ähnlich wie eine Python umklammerten sie ihre Beute und würgten alles Leben aus ihr heraus. Bea sah sein Auge. Es war faustgroß, blau, mit einer riesigen dunkelblauen Pupille. Gleich würde er sich mit der Mundöffnung zu ihnen drehen, seine Tentakel zum Angriff spreizen und auf sie zurasen. Diesmal hätte Bea einem Angriff nichts entgegenzusetzen. Das Viech drehte sich ein Stück. Wieder sah Bea das riesige Auge. Es spähte sie zwischen seinen zwei Tentakeln hindurch an und musterte sie genau. Bea wurde das Gefühl nicht los, dass der Gigant Respekt vor ihnen hatte. Eine Frage schoss ihr durch den Kopf: War der Kalmar jemals Menschen begegnet? Einer der monströsen Arme glitt direkt vor Beas Augen entlang. Die Saugnäpfe waren so nah, dass sie sie hätte berühren können. Jeder Einzelne groß genug, um ihr die Augäpfel aus den Augenhöhlen zu saugen. Doch der Arm zog vorbei und der Koloss schwamm davon. Er gab ihnen die Sicht auf die Hauptquelle des Leuchtens frei. Vor ihnen erstrahlten die kräftigen grüngelben Lichter eines noch gewaltigeren Kolosses. Mathews müde Augenlieder dehnten sich sperrangelweit und seine Mundwinkel zerrten sich nach außen. Um Fassung ringend, blickte er zu Bea. Ruhig erwiderte sie seinen Blick. Sie hatte es geahnt: Wie eine gigantische, leuchtende, zur Hälfte im Sand begrabene Discokugel lag die Tiefseestadt in etwa hundert Meter Entfernung vor ihnen. Ihre Lichtstrahlen und der biologische Abfall waren Anziehungspunkt für Abertausende von Lebewesen geworden.

Behutsam fassten die drei sich an den Händen und schwammen weiter, vorbei an riesigen rotleuchtenden Quallen, Schwärmen kleiner Kalmare und Pelikanaale, schwarz gefärbt, mit hoch gebauten Köpfen und kescherförmigen Mäulern. Ein Fisch, dessen Namen Bea nicht kannte und der aussah wie ein Golfball mit Riesenaugen, schwamm vor ihnen auf und ab und spähte sie von allen Seiten an. Sie gerieten in einen Schwarm aus kleinen schwarzen Fangzahnfischen. Mathew begann, wie verrückt mit seinen Armen zu rudern, in der Hoffnung, sie so zu verjagen.

Die drei hatten etwa die Hälfte der Strecke zur Stadt hinter sich gebracht, als sie ein großer Scheinwerferstrahl ins Visier nahm. Geblendet wendeten sie sich ab. Um sie herum stoben erschrockene Fische davon. Bea schloss die

Augen und schwamm weiter. Armzug, Beinschlag, Armzug, Beinschlag …
Sie spürte Hände an ihren Gliedmaßen, wohltuende, sanfte Hände. Sie überließ sich ihrer Obhut. Angenehm strömte das Wasser an ihrer Haut entlang. Ein weiteres Paar Hände umschloss ihren Rumpf. Sie öffnete noch mal die Augen und erkannte die Gesichter von Mathew und Nikolas, die neben ihr durchs Wasser glitten, blass, aber mit friedvollem Ausdruck.

Der Lichtstrahl erlosch. Bea wurde kopfüber in einen Strudel gesogen. Ein Kokon aus einer dicken, hautartigen Schicht legte sich wie eine riesige Ganzkörperwärmflasche um sie. In dem Kokon glitt sie durch Dunkelheit. Vibrationen verrieten ihr, dass sie sich in einer Röhre befand. Die Geschwindigkeit verlangsamte sich und der Kokon kam zum Stehen. Er begann, sich am Kopfende zu öffnen, während er sich am unteren Ende rhythmisch pulsierend zusammendrückte und Bea langsam aus sich hinauspresste. Ihr Körper machte eine 90°-Drehung um seine Längsachse, sie verspürte einen starken Druck um den Kopf, der langsam an ihr hinabwanderte. Helles Licht ließ sie die Augen zusammenkneifen. Als der Druck die Hüfthöhe überwunden hatte, glitt sie in freies Wasser und konnte sich wieder bewegen. Sie strampelte und zappelte. Hände umschlossen ihre Beine und stellten sie auf festen Grund. Vorsichtig öffnete sie die Augen. Sie befand sich in einem hell erleuchteten, mit Wasser gefüllten Raum, der sie an ein Hallenbad erinnerte, das man vom Wassergrund aus betrachtet. Der Wasserpegel sank und sank, bis ihr Kopf über die Wasseroberfläche ragte. Sie nahm einen tiefen Atemzug. Prickelnd strömte Sauerstoff in ihre Lungenbläschen, so dass sie sich wieder entfalteten. Sie wartete, bis ihr Brustkorb sich ganz gefüllt hatte, dann schrie sie. Sie schrie so laut und so doll sie konnte.

Tränen stiegen ihr in die Augen. Sie wischte sie ab. Neugierig blickte sie zu ihren Rettern.

~

Oben wütete weiter die Katastrophe. Die halbe Erdoberfläche wurde von dem Asteroidenschauer verwüstet. Was nicht vom Feuer vernichtet wurde, überrollten die Fluten.

Später verdichtete sich das verdampfte Gestein, das ins All geschleudert worden war, zu kleinen Partikeln, die weltweit wieder in die Atmosphäre eintraten – kleine Hochgeschwindigkeitspartikel, die die Atmosphäre in einen Backofen verwandelten. Die Temperaturen stiegen auf 300 bis 400°C.

Wer die Hitzewelle überlebte und nicht auf dem Ozeangrund hatte Schutz suchen können, erwachte unter Staub und Asche in einer viele Monate andauernden kalten Winternacht.

~

Bea schaute sich um. Die Wände um sie herum waren aus Glas. Was sie dahinter sah, wirkte surreal, als befände sie sich in einer Traumwelt. Hinter der rechten Glaswand ging ein Mann in einem weißen Bademantel vorbei, ein Stückchen weiter saßen vornehm gekleidete Kiemenmenschen an Tischen. Vor ihnen standen Getränke. Zwei Kiemenmenschen in Badesachen, eine Frau und ein Mann, wateten durch das Wasser zu Bea. Sie hatten auffallend durchtrainierte Bodys. Die Haare der Frau waren blond und lang, die des Mannes schwarz und kurz. Ihre Gesichter waren hübsch, aber ihr Lächeln wirkte aufgesetzt. – Barbie und Ken, dachte Bea und ihr wurde schlecht. Sie spürte ihren Bauch. Sie wollte weg. Barbie und Ken verschwammen vor ihren Augen. Bea registrierte noch, dass sie zu ihr rannten. Dann sank sie in sich zusammen.

Sie erwachte auf einer gepolsterten Liege in einem kleinen Raum. Es war düster. Nur ein paar Lichtstrahlen drangen durch die vor den Wänden angebrachten geschlossenen Jalousien.
»Bist du wach?«, hörte sie eine leise Stimme.
Es war Mathew. Bea spürte seine Hand auf ihrer.
»Ja«, antwortete sie schwach.
»Ist alles okay?«, flüsterte er.
Sie drehte ihren Kopf zur Seite. »Warum ist es so dunkel?«

Mathew ging zur Wand und stellte die Jalousien anders ein, so dass mehr Licht in den Raum drang und auch Nikolas zu sehen war, der gegenüber von ihr auf einer weiteren Liege saß. – Sie waren zu dritt.

»Es gibt keine Zimmerlampen hier«, antwortete Mathew. »Nur ein großes Licht draußen. Alles ist aus Glas.«

Bea wurde wieder mulmig. »Wo bin ich?«

Besorgt kräuselte Mathew die Stirn. »Wir haben die Stadt gefunden.«

»Bin ich tot?«, fragte sie.

»Nein, wir sind in Sicherheit«, flüsterte er behutsam.

»Wieso sind hier Glaswände?«, fragte sie ängstlich. – Sie dachte, dass sie träumte.

Mathew schmunzelte. »Das ist Sicherheitsglas.«

Bea atmete einmal tief durch. Sie spürte Nikolas' Hand an ihrer Seite. Der Kleine stand auf einmal vor der Liege und schaute sie an. Sein Gesicht war noch immer bleich. Die friedlichen Augen beruhigten sie.

»Wie gehts dir?«, flüsterte er wie ein Erwachsener.

Bea lächelte.

Eine Tür öffnete sich und der Ken von vorhin streckte seinen Kopf herein. – Für Bea war der Mann jetzt nur noch Ken. Er hatte sich etwas übergezogen. »Ist sie wach?«, fragte er.

»Ja«, erwiderte Mathew.

Ken kam zur Liege und blickte Bea an. Jetzt sah sein Gesicht etwas gefühlvoller aus.

»Sind Sie okay?«, fragte er.

Bea nickte.

»Können Sie sich aufrichten?«

Sie stützte ihren rechten Ellbogen auf und drückte sich hoch. Ken und Mathew halfen.

Bea atmete einmal tief durch. Sie saß jetzt auf der Liege. Ihr Blick fiel auf die Schlitze der Jalousien.

Nikolas strahlte vor Freude. »Hier ist alles aus Glas«, sagte er begeistert. Er ging zu den Jalousien und machte sie noch einen Spalt weiter auf. »… Alles!«

Bea schmunzelte.

Später erfuhr Bea, dass die Wände aus Energiespargründen überall durchsichtig waren. Sie träumte nicht, sie hatten es geschafft. Sie waren an einem sicheren Ort. Außer ihnen hatten es nahezu tausend andere hierher geschafft.

Je mehr Bea von ihrem Umfeld erfuhr, desto erstaunter war sie. Die wohnungsbauunfreundlichen Bedingungen in knapp dreitausend Meter Ozeantiefe hatten die Konstrukteure kreativ werden lassen. An der Decke der Stadtkuppel befand sich zentral eine gigantische Leuchtstrahlerkonstruktion, die wie eine kleine Sonne die ganze Stadt mit Licht versorgte. An bestimmten Stellen waren bodennah Spiegel angebracht, die das Licht reflektierten, so dass es selbst in verborgene Winkel vordrang.

Die Breite der Tiefseestadt betrug etwa hundert Meter, ihre Höhe fünfzig Meter. Vielstöckige Wohnbauten boten ausreichend Platz für jeweils über zweihundert Bewohner. Das bei den hydrothermalen Quellen erzeugte Leben bildete überwiegend die Nahrungsgrundlage. Dessen Entstehung in den lichtlosen Tiefen verdankten sie der natürlichen *Chemosynthese*, einer Energiegewinnung aus anorganischen Stoffen, die ohne Sonnenlicht stattfand. Neben kleinen Lebewesen wurde auch nach größeren Fischen gejagt. Ein System aus Hochdruckleitungen diente der Stromerzeugung. Sauerstoff und künstliches Sonnenlicht wurden maschinell erzeugt, so dass Pflanzen gezüchtet werden konnten. Es gab Geschäfte, Werkstätten und eine kleine Schule. Sogar Schwimmbäder hatten sie und ein Kino.

Bea, Mathew und Nikolas bekamen eine Wohnung im achten Stock einer der Wohnbauten. Ihre Wohnung war einfach nur ein großer, gläserner Kasten, aber es kam ja immer darauf an, was man daraus machte. Allerdings war der balkonähnliche Gang vor ihrer Wohnung hübsch mit Gewächsen und Blumen gestaltet. Zudem hatte man direkten Blick auf die von unzähligen Stahlträgern gestützte Außenwand der Stadt. Sie wölbte sich in knapp zehn Meter Entfernung vor ihnen. Zwischen den gewaltigen Stahlträgern befand sich vielschichtiges Sicherheitsglas. Die Lichtstrahlen drangen nach draußen in den Ozean, wo sich die vielfältigen Tiefseebewohner tummelten. Manchmal fühlte sich Bea wie auf einer Exkursion zu einem Riesenaquarium, die sie mal gemacht hatte, nur dass die Fische hier unten mit Delfinen, Walen oder Riesenschildkröten wenig gemein hatten. Was man hinter der Wand sah, wirkte eher wie die Gruselversion eines Riesenaquariums. Bea mochte nicht glauben, dass hier unten eigentlich nicht diese Viecher das Besondere waren, sondern sie selbst. Man konnte Wesen aller Art und Größe beobachten, oft phosphoreszierend, mit Tentakeln oder riesigen Zähnen. Einmal sah Bea einen Hai, dessen Kiefer weit aus dem Kopf hervorschoss, um seine Beute zu zermalmen. Derartige Bilder nahmen bei ihr den Platz ein, den früher nächtliche Horrorfilme gehabt hatten. Besonders Nikolas beeindruckte die Andersartigkeit dieser Welt. Oftmals blieb er, ohne es bewusst zu merken, stundenlang vor der Wohnung stehen und starrte auf die Außenwand.

Was den dreien hier unten die Herzen wärmte, waren die anderen Kiemenmenschen. Sie hatten die verschiedensten Lebensgeschichten. Oft saß man abends lange mit Nachbarn zusammen und tauschte sich aus, bis das Zentrallicht ausgeschaltet wurde.

In der Stadt lebten auch einige Menschen. Sie waren mit U-Booten hierhergelangt. Der Einstieg in die Stadt musste für sie sehr gefährlich gewesen sein, aber davon wusste Bea nichts.
Unter den Menschen waren ausgerechnet einige ehemalige Mitglieder der *Neuen Progressive*, sogar einer von deren Ministern. Manchmal fragte Bea sich, wie ausgerechnet die es hierhergeschafft hatten, und noch viel mehr wunderte sie sich, warum sie nicht an den Pranger gestellt wurden. Man ließ sie leben und legte ihnen keine Steine in den Weg. Allerdings war ihr *Standing* hier unten nicht sehr gut. Auf einen freundlichen Blick würden sie vermutlich ihr ganzes Leben lang vergeblich warten. Ihre Wohnungen lagen auch etwas abseits.
Bei den *Progressive*-Leuten lebte auch ein Mensch, der eigentlich nichts mit der Progressive am Hut gehabt hatte. Er befand sich wirklich am

falschen Ort, doch auch er wartete oft vergeblich auf einen freundlichen Blick. Bea konnte das nicht mitansehen. Sie nutzte jede Gelegenheit, um den einsamen Menschen in die Gemeinschaft der Kiemenmenschen zu integrieren, lud ihn zu abendlichen Treffen ein, zum Essen oder sogar ins Schwimmbad. Sie nannte ihn nur den *Rockstar*, weil er mit seinem Ziegenbart und den zerzausten Haaren wie ein Rocker aussah und gut Gitarre spielen konnte. Er trug immer T-Shirts mit Rockbandnamen oder Sprüchen drauf.

Eines Abends saß er bei ihnen oben im achten Stock auf dem *Balkon* mit Blick auf den Ozean und die gläserne Welt unter ihnen. Er trug ein T-Shirt mit dem Spruch: »Stell dir vor, es ist Krieg, und keiner geht hin!« Vor seiner Brust hing eine Gitarre. Er spielte und sie sangen alle gemeinsam irgend so ein altes Stück von einer Band, die sich *Peppers* nannte oder so. »Sometimes I feel like I don't have a partner ...« Er hatte eine schöne rauchige Stimme. Vielleicht holte er die aus seinem dicken Bauch, dachte Bea. – Ein paar Pfunde zu viel hatte er, aber das passte zu ihm. Bea mochte ihn sehr gern. Sie kamen ins Gespräch. Diesmal fragte sie ihn spaßeshalber, ob er denn tatsächlich einmal Rockstar gewesen sei. Er verneinte, er habe der schreibenden Zunft angehört. Im weiteren Gespräch erfuhr Bea, dass der interessante, rockige Knuddelbär mit der rauchigen Stimme und den aufmunternden T-Shirts eine sehr traurige Geschichte mit sich herumtrug.

»Es ist mir gelungen, all diese T-Shirts und sogar meine Gitarre in das U-Boot zu schmuggeln, mit dem ich hierhergekommen bin«, erzählte er. »Aber meine Frau und meine Kinder nicht.«

Bea wurde neugierig.

»Ich bin Journalist gewesen«, fuhr er fort, »und weil ich eine gute Story witterte, hab ich mich als blinder Passagier auf eines der U-Boote geschlichen.« Seine Stimme begann zu zittern. »Ich wusste nicht, dass es kein Zurück mehr geben würde, sonst wäre ich doch bei meiner Familie geblieben!« Tränen standen in seinen Augen. Dann wurde sein Gesicht so bleich, dass Bea schlucken musste. »Ich habe meine Frau sehr geliebt«, sagte er. »Und meine beiden Jungs sind so toll gewesen …« Er schluchzte. »… Seff und Kjell … ich kann es mir nicht verzeihen.«

Bea starrte ihn an. Sie fragte nach dem Namen seiner Frau.

»Tina«, schluchzte er. »Tina Nebel.«

Jetzt war auch Bea den Tränen nah. »Du musst Michael sein«, sagte sie. Er nickte weinend und völlig perplex. Bea berührte ihn mit den Händen an den Schultern und blickte ihn an. Dann drückte sie ihn fest an sich und sagte schluchzend, dass sie unter anderen Umständen inzwischen vielleicht beide Teil der gleichen Familie gewesen wären und dass sie sich sehr freue, dass er hier sei.

Bea verschaffte Michael eine Wohnung in der Nachbarschaft, damit er von diesen *Progressive*-Leuten wegkam und man ihn nicht mehr so schief anschaute.

Die Erinnerungen an vergangene Zeiten suchten Bea wieder heim, erst häufig, dann immer seltener.

Die Welt hier unten war eng, mit dicker Luft und wenig Licht. Viele lebten in stiller Demut aufgrund böser Erinnerungen an vergangene Tage. Wer Dreck oder Abenteuer wollte, konnte raustauchen in den Ozean zur Jagd, abgesehen von den Menschen. Man konnte auch zu anderen Tiefseestädten reisen, die es gab, wenn auch weit, weit weg.

Und wie Bea sich langsam von ihrer alten Welt entfernte, so entfernen wir uns nun langsam von ihrer neuen, die sich von der uns bekannten abhebt wie schwarze Druckerfarbe von weißem Papier.

Bea lebte mit Mathew und Nikolas zusammen. Die beiden waren ihre Familie in dieser neuen Welt. Und während sich auf der Oberfläche des Ozeans eine meterdicke Eisschicht bildete, brach unten das Eis zwischen den Bewohnern der Tiefseestadt, die sich nahekamen und mit ihren Worten und Taten gegenseitig das Leben erwärmten.

Mit diesen Worten geht diese Geschichte zu Ende und reiht sich ein in die Unendlichkeit der Geschichten, die uns seit eh und je umgeben, sichtbar und unsichtbar, geschehen und ungeschehen, geschrieben und ungeschrieben.

Das letzte Blatt

Drei Geschehnisse aus nachfolgenden Jahren seien noch genannt.

Im Februar 2110 gebar Bea ein kleines Mädchen, ohne Komplikationen. Das Kind war wohlauf und gesund. Sie nannte es Ronja.

Im November 2116 erlegten einige Kiemenmenschen einen riesigen, alten Grönlandhai, dem statt des linken Augapfels ein metallenes Koordinatengerät in der Augenhöhle steckte. Bea und Mathew erkannten das Gerät als das ihrige und nahmen es wieder an sich.

Am 22.6.2127, einem Montagmorgen, entdeckte Bea durch Zufall in dem kleinen Aufbewahrungsfach des Koordinatengerätes ein kleines, eng gefaltetes Blatt Papier mit einem Gedicht.

Der Blick über den Horizont über all die Tiefen, ungetrübt seit lang her,
  als einst erschien ein Wesen, das die Sterne entfachte wie Feuer
    über dem Meer.
  Und der, der gemacht, diesen Anblick zu ertragen, ein kraftvoll Bild,
    das selten ganz,
  sieht nahen nun die letzten Stunden, doch nichts trübt der Sterne
    hellen Glanz.

In Liebe, Dein Flo

Besonderen Dank für die Überarbeitung des Manuskriptes an meinen Books-on-Demand-Lektor sowie meine gute alte Freundin Julia Ritter, mein liebes Tantchen Ellinor und meinen geliebten Vater.

Vielen Dank für die Unterstützung, wertvolle Tipps und gewinnbringende Kritiken an Gerd Schülke, Christian Herbst, mein Schwesterherz, meine geliebte Mutter, mein liebes Tantchen Anne, Hannelore Ullrich, Anna Ratzlaff, Stephanie Herrmann, Dennis Mücher, Heike Kretzschmer und Pascal Franzen. ... – Jede Unterstützung kam von Herzen. *Thank you sooo much.*